PROMESSA DE CASAMENTO

Jennifer Probst

PROMESSA
DE
CASAMENTO

Tradução
Alline Salles

QuintaEssência

www.quintaessencia.com.pt

ISBN 978-989-741-519-7
(Edição original: ISBN 978-1-4767-1751-7)

Direitos reservados para Portugal
QUINTA ESSÊNCIA
uma marca da Oficina do Livro – Sociedade Editorial, Lda.
uma empresa do grupo LeYa
Rua Cidade de Córdova, 2
2610-038 Alfragide
Tel: 21 041 74 10, Fax: 21 471 77 37
E-mail: quintaessencia@oficinadolivro.leya.com

Título original: The Marriage Trap
Tradução: Alline Salles
Revisão: Natália Garcia
Capa: Maria Manuel Lacerda/Oficina do Livro, Lda.

1.ª edição: junho de 2016
Depósito legal n.º 408 880/16

Pré-impressão: Tjct
Impressão e acabamento: Guide

Esta edição segue a grafia do novo acordo ortográfico.

Para o meu marido.
Acredito que os feitiços de amor funcionam e que
«felizes para sempre» é uma verdade.
Obrigada por estares comigo durante todos os momentos
loucos e caóticos.
Obrigada por me manteres sã, por seres um pai fantástico e,
acima de tudo, por fazeres o jantar.
Amo-te.

E para as minhas editoras fabulosas, maravilhosas e incríveis,
Liz Pelletier e Libby Murphy.
Sem vocês, isto não teria acontecido.

1

Maggie Ryan levou o copo de *margarita* aos lábios e deu um grande gole. O gosto azedo confrontou-se com o amargo, explodiu-lhe na língua e queimou-lhe o estômago. Infelizmente, não foi suficientemente forte. Ainda lhe restava um pingo de sanidade que a fazia questionar as suas atitudes.

O livro roxo com capa de tecido chamava-a e zombava dela. Ela pegou-lhe novamente, folheou-o e atirou-o de novo para a moderna mesa de vidro. Ridículo. *Feitiços de Amor*, pelo amor de Deus. Recusava a descer tanto o nível. É verdade que, quando Alexa fizera um feitiço para si, Maggie a apoiara e rezara para que a amiga encontrasse a sua alma gémea.

Mas, agora, era completamente diferente.

Maggie praguejou em voz baixa e olhou pela janela. Uma nesga de luar entrava pelas frestas do estore de bambu. Mais uma noite chegava ao fim. Mais um encontro desastroso. Os seus demónios assombravam-na e não havia ninguém ali para lutar contra eles até ao amanhecer.

Porque nunca sentia uma ligação com ninguém? Aquele último tipo era encantador, inteligente e calmo. Ela esperava sentir alguma química sexual ou, pelo menos, um mero arrepio, quando finalmente se tocassem. Mas não sentira nada. Nadinha. Estava adormecida da cintura para baixo. Só existia uma silenciosa sensação de vazio e o desejo de... mais.

Maggie foi tomada por um desespero que a desequilibrou como uma onda gigante. A iminência familiar de um ataque de pânico arranhava as suas entranhas, mas ela lutou contra esse sentimento e conseguiu manter-se estável. Que chatice. Recusava-se a ter uma crise no seu próprio território. Maggie agarrou-se à irritação pura como a um colete salva-vidas e exalou uniforme e profundamente.

Ataques idiotas. Ela detestava medicamentos e recusava-se a tomá-los; manter-se positiva durante os episódios ajudava-a a voltar ao normal, pela própria força de vontade. Aquilo provavelmente era uma crise precoce de meia-idade. Afinal de contas, a sua vida era quase perfeita.

Tinha tudo o que a maioria das pessoas sonhava ter. Fotografava modelos estonteantes seminus e viajava pelo mundo. Adorava o seu apartamento moderno. A cozinha ostentava eletrodomésticos de inox imaculados e o chão brilhava. As máquinas de café *expresso* e de *margaritas* proporcionavam-lhe uma diversão no melhor estilo de *O Sexo e a Cidade*. Tapetes brancos felpudos a combinar com a mobília de couro confirmavam que aquele era um lar sem crianças e com decoração personalizada. Maggie fazia o que queria e quando queria, e não precisava dar satisfações a ninguém. A única exceção eram os ataques de pânico de vez em quando. Era atraente, saudável e financeiramente independentemente. Ainda assim, uma dúvida martelava na sua cabeça com uma persistência irritante, piorando cada vez mais conforme o tempo passava.

É isto?

Maggie levantou-se, embrulhou-se no roupão vermelho de seda e calçou os chinelos felpudos e ornamentados com pequenos chifres. Estava bêbeda e ninguém iria saber. Talvez o exercício lhe acalmasse os nervos.

Arrancou uma folha de papel de um caderno e fez uma lista das qualidades que procurava num homem.

Acendeu a pequena lareira.

Recitou o mantra.

As vozes começaram a palrar na sua cabeça, a gozarem com a situação descabida, mas ela calou-as com mais um gole de *tequila* e viu o papel arder.

Afinal, nada tinha a perder.

• • •

Parecia que o sol estava forte.

Michael Conte observava, do lado de fora da sua propriedade, a bola perfeita a emergir das montanhas. A mistura ardente de laranja e escarlate emanava faíscas de fúria, acabando com a escuridão que sobrara da noite. Ele observou o rei da manhã celebrar, orgulhoso, a sua vitória temporária e, por um breve momento, perguntou-se se iria sentir-se assim outra vez.

Vivo.

Abanou a cabeça e zombou dos próprios pensamentos. Não tinha motivos para se queixar. A sua vida era perfeita. O projeto estava quase concluído, e a inauguração da primeira pastelaria da família nos Estados Unidos seria um sucesso. Assim esperava.

Michael contemplou a água e as transformações da região. Antes uma marina em ruínas e dominada pelo crime, a propriedade de Hudson Valley passara por uma transformação digna da Cinderela, e ele fizera parte disso. Ele e outros dois investidores tinham aplicado muito dinheiro naquele sonho, e Michael acreditava no sucesso da equipa. Trilhos pavimentados serpenteavam agora entre as roseiras, e os barcos regressavam finalmente – escunas majestosas e o famoso *ferry* para levar as crianças a passear.

Ao lado da sua pastelaria, já funcionavam um *spa* e um restaurante japonês que atraíam um grupo eclético de clientes. Faltavam apenas algumas semanas para a inauguração do local, depois de um longo ano de trabalho árduo.

La Dolce Famiglia teria finalmente um lugar em Nova Iorque.

Uma onda de satisfação atingiu-o, juntamente com um vazio estranho. O que se passava com ele ultimamente? Andava a dormir menos e a mulher com a qual se permitia ter um relacionamento apenas o fazia sentir-se mais cansado de manhã. Até onde era possível perceber, ele tinha tudo o que um homem podia querer. Dinheiro. Uma carreira que adorava. Família, amigos e uma boa saúde. E podia ter quase todas as mulheres que quisesse. O lado italiano da sua alma ansiava por algo mais profundo do que sexo, mas ele não sabia se isso realmente existia.

Pelo menos, não para ele. Era como se algo no seu interior estivesse a partir-se.

Desgostoso com o próprio drama interno, Michael deu meia-volta e avançou pelo passeio. O seu telemóvel tocou e ele tirou-o do casaco de cachemira, verificando o número no ecrã.

Raios.

Parou por um instante. Então, com um suspiro de resignação, atendeu.

– Olá, Venezia. O que aconteceu agora?

– Michael, estou com problemas – respondeu ela em italiano, metralhando-lhe o ouvido.

Ele concentrou-se no discurso dela, mas a sua irmã não conseguia falar claramente entre o choro e os soluços.

– Disseste que estás noiva?

– Não ouviste, Michael? – Ela começou a falar em inglês. – Tens de me ajudar!

– Fala devagar. Respira fundo e conta-me a história toda.

– A *mamma* não me vai deixar casar! – explodiu ela. – E a culpa é toda tua. Sabes que eu e o Dominick estamos juntos há anos e que eu estava à espera e a rezar para que ele me pedisse em casamento, e ele finalmente pediu. Ah, Michael, ele levou-me à Piazza Vecchia e pôs-se de joelhos... E o anel é lindo, simplesmente maravilhoso! É claro que aceitei, então corri para contar à *mamma* e a toda a família e...

– Espera aí. O Dominick não me disse que ia pedir a tua mão em casamento – interrompeu ele, irritado. – Porque não soube eu disso?

Venezia soltou um longo suspiro.

– Só podes estar a brincar! Este costume é antigo e tu nem sequer cá estás; e toda a gente sabia que íamos casar, era apenas uma questão de tempo. De qualquer forma, nada disso importa, porque vou ficar para tia e vou perder o Dominick para sempre. Ele não irá esperar por mim e a culpa é toda tua!

A cabeça doía-lhe a cada grito da irmã.

– Como é que a culpa é minha?

– A *mamma* disse que não me posso casar antes de ti. Lembras-te daquela tradição ridícula na qual o *papa* acreditava?

O pânico subiu pelas costas dele e contorceu-se no seu estômago.

Impossível. A tradição antiga da família já não fazia sentido na sociedade atual. É lógico que o costume de o filho mais velho casar primeiro era importante em Bergamo, e ele era o mais velho, mas esse costume estava ultrapassado.

– Tenho a certeza de que há algum engano – disse ele calmamente. – Vou remediar isso.

– Ela disse ao Dominick que posso usar o anel, mas que não haverá casamento até tu casares. Então o Dominick ficou chateado e disse que não sabia quanto tempo conseguiria esperar para começar uma vida comigo; a *mamma* ficou furiosa e disse que ele estava a ser grosseiro, tivemos uma grande discussão e agora a minha vida acabou, está tudo acabado! Como pode ela fazer-me isto?

Irrompeu em soluços.

Michael fechou os olhos. A dor nas suas têmporas aumentara exponencialmente.

Respondeu às queixas de Venezia com uma impaciência que não tentou esconder.

– Acalma-te! – ordenou. Ela ficou imediatamente em silêncio, habituada à autoridade que o irmão exercia na família. – Toda a gente sabe que tu e o Dominick foram feitos um para o outro. Não quero que fiques preocupada. Vou falar com a *mamma* ainda hoje.

A irmã engoliu em seco.

– E se não conseguires? E se eu casar com o Dominick sem a aprovação dela e ela me deserdar? Vou perder tudo. Mas como posso desistir do homem que amo?

O coração de Michael parou e depois acelerou. Pelo amor de Deus, recusava-se a aceitar aquela chantagem emocional. Um drama familiar iria obrigá-lo a apanhar um avião para casa pois, com os problemas cardíacos da mãe, ele ficava preocupado com a sua saúde. As suas outras irmãs, Julietta e Carina, talvez não fossem capazes de lidar com a angústia de Venezia sozinhas. Mas, primeiro, ele tinha de acalmar a irmã. Apertou os dedos em volta do telemóvel.

– Não vais fazer nada até eu falar com ela. Percebeste, Venezia? Eu trato disto. Diz apenas ao Dominick para ter calma e aguentar até eu resolver tudo.

– Está bem. – A voz dela tremia e Michael sabia que, apesar do dom melodramático da irmã, ela amava o noivo e queria começar uma vida com ele. Aos vinte e seis anos, já era mais velha do que todas as suas amigas quando casaram, e iria casar com um homem que ele aprovava.

Desligou o telemóvel e foi em direção ao carro. Pensaria sobre aquilo quando voltasse ao escritório. E se precisasse mesmo de se casar para resolver aquela embrulhada? As suas mãos ficaram húmidas com o pensamento, e ele lutou contra o instinto de secá-las às calças bem engomadas. Com o trabalho a ocupar-lhe todas as horas do dia, a tarefa de encontrar a sua alma gémea tinha ficado para segundo plano. E claro que ele já sabia que qualidades precisava que a sua futura mulher tivesse. Seria uma mulher calma, doce e divertida. Inteligente. Fiel. Alguém que quisesse ter filhos, formar um lar, mas suficientemente independente para ter a própria carreira. Alguém que se encaixasse perfeitamente na sua família.

Entrou no seu luxuoso *Alfa Romeo* e ligou o motor. A questão principal não lhe saía da cabeça. E se ele não tivesse tempo para encontrar a mulher perfeita? Conseguiria encontrar uma mulher, para um casamento combinado, que satisfizesse a mãe e permitisse que Venezia casasse com o amor da sua vida? Se sim, onde, no inferno de Dante, poderia encontrar essa mulher?

O telemóvel tocou, interrompendo os seus pensamentos. O número no ecrã confirmava que Dominick se recusava a ter calma e a esperar, e que estava determinado a lutar pela mão da sua irmã.

A cabeça de Michael latejava quando atendeu.

Ia ser um longo dia.

2

—Toma, pega na bebé! Maggie pegou na criança quando o irmão praticamente lha lançou nos braços e desapareceu. Típico. Ela já o tinha visto fazer esse jogo de passar a bebé para o colo de alguém e recusava-se a ser a idiota a cair na esparrela. Geralmente, ele fazia isso porque a sua sobrinha...

– Ah, que nojo!

O cheiro forte a cocó atacou as suas narinas. A sobrinha sorria orgulhosa e babava-se, a saliva a escorrer pelo queixo e a cair nas suas calças de seda. A fralda de Lily estava suja, e os seus três fios de cabelo estavam arrepiados.

– Desculpa, Lily, a tia Maggie não muda fraldas. Quando cresceres, posso ensinar-te a conduzir uma moto, ajudar-te a escolher um rapaz giro para o baile de finalistas e comprar-te a tua primeira identidade falsa. Até lá, estou fora.

Lily enfiou o punho na boca sem dentes e roeu deliciada.

Maggie conteve uma risada. Olhou à sua volta à procura de algum parente com quem pudesse fazer uma troca rápida, mas a maioria dos convidados da festa estava reunida na cozinha e na sala de jantar, perto da comida. Com um suspiro, ela levantou-se do sofá, apoiou Lily na anca e quase chocou com o homem que mais a irritava no mundo.

Michael Conte.

Ele segurou-a com mãos firmes antes de ela conseguir sequer balançar. O calor do contacto crepitou como óleo numa frigideira quente, mas ela manteve o rosto inexpressivo, determinada a não deixar que ele percebesse como a afetava. O homem praticamente roubara a sua melhor amiga, insinuando-se na família de Alexa com um encanto fácil que a incomodava. Desde que o irmão desenhara o projeto da pastelaria, Michael era convidado para eventos familiares em que negócios e lazer se misturavam. Ela via-o em todo o lado, obrigando-a relembrar a saída que haviam tido e o sentimento de humilhação.

– Estás bem, *cara*?

A carícia da voz dele atingiu o estômago de Maggie como um soco aveludado. Lily esboçou um sorriso desdentado e praticamente suspirou. E quem não suspiraria? Michael era simplesmente deslumbrante.

Maggie analisou o aspeto dele com o mesmo ar implacável que fazia dela uma das fotógrafas mais solicitadas do mundo da moda. Tinha cabelo preto comprido apanhado na nuca. O rosto era uma combinação estranha de graça e força, com sobrancelhas bem delineadas, maçãs do rosto salientes e queixo proeminente. O nariz era ligeiramente torto, acentuando o seu encanto. A pele era cor de azeitona, revelando a sua ascendência italiana.

Mas o que acabava com ela eram os olhos dele.

Escuros e cheios de vida, de formato amendoado e pestanudos. Sempre com um brilho de humor travesso e uma paixão primitiva que podiam ser vislumbrados sob aquela fachada polida.

A irritação de Maggie só piorou. Porque a incomodava ele? O seu trabalho exigia conseguir lidar com homens ainda mais bonitos. Como estátuas esculpidas em mármore, ela raramente era afetada por uma corrente elétrica ao mexer nos corpos nus para ajustar a pose. Já saíra com alguns modelos, mas mantinha sempre uma certa distância, aproveitando a companhia e depois seguindo em frente sem olhar para trás. Porém, Michael afetava-a, fazendo surgir nela um desejo como nunca sentira antes.

17

Ela afastou aquele pensamento perturbador e mudou Lily de posição. Esforçou-se por manter um tom normal.

– Olá, conde. O que te traz por cá?

O lábio inferior dele estremeceu.

– Nunca perderia a festa da Alexa.

– Não, claro que não. Parece que não perdes muitos eventos que envolvam a Alexa, pois não?

Ele levantou as sobrancelhas.

– Estás a questionar os meus motivos, *cara*?

Maggie detestava o sotaque rouco de Michael, que se enrolava como fumo em torno dos seus sentidos. Mas odiava ainda mais o corpo dele. Músculos firmes preenchiam o seu blusão de cabedal *Armani*. Ele usava uma camisa azul, calças de ganga e botas pretas de crocodilo *Paciotti*. Além do estilo à matador, exalava um poder masculino que se abatia sobre ela e um charme fatal. Ele fingia não ter preocupações, mas Maggie apercebia-se da inteligência escondida por detrás daquela fachada, a cintilar nas profundezas dos olhos escuros.

Afinal, ela escondia as mesmas coisas.

Maggie retribuiu com um sorriso encantador que também desenvolvera.

– Claro que não. Só estou a comentar a relação íntima que pareces manter com a mulher do meu irmão.

Michael riu-se e fez cócegas no queixo de Lily. A bebé deu mesmo uma gargalhada. Até a sobrinha era uma traidora quando o assunto era ele.

– Ah, mas a Alexa e eu somos amigos, não? E, sem o teu irmão, a minha pastelaria nunca teria sido construída. Ele fez um projeto arquitetónico maravilhoso.

Ela resmungou.

– Conveniente, não é?

Como se soubesse que a irritava, ele inclinou-se para a frente. Ela sentiu o cheiro a café, sabonete e perfume *Christian*

Dior. Para piorar, o seu olhar fixou-se nos lábios grandes e delineados que prometiam sexo e pecado.

– Tens alguma coisa a dizer-me, Maggie? – perguntou ele pausadamente. – Lembro-me do nosso jantar que, geralmente, és mais... direta.

Raios o partissem. Ela lutou contra o calor que lhe subiu pelas faces e semicerrou os olhos em desafio.

– E eu lembro-me que, normalmente, és mais... sincero.

Ele recuou e deu-lhe espaço.

– Sim, talvez tenhamos cometido um erro nessa noite.

Ela recusou-se a responder. Em vez disso, levantou Lily e pô-la nos braços dele. Ele segurou-a com tanta ternura e à-vontade que ela se arrependeu imediatamente.

– Tenho de encontrar a Alexa. A Lily tem a fralda suja. Podes fazer-nos um favor e mudá-la? – Ela sorriu docemente. – Afinal, és praticamente da família. E já sabes onde fica o quarto dela.

E, virando-se nos saltos altos, afastou-se.

• • •

Maggie foi até à cozinha decorada em estilo toscano, decidida a beber um copo de vinho. Por que motivo ninguém percebia que aquele homem estava interessado na sua melhor amiga? O seu irmão Nick costumava detestá-lo, mas agora convidava-o para festas familiares e dava-lhe a oportunidade de conviver com a sua mulher. Alexa rira-se quando Maggie falara no assunto, dizendo que não sentia nenhuma química sexual com Michael.

Tretas.

Ela sabia que Alexa nunca imaginara a possibilidade porque estava muito apaixonada por Nick e via sempre o melhor nas pessoas. Maggie confiava nela.

Mas não confiava no italiano encantador que se infiltrara na família.

Investigara-o durante todo o ano anterior, tentando descobrir uma fraqueza para o caso de precisar chantageá-lo para se manter afastado de Alexa e do seu irmão.

Não descobrira nada, a não ser uma coisa gritante.

Mulheres.

Michael era um sedutor assumido. Ela apostava que em Itália as mulheres o tinham perseguido com desejo, e que isso não mudara em Nova Iorque. Ele era um dos solteirões mais cobiçados de Hudson Valley. Não encontrara qualquer comentário sobre o seu comportamento, nem nas colunas de mexericos. Mesmo assim, um facto mantinha-se imutável: ele nunca tivera um relacionamento sério.

O seu namoro mais longo, no ano anterior, durara duas semanas. Maggie reprimiu uma risada. De certa forma, ela sentia que encontrara a versão masculina de si própria. Conseguia pensar em apenas um motivo para ele não se comprometer.

Alexa.

Devia estar tão apaixonado por Alexa que se recusava a entregar-se completamente a outra mulher. Graças a Deus ele não levara a sério a possibilidade de marcar outro encontro com Maggie. A lembrança ainda a deixava envergonhada. Nunca fora rejeitada por um homem antes, principalmente por um em que estivesse interessada.

Maggie encheu um copo com *cabernet*, depois atravessou a elegante sala de jantar. Notou a ausência de algumas antiguidades e de objetos pontiagudos, prova da existência de um bebé na mansão do irmão.

Alexa aproximou-se dela com um prato cheio de comida.

– Porque não estás a comer? Preciso de ajuda. Estou a tentar perder o peso que ganhei na gravidez, mas estes aperitivos são demasiado bons.

Maggie sorriu para a melhor amiga.

– Estás ótima. Céus, as tuas mamas ficaram enormes! Estou cheia de inveja.

O vestido preto, pelo joelho e decotado, realçava as suas curvas.

Alexa deitou a língua de fora.

— Os benefícios de amamentar. Espero não começar a pingar leite e perder o efeito *sexy*. Onde está a Lily?

Maggie reprimiu um sorriso satisfeito.

— Com o Michael. Ele está a mudar-lhe a fralda.

Alexa gemeu.

— Porque lhe fizeste isso? Fá-lo sempre passar um mau bocado. Tenho de ir ajudá-lo. — Pousou o prato, mas Maggie agarrou-lhe o braço.

— Oh, está bem, vou ver como ele está. Tenho a certeza de que entregou a Lily à tua mãe. Ele não é parvo, Al, e é homem. Os homens não mudam fraldas.

— O Nick muda.

Maggie revirou os olhos.

— Raramente. Ele entregou-me a Lily porque ela fez cocó.

Alexa lançou um olhar fulminante ao marido, que estava do outro lado da sala.

— Porque estou admirada? Uma destas noites ele pediu-me para lhe pegar um pouco e, quando fui à procura dele, tinha saído. Mesmo saído de casa. Estava no carro. Quero dizer, caramba!

Maggie assentiu.

— Vamos marcar um dia para ir às compras e fazemo-lo pagar. Literalmente.

Alexa riu.

— Então vai salvar o Michael. E sê simpática para ele, pelo amor de Deus. Não sei o que se passa entre vocês os dois. Há quase um ano que tiveram aquele encontro. Aconteceu alguma coisa que não me tenhas contado?

Maggie encolheu os ombros.

— Não. Já te disse, acho que ele está secretamente apaixonado por ti. Mas ninguém acredita em mim.

– Outra vez essa conversa? – Alexa abanou a cabeça. – Maggs, somos apenas amigos. Ele é como se fosse da família. Confia em mim, até o Nick mudou de ideias... Não há nada entre nós. Nunca houve.

– Pois.

Maggie observou a amiga, que amava como uma irmã. Alexa nunca soubera como era bonita, por dentro e por fora. Nick conquistara finalmente o seu coração e Maggie não queria que eles se esquecessem de como eram importantes um para o outro. Haviam atravessado um longo e árduo caminho, mas ela nunca vira um casal tão feliz. O irmão descobrira finalmente o seu «felizes para sempre». Não deixara que os traumas familiares afetassem o seu futuro, e ela tinha orgulho dele por ter arriscado.

Pelo menos uma pessoa na família encontrara a paz.

Maggie abraçou-a.

– Bom apetite, aniversariante, e não te preocupes. Vou res-gatá-lo.

Levou o seu tempo, à espera de encontrar Michael com um uísque na mão, já sem uma criança por perto. Subiu a escadaria e percorreu silenciosamente o corredor. Ouviu uma risada aba-fada e depois um cantarolar. Maggie espreitou para o quarto e observou a cena diante dela.

Michael embalava Lily nos braços. Cantava-lhe uma canção de embalar em italiano, que Maggie reconheceu como «Brilha lá no céu». Lily olhava para ele com adoração, fazendo barulhos ao ritmo da música. A decoração do quarto contribuía para o ambiente quase místico da cena, com luas grandes e estrelas pintadas no teto e um sol amarelo-vivo na parede.

O coração dela parou. Um forte desejo atravessou-a e Maggie semicerrou os olhos para tentar afastar a tempestade emocional. Ele despira o blusão, que pendia nas costas de uma cadeira. Lily usava outro vestido com rosas amarelas, os colãs e os sapatos também amarelos imaculados e sem baba. Um aroma a baunilha pairava no ar.

Ela engoliu em seco e cerrou os punhos.

Ele olhou para cima.

Os seus olhares encontraram-se e permaneceram assim por um instante. Um desejo primitivo e erótico atingiu-os, mas desapareceu rapidamente, e Maggie perguntou-se se teria apenas imaginado o desejo no rosto dele.

– O que estás a fazer? – perguntou ela, abruptamente.

Ele inclinou a cabeça ante o tom acusatório.

– A cantar.

Ela suspirou, impaciente, e apontou para o toucador.

– Quero dizer, a fralda. Mudaste-a? E porque tem ela isso vestido?

Ele parecia divertido.

– Claro que lhe mudei a fralda, tal como me pediste, *cara*. O vestido estava sujo, portanto vesti-lhe outro. Porquê a surpresa?

– Julgava que tinhas sido criado com costumes antiquados. Sabes, os homens são líderes e não cozinham, não limpam e não mudam fraldas.

Michael lançou a cabeça para trás e riu com gosto. Lily pestanejou e palrou em resposta.

– Não conheces a minha mãe. Tenho três irmãs mais novas. Quando era preciso mudar uma fralda, a responsabilidade era minha e não havia esse jogo de passar o bebé a outra pessoa. Tentei fazer isso uma vez e sofri as consequências.

– Oh! – Ela encostou-se à cómoda branca. – A tua família está em Itália?

– Sim. A La Dolce Famiglia original começou em Bergamo, onde moramos. Então expandimo-nos para Milão e temos sido bem-sucedidos. Decidi continuar a tradição nos Estados Unidos, enquanto a minha irmã administra a base.

– E o teu pai?

Ela vislumbrou uma forte emoção no rosto cinzelado de Michael.

– O meu pai faleceu há uns anos.

– Sinto muito – disse ela suavemente. – Parece que tens uma família unida.

– *Si*. Sinto a falta deles todos os dias. – Ele observou-a com curiosidade. – E tu? Nunca tiveste de mudar uma fralda?

Ela sorriu e ignorou o vazio que sentiu.

– Não. O Nick é mais velho, portanto não tive de me preocupar com irmãos mais novos. Nunca tive de levantar um dedo, porque vivíamos numa mansão com empregada, cozinheira e ama. Fui muito mimada.

Fez-se um breve silêncio. Ela mexeu-se, pouco à vontade, pois ele não tentou disfarçar o olhar atento com que analisava o rosto dela, à procura de algo que Maggie não conseguia entender.

Por fim, ele falou.

– Não, *cara*. Acho que passaste por muito mais coisas que todos nós.

Ela recusou-se a responder, detestando a forma como ele tentava entrar na sua mente e descobrir tudo sobre ela. Como se já soubesse o que ela escondia por trás daquela fachada.

– Pensa o que quiseres – disse ela num tom casual. – Mas para de me chamar querida.

Ele respondeu com uma piscadela de olho travessa, ao mesmo tempo que admirava o *top* metálico justo que ela usava. Como se estivesse a acalentar a ideia de o descer e baixar a cabeça para lhe chupar os mamilos.

Só de pensar nisso, os seios dela incharam, prontos para brincar. Porque a afetava ele de maneira tão intensa?

– Tudo bem, *tigrotta mia*. – O tom de voz delicioso e ritmado despiu-a e envolveu-a em veludo.

Maggie praguejou interiormente.

– Muito engraçado.

Ele arqueou uma sobrancelha.

– Não é para ser engraçado. Fizeste-me lembrar um pequeno tigre a primeira vez que nos vimos.

Maggie recusou-se a discutir sobre algo tão ridículo. Ignorou o tratamento carinhoso e seguiu em direção à porta.

– É melhor voltarmos para a festa. A Alexa andava à procura da Lily.

Ele seguiu-a com Lily aninhada nos braços e deparou-se com a mãe de Alexa.

– Maggie, querida, andava à tua procura! – Maria McKenzie beijou-a no rosto e olhou-a com uma ternura que a deixou emocionada, como sempre. – E olha quem está aqui, a minha linda neta. Anda cá, minha querida. – Pegou em Lily e distribuiu mais beijos por Michael. – Disseram-me que ela precisava de mudar a fralda, mas parece que vocês fazem uma boa equipa.

Por que motivo toda a família achava que eles formavam um casal perfeito? Maggie conteve um suspiro e Michael riu.

– Ah, Mistress McKenzie, sabe como a Maggie é maravilhosa a cuidar da sobrinha. Eu limitei-me a assistir.

A culpa atingiu-a com força. Ela sorriu, mas lançou-lhe um olhar furioso. Porque fazia ele sempre o papel de bom?

– Vou dar um pequeno jantar esta sexta e faço questão que ambos compareçam – anunciou Maria.

Aqueles jantares de família costumavam pertencer apenas a Maggie, Alexa e Nick. Ela quase soçobrou de alívio quando se lembrou da sua agenda.

– Desculpe, Mistress McKenzie, mas vou para Milão esta semana. Parto daqui a dois dias para uma sessão fotográfica.

– Então, vou adiá-lo para quando voltares. Agora, deixa-me levar esta pequenita de novo para a festa. Até já.

A mãe de Alexa desapareceu no corredor, e Maggie notou, de repente, a expressão estranha de Michael.

– Vais a Milão? Por quanto tempo?

Ela encolheu os ombros.

– Provavelmente uma semana. Vou tirar algum tempo para fazer contactos e algumas compras.

– Hummm.

Por alguma razão, aquele ruido desinteressado pareceu preocupante. Ele olhou para ela como se a estudasse por um novo ângulo, analisando o seu rosto e o seu corpo como se estivesse à procura de alguma coisa sob a roupa elegante.

– Porque estás a olhar para mim dessa maneira?

Mexeu os pés ao sentir um formigueiro quente entre as coxas. Nunca iria por ali. Se havia um homem no mundo com o qual ela nunca dormiria, mesmo se os *zombies* dominassem a Terra e ele fosse o único que sobrasse para procriar, esse homem era Michael Conte.

– Talvez tenha uma proposta para ti – murmurou ele.

Ela afastou a recordação do primeiro encontro de ambos e forçou um sorriso.

– Lamento, querido. Esse navio levantou a vela e zarpou.

Recusou-se a olhar para trás enquanto se afastava dele.

• • •

Michael deu um gole no conhaque e observou a festa, que chegava ao fim. Um maravilhoso bolo de *cannoli* com chocolate e café forte estavam a ser servidos, e o ambiente ia-se acalmando à medida que os familiares e amigos começavam a sair.

A tensão embrulhava o estômago de Michael e ele lutava contra a sensação agradável do álcool. Dessa vez estava em apuros. E dos grandes. Depois dos telefonemas de Venezia e Dominick, decidiu enfrentar a mãe com um plano muito bem arquitetado.

Michael sabia que seria impossível manter a tradição da família. Também tinha consciência de que a mãe acreditava em regras e que raramente as infringia. Ele arquitetara um plano alternativo que parecia excelente. Inventaria uma história sobre uma namorada séria, com casamento marcado para um futuro próximo, e até prometeria uma visita. Depois insistiria calmamente que Venezia casasse primeiro, por causa da sua história com Dominick, e mencionaria a bênção do *papa* no paraíso. Talvez até dissesse à mãe que sonhara com o pai ou coisa parecida para lhe acalmar as dúvidas.

Até que a sua outra irmã, Julietta, lhe estragara a história de vez com uma simples declaração.

Recordou a breve conversa que tivera com ela.

– Michael, não sei o que ouviste mas, como dizem os americanos, vai haver merda da grossa. – Julietta nunca era emotiva nem dramática, via os problemas sempre com clareza, por isso era a pessoa perfeita para administrar a empresa da família. – A *mamma* prometeu ao *papa*, no seu leito de morte, que continuaria as tradições da família. Infelizmente, isso inclui que te cases primeiro, independentemente de tal soar ridículo.

– Tenho a certeza de que consigo tirar essa ideia da cabeça dela – disse Michael, ignorando as dúvidas que rastejavam como cobras na sua cabeça.

– Não vai resultar. Acho que a Venezia planeia fugir. Se ela fizer isso, será o fim do mundo. Vamos entrar em guerra com a família do Dominick, e a *mamma* ameaçou deserdá-la. A Carina está passar por uma fase difícil e não para de chorar, pensando que a nossa família está a desmoronar-se. A *mamma* ligou para o médico e disse que estava a ter um ataque cardíaco, mas ele respondeu que era um problema de indigestão e mandou-a descansar. *Dio*, por favor, diz-me que namoras e podes resolver esta situação! Maldita sociedade patriarcal. Não consigo acreditar que o *papa* acreditava nesta treta.

A verdade atingiu-o. Ele nunca ganharia a uma promessa no leito de morte. O pai atraíra-o para aquela armadilha e a mãe fechara a porta da jaula. Ele precisava de uma mulher, e depressa, se quisesse resolver aquela embrulhada. Pelo menos, uma mulher temporária.

Que opções tinha? O seu cérebro trabalhou com uma eficiência feroz até a única solução aparecer diante dele. Tinha de convencer a mãe de que estava legalmente casado, fazer Venezia apressar o casamento e, então, uns meses depois, daria a triste notícia de que o seu casamento não resultara. Depois lidaria com as consequências. Mas, naquele momento, precisava de resolver aquilo. Afinal, resolver dramas familiares era a sua função.

– Estarei casado até ao fim da semana – garantiu ele, e ouviu o suspiro profundo da irmã. – Diz à Venezia para não se precipitar. Vou ligar à *mamma* e dar-lhe a novidade depois.

– Estás a falar a sério? Vais mesmo casar ou isso é um esquema qualquer?

Michael fechou os olhos. Para que o plano funcionasse, toda a gente tinha de acreditar que era real. A começar por Julietta.

– Ando com uma pessoa e só estava à espera para tornar tudo oficial. Ela não gosta de muita confusão nem quer um casamento tradicional, portanto provavelmente vamos ao registo e a seguir dou a notícia a toda a gente.

– Estás a dizer-me a verdade, Michael? Ouve, isto pode estar uma confusão, mas não há motivo para casares à pressa só para acalmar a Venezia. Não tens de resolver sempre tudo.

– Tenho, sim – disse ele baixinho. O peso da responsabilidade caiu sobre ele e sufocou-o. Ele aceitara aquela carga sem questionar e seguira em frente. – Conto-te os pormenores depois de falar com a minha noiva.

– A *mamma* vai querer conhecê-la. Ela não vai acreditar só na tua palavra.

As palavras da irmã trancaram a jaula da sua armadilha.

– Eu sei. Vou tentar ir aí no fim do verão.

– O quê? Quem é ela? Como se chama?

– Tenho de ir. Ligo depois.

Ele desligou.

A situação tinha possibilidades limitadas e pouquíssimo tempo. Decidiu, então, procurar uma daquelas agências que oferecem serviços de acompanhantes para grandes eventos. Talvez, com sorte, encontrasse alguma que se dispusesse a fingir ser sua mulher. E claro que adiar o encontro com a mãe necessitaria de um planeamento cuidadoso e, com a inauguração da pastelaria, talvez lhe diagnosticassem uma úlcera nervosa até ao fim da semana.

A não ser que...

Procurou entre os convidados um par de olhos verdes e encontrou-os. A luxúria dominou-o automaticamente em reação ao desafio. Ela levantou as sobrancelhas perfeitas e lançou o cabelo para trás dos ombros, virando-lhe as costas. Ele conteve uma gargalhada. Aquela mulher era um emaranhado espinhoso de sexualidade e sarcasmo. Se havia alguma rosa sob aquilo tudo, era protegida por uma camada de espinhos afiados, a fim de manter afastado qualquer príncipe encantado.

Maggie Ryan era perfeita para a missão.

E se ele encarasse o problema de frente e resolvesse a situação de imediato? Quais eram as probabilidades de outra mulher sua conhecida ir a Milão uma semana? Ele confiava nela. Um pouco, pelo menos. Se ela aceitasse, Michael poderia antecipar o encontro, alegar trabalho como desculpa para se vir embora mais cedo e permitir que Venezia casasse naquele verão. A aversão que Maggie sentia por ele era uma arma a favor – ela não seria nada romântica nem sonhadora quando conhecesse a sua família e fingisse fazer parte dela. E claro que a mãe desaprovaria a escolha, provavelmente à espera de uma esposa tradicional e menos ameaçadora. Ainda assim, ele faria tudo funcionar.

Se ela aceitasse.

Michael já tinha saído com mulheres deslumbrantes, mas Maggie possuía uma qualidade misteriosa que deixava qualquer homem desnorteado, como um soco dado de surpresa. O seu cabelo cor de canela brilhante era uma cascata lisa de seda que lhe caía sobre o rosto e chegava aos ombros num corte moderno. A franja acentuava os olhos exoticamente rasgados, lembrando-lhe o verde enevoado dos campos da Toscana, capaz de atrair um homem para se perder na neblina. As suas feições eram fortes: maxilar demarcado, maçãs do rosto altas e nariz elegante.

O tecido elástico do seu *top* revelava ombros bem definidos e seios empinados e firmes. A seda platinada das suas calças brilhava conforme ela andava e mostrava um traseiro com uma curva perfeitamente delineada e pernas compridas, que obrigavam um homem a imaginá-las à volta da sua cintura. O seu perfume era uma mistura de sândalo e âmbar, que prometia uma viagem ao paraíso na terra.

Ela não era introvertida. Tinha muita atitude e mau génio. Andava, respirava e falava sexo, e qualquer homem perto dela sentia o seu aroma. Michael viu-a inclinar a cabeça para trás e rir. O seu rosto refletia uma felicidade que ele raramente captava – só a notava quando ela estava perto de Alexa ou do irmão. No primeiro encontro deles, foi como se ela estivesse a usar uma armadura, barricando os seus sentimentos verdadeiros, evidentes no seu olhar sagaz, *sexy* e distante.

Ela era exatamente quem queria ser, sem pedir desculpas a ninguém. Michael admirava e apreciava mulheres daquele tipo, que eram poucas e raras. Mas algo em Maggie exigia que ele a olhasse mais de perto e abaixo da superfície. Uma dor permanente e uma carência brilhavam nas profundezas daqueles olhos verdes, desafiando um homem a matar o dragão e tomar posse dela.

Aquele pensamento repentino assustou-o. Ele zombou da imagem ridícula, mas as suas calças retesaram-se sobre a ereção. Deus, era mesmo do que precisava – uma fantasia deturpada para aliviar a sua angústia. Ele nunca seria um príncipe nem queria esse título. Especialmente por se tratar de uma mulher que lhe roubaria o cavalo e se salvaria sozinha.

Mesmo assim, por um momento, ele precisava dela. Só teria de convencê-la a aceitar a sua proposta.

– Hum, o que terá causado essa expressão? Ou melhor, quem?

Ele olhou para cima e encontrou um par de olhos azuis divertidos. O seu coração aqueceu com o sorriso de Alexa e ele levantou-se para a abraçar.

– *Buon giorno, signora bella.* Gostaste da tua festa?

Fios ondulados de cabelo saíam do rabo de cavalo dela e caíam-lhe na cara. Ela irradiava felicidade.

– Adorei! Disse ao Nick que não queria uma festa, mas sabes como ele é.

– É por isso que ele é bom no que faz.

Ela revirou os olhos.

– Sim, bom nos negócios, mas um chato em casa – provocou ela, com um riso atrevido. – Às vezes.

Michael riu-se.

– Como é que vocês americanos costumam dizer? *Too much information?* Demasiada informação?

Ela corou e ele puxou-lhe um caracol.

– Desculpa. Não resisti. Tenho uma prenda para ti.

Ela franziu a testa.

– Michael, o bolo já foi suficiente. Quase me mataste, estava delicioso.

– É só uma lembrança. Foste uma pessoa muito especial para mim ao longo deste ano e adoro ver-te feliz. – Tirou uma caixinha do bolso. – Abre.

Ela suspirou e pareceu hesitante. A curiosidade dominou-a e ela abriu a caixa. Um pingente com o formato de um sapatinho de bebé com uma esmeralda brilhante descansava no tecido. Ela prendeu a respiração e ele sentiu um enorme prazer com a reação dela.

– É a pedra preciosa do mês de nascimento da Lily – explicou ele. – O Nick disse-me que te comprou um fio de ouro, pelo que este pingente combina com ele. Gostaste?

Alexa mordeu o lábio inferior e pestanejou.

– Adorei – disse com a voz rouca. Inclinou-se e beijou-o no rosto e ele apertou as mãos dela. – É perfeito. Obrigada!

– *Prego, cara.*

Foi inundado por uma onda de admiração e amor. Assim que conhecera Alexa, num jantar de negócios, percebera que ela era uma mulher excecional. Felizmente, como descobrira que ela era casada, nunca houvera qualquer química sexual entre eles. Nick era a outra metade do coração dela. Mas Michael acreditava que ele e Alexa eram almas gémeas antigas – feitos para serem bons amigos, nunca amantes. Inicialmente, Nick reprovara a amizade deles, mas depois tornaram-se amigos, além de sócios. Quando Lily nasceu, Michael adorou o estatuto de tio honorário, que amenizava as ocasionais saudades de casa e da sua própria família.

Maggie, no entanto, desaprovava.

De repente, ela apareceu ao lado deles, como se pudesse farejar quando Alexa e Michael estavam juntos. Observou-o.

– Prendas, Al? – perguntou. – Que atencioso.

O seu tom era desafiador e ele percebeu uma frieza imediata. A sua proteção e lealdade para com a Alexa sempre o tinham fascinado. Como é que alguém com tanto potencial para amar estava sozinha? Será que ela tinha um amante secreto? Nunca ia acompanhada aos encontros de família. Michael estudou-a, mas não viu qualquer fraqueza ou satisfação, só o zumbido baixo de energia que emanava sempre dela.

Os seus pensamentos fizeram-no recordar o primeiro encontro de ambos, cerca de um ano atrás. Alexa implorara--lhe que conhecesse Maggie, pois o seu sexto sentido dizia que eram perfeitos um para o outro. Assim que os seus olhares se encontraram, Michael soube que a química sexual não seria um problema. Ela parecia tão sobressaltada como ele pela ligação instantânea que sentiram, mas ele disfarçou com perícia até perceber que ela tinha uma personalidade contraditória – era uma tigresa que não rugia. A conversa foi estimulante e desafiadora, o que só aumentou o seu desejo por ela; mas sabia que não era mulher de uma noite só, apesar do esforço que ela fazia para fingir que isso era só o que poderiam ter.

Michael desejara ser o homem que desafiaria os seus limites e lhe ofereceria mais. Mas a sua amizade com Alexa e a ameaça de um rompimento confuso fizeram-no não prolongar o encontro para outro dia. Ele procurava uma mulher que se encaixasse na sua família superunida, e não que se mantivesse distante. Maggie era o oposto de tudo o que ele achava que precisava numa parceira. Entediante, não. Mas um conjunto de contradições, sentimentos e trabalho, sim. Se se magoassem um ao outro, Alexa e Nick seriam as vítimas e, como ele os via como sua família, não queria arriscar algo tão importante. Não por causa das suas necessidades egoístas.

Comportara-se dessa forma quase toda a vida.

Ainda assim, estragara tudo. A sugestão dela, tímida, de saírem juntos novamente fizera-o sentir um medo que nunca sentira antes com uma mulher.

A vulnerabilidade crua que transparecera no rosto dela pela sua rejeição sobressaltara-o. Mas nunca haveria uma segunda oportunidade com Maggie Ryan. Ela nunca se permitiria ser colocada naquela situação de novo e adorava lembrar-lhe isso.

Alexa mostrou o pingente à amiga.

– Não é lindo, Maggie?

– Encantador.

Michael reprimiu uma risada ao perceber o olhar de advertência de Alexa. Como uma criança amuada, Maggie recuou.

– Tenho de ir, querida. Vou para Milão dentro de dias e ainda tenho muitas coisas para fazer.

Alexa gemeu.

– Meu Deus, o que eu não daria para ir a Milão comprar um guarda-roupa novo. – Apontou para o vestido que usava e franziu o rosto.

– A Lily valeu os quilos a mais – disse Maggie com firmeza. – Trago-te um par de sapatos de salto que vão deixar o Nick louco. – O seu olhar desviou-se para o rosto de Michael, provocador. – Não que seja preciso muito para vocês os dois começarem.

– Começar o quê? – Nick apareceu e envolveu as ancas de Alexa com os braços.

– Não interessa – respondeu Alexa rispidamente.

– Sexo – explicou Maggie. – Vou a Milão e vou trazer uns sapatos *sexy* à Alexa.

Nick pareceu intrigado.

– Porque não uma daquelas camisas de dormir de seda também?

– Nick!

Ele ignorou a expressão envergonhada da mulher e sorriu.

– O quê? Ela vai à capital da moda e não queres *lingerie*? Raios, eu quero. Tens um ar simplesmente... delicioso.

Maggie riu.

– Combinado. Ela vai ficar linda de vermelho.

– Odeio-vos.

Nick beijou ao de leve o pescoço da mulher. Michael virou a cabeça por um momento e viu o olhar de Maggie.

Nostalgia.

Michael emocionou-se ao notar a melancolia no olhar dela ao fitar o irmão, depois a persiana fechou-se com estrondo e o momento desapareceu.

Ele endireitou-se e decidiu agir.

– Maggie? Antes de te ires embora, posso falar contigo um minuto?

Ela encolheu os ombros.

– Claro. O que é?

– Em particular, por favor.

Nick e Alexa entreolharam-se. Maggie revirou os olhos.

– Vá lá, pessoal. Ele não vai pedir-me em casamento ou qualquer coisa parecida.

Michael estremeceu. Nick riu-se mas ela deitou-lhe a língua de fora, e foi à frente pelo corredor em direção a um dos quartos do fundo. Sentou na cama alta e esticou as pernas, com os braços a soerguer o tronco e os seios a pressionarem o *top* prateado, exigindo liberdade. Céus, será que ela tinha sutiã?

Michael tentou mostrar-se descontraído ao encostar-se ao poste da cama de dossel. A sua curiosidade foi recompensada quando dois pontos idênticos apareceram no tecido macio. Ele mexeu-se, tentando encontrar uma posição confortável, irritado por ela não ter escolhido uma sala para conversarem. Era muito fácil imaginá-la esparramada na colcha cor de champanhe enquanto ele lhe levantava o *top* com os dentes. Ele apostava que os mamilos dela eram cor de rubi e muito sensíveis. Parecia que o tecido do *top*, por si só, já os fazia reagir. Michael reprimiu um arrepio e esforçou-se por se concentrar.

– Tenho uma proposta para ti.

Ela inclinou a cabeça para trás e riu. O som rouco atraía-o como uma bruxa a lançar um feitiço.

– Bom, então estás a falar com a mulher certa. – Ela lambeu os lábios com uma precisão deliberada. O brilho ténue da humidade cintilou na luz. – Estou à espera da proposta.

Ele conteve um palavrão e decidiu fazer uma abordagem direta.

– Preciso de uma falsa esposa.

Ela pestanejou.

– Como?

– *Si*. – Ele ignorou o leve rubor que a sua revelação ridícula causou e continuou. – Estou a ter uns problemas de família que exigem que eu me case. Preciso de alguém que vá a Itália comigo uma semana, finja ser minha mulher, passe algum tempo com a minha família e se vá embora.

– Porque me sinto como se estivesse num *reality show*?

– Hã?

Ela ignorou a pergunta.

– Esquece. Bom, deixa-me pensar nisso um instante. Precisas que eu finja ser casada contigo, passe algum tempo com a tua *famiglia*, fique em casa deles e depois aja como se nada tivesse acontecido?

– Sim.

– Não, obrigada. – Ela levantou-se graciosamente da cama. Michael pôs-se à frente dela e fechou a porta. Ela levantou uma sobrancelha. – Desculpa, não gosto de tipos dominadores.

– Maggie, por favor, ouve-me.

– Raios, não! Já ouvi o bastante. Em primeiro lugar, vou a Milão em trabalho, não para ser noiva por encomenda. Em segundo lugar, não gostamos muito um do outro, e a tua família vai perceber isso de imediato. Em terceiro lugar, nem somos amigos íntimos, ou seja, não tenho motivos para te ajudar. Deves com certeza conhecer uma jovem adorável e ansiosa pela oportunidade de brilhar nesse papel.

Michael conteve um gemido. Tinha realmente achado que ia ser fácil?

– Na verdade, é por isso que és perfeita para esta missão. Preciso de alguém que não se iluda com a situação. De qualquer forma, não ando com ninguém de momento.

– E se eu andar?

– Andas?

Ela recuou. A tentação de mentir brilhou nos seus olhos, mas passou rapidamente.

– Não. Mas mesmo assim recuso-me a fazer isso.

– Posso pagar.

Ela sorriu.

– Não preciso do teu dinheiro, conde. Já ganho dinheiro suficiente, obrigada.

– Deve haver alguma coisa que eu possa dar-te em troca. Algo que queiras.

– Desculpa, sou uma mulher feliz. Mas obrigada pela oferta. – Ela passou por ele para agarrar na maçaneta da porta.

Maggie era a sua única candidata, e ele desconfiava que não encontraria nos Estados Unidos uma loja onde pudesse comprar uma mulher falsa. Ocorreu-lhe uma última opção. Nunca daria certo, claro, e Nick não aprovaria. Mas se Maggie acreditasse que essa possibilidade existia, talvez aceitasse a sua proposta. Ele ignorou o peso na sua consciência e jogou a cartada final.

– Muito bem, então acho que vou ter de pedir à Alexa.

Maggie parou. O seu cabelo voou quando ela virou a cabeça para encará-lo, como uma lutadora.

– O que disseste?

Ele suspirou, fingindo remorso.

– Não queria pedir-lhe que deixasse a Lily sozinha tão cedo, mas tenho a certeza de que ela me vai ajudar.

A fúria exsudava dos poros dela. Maggie cerrou o maxilar e falou por entre os dentes cerrados.

– Nem penses nisso, conde. Deixa a Alexa e o Nick em paz. Resolve os teus próprios problemas.

– É o que estou a tentar fazer.

Ela pôs-se em bicos dos pés para se aproximar do rosto dele. A sua respiração aflorou os lábios dele, uma combinação inebriante de café, conhaque e excitação.

– Juro por Deus que se tiveres coragem de lhes apresentar essa ideia maluca, eu vou...

– Vais o quê? Assim que eu explicar a situação, o Nick vai entender. A Alexa sempre quis ir a Itália, e serão apenas alguns dias. É uma emergência familiar.

– Tu não és da família! – As palavras chegaram aos ouvidos dele carregadas de ressentimento. – Para de te intrometer na vida deles e arranja uma.

Ele fez estalar a língua.

– Tão zangada, *tigrotta mia*. Estás com ciúmes?

Ela levantou as mãos e segurou-o pelos braços, cravando as unhas afiadas nos músculos dele, aumentando assim a tensão sexual entre eles.

– Não, estou zangada porque continuas a andar à volta da Alexa como um cachorrinho perdido, e agora o meu irmão nem sequer vê isso. Quem me dera que houvesse uma forma de eu me livrar de ti. Quem me dera poder...

Ela calou-se. Muito devagar, tirou as unhas dos braços dele e deu um passo atrás. O corpo dele lamentou a perda do calor do seu toque. Michael viu os olhos dela brilharem. Por alguma razão, pressentiu que as palavras seguintes não seriam boas. Ela estava com um ar perigoso.

— Se eu concordar com esse plano louco, dás-me o que eu quiser?

A mudança de opinião repentina fez o estômago de Michael contorcer-se.

— Sim.

Os lábios dela curvaram-se num sorriso, vermelhos e perfeitamente desenhados. Ele observava, perdido, aquela boca sensual, feita para o prazer carnal das suas fantasias. *Dio*, o seu corpo latejava com uma pressão dolorosa, distraindo-o de uma conversa racional. Pensou nas freiras da igreja que frequentava na infância e o pulsar diminuiu um pouco.

— Muito bem. Aceito.

Ele não comemorou. Limitou-se a observá-la com desconfiança.

— O que queres?

O triunfo na expressão dela adiantou-se às suas palavras.

— Quero que fiques longe da Alexa.

Michael hesitou. Parecia que o seu excelente plano tinha falhado. Amaldiçoou-se mentalmente por se ter permitido ficar tão aberto ao ataque surpresa dela. Achava engraçado Maggie passar o tempo a insistir que ele estava secretamente apaixonado por Alexa, mas agora a situação era mais séria. Achou melhor fingir que não tinha entendido.

— Claro — concordou. — Vou manter distância, se é isso que queres.

Ela estreitou os olhos.

– Acho que não entendeste o nosso acordo, conde. Quando ela te convidar para os jantares de domingo, estarás ocupado. Acabaram-se as visitas à Lily. As presenças nos eventos familiares. Podes falar com o Nick apenas no ambiente de trabalho, mas, de agora em diante, não vais considerar-te um amigo chegado da Alexa. *Capisce?*

Ah, sim. Ele percebera. E a sua irritação aumentou por ela nunca o tratar pelo nome. O título era escarninho saindo dos lábios dela, e uma necessidade de forçá-la a usar o seu primeiro nome fê-lo estremecer. De preferência quando ela estivesse deitada, com as pernas abertas e louca de desejo por ele. Recompôs-se, manteve uma aparência tranquila e rezou para que ela não percebesse a protuberância nas suas calças.

– Porque te sentes tão ameaçada, *cara?* O que receias que aconteça entre mim e a Alexa?

Ela ergueu o queixo.

– Já vi como é fácil destruir uma coisa boa – disse ela, com tom amargo. – A Alexa e o Nick são felizes. Ela não precisa de um homem a rondá-la. Eles podem até confiar em ti, mas eu não confio. – Maggie fez uma pausa. As suas últimas palavras saíram como um sussurro áspero. – Vejo como olhas para ela.

Michael tentou inspirar quando as palavras duras dela o atacaram como picadas de vespa. Ela realmente sabia muito pouco sobre ele. Que absurdo, imaginar que ele acabaria com um casamento e trairia uma confiança tão profunda. Mas, apesar da sua fúria e da sua mágoa, admirou a atitude corajosa dela. Assim que Maggie se dedicava a alguém, era leal para sempre. Talvez fosse por isso que evitava relacionamentos longos.

O corpo dela estremeceu devido à tensão e à emoção.

– Estou farta de ouvir toda a gente dizer que sou maluca. Só desta vez, admite que a amas. Diz-me a verdade, dá-me a tua palavra de que ficarás longe, e eu finjo ser tua mulher.

Ele estudou-a em silêncio. Discutir era inútil. Alexa recordava-lhe as irmãs que deixara em Itália, e isso acalmava a sua necessidade de conforto num mundo às vezes solitário. Tinha a impulsividade de Venezia, a responsabilidade de Julietta e a doçura de Carina. Obviamente, o carinho que tinha por Alexa fora mal interpretado pela melhor amiga dela.

Talvez isso fosse pelo melhor.

O corpo delicioso de Maggie e a sua inteligência atraíam--no. Não precisava de imaginar cenários em que acabariam na cama e as coisas ficariam... estranhas. Não enquanto estivesse com a sua família, fingindo ser casados. Se ela continuasse a acreditar que ele estava apaixonado pela melhor amiga dela, haveria uma barreira extra entre eles. Claro que era um sacrifício maior do que ele imaginara. Perderia uma amiga que era tudo para ele e talvez até magoasse Alexa.

Tinha de escolher. Pensou na possibilidade de não poder segurar Lily outra vez ou não ouvi-la chamar-lhe tio. E então pensou em Venezia e na sua histeria e tristeza, no seu desejo de iniciar a própria vida. Era sua responsabilidade cuidar da família a qualquer preço. Aprendera a lição quando era mais jovem, e não tencionava esquecê-la. Não, de certa forma, realmente não havia escolha.

Michael forçou-se a dizer o que Maggie precisava de ouvir.

— Amo a Alexa como amiga. Mas vou concordar com as tuas condições, se fizeres isto por mim.

Ela estremeceu, mas o seu olhar permaneceu firme enquanto assentia. Um estranho lampejo de angústia passou pelos seus olhos, mas logo desapareceu. O instinto de Michael disse-lhe que a confiança dela fora traída de tal forma que nenhum homem fora capaz de melhorar isso. Um amante antigo? Um ex-noivo? Fascinado, ele ansiava por saber mais sobre Maggie, mas ela voltara à sua postura controlada.

— Tudo bem. Dá-me a tua palavra de que ficarás longe dela quando voltarmos. Sem exceções.

— Como sugeres que eu desapareça sem deixar vestígios e sem a magoar?

Ela encolheu os ombros.

– Estaremos em Itália uma semana, e depois andarás muito ocupado. Finge que andas a sair com uma nova mulher e que estás muito apaixonado. Ao fim de algum tempo, a Alexa vai deixar de fazer perguntas.

Ele não concordava, mas calculava que Maggie a ajudaria nessa parte. Uma farpa de dor atingiu-o ainda antes de dizer as palavras em voz alta.

– Aceito as tuas condições. – Ele deu um passo à frente. – Agora, vou dizer-te quais são as minhas.

Gostou de vê-la arregalar os olhos quando se aproximou. A eletricidade era palpável entre ambos. No entanto, ela recusava mostrar-se amedrontada e manteve-se firme.

– Espera. Como vou saber que não vais quebrar a promessa?

Ele levantou a mão e segurou o queixo dela. A pergunta punha em causa quem ele realmente era, e respondeu num tom gelado.

– Porque eu não quebro as minhas promessas. *Capisce?*

Ela assentiu.

– Sim.

Soltou-lhe o queixo, mas não sem antes lhe tocar casualmente, passando o dedo pelo seu rosto. A pele macia e sedosa tentava-o a continuar a carícia. Aclarou a garganta e retomou o assunto.

– As regras são simples. Vou ligar à minha mãe esta noite a dar a notícia, mas ela vai desconfiar, a não ser que eu esteja preparado. Vou ter de concordar com o casamento em Itália.

– O quê? Raios, não! Não me vou casar contigo a sério!

Ele ignorou o protesto.

– É claro que não vamos casar a sério. Mas teremos de fingir. A *mamma* é bastante perspicaz e vai desconfiar se não estivermos dispostos a dizer os nossos votos diante dela e de um padre. Vou dizer-lhe que nos casámos legalmente nos Estados

Unidos mas que vamos pedir autorização para uma segunda cerimónia em Itália, para ela poder participar.

– O que vai acontecer quando o padre aparecer para nos casar?

Os lábios de Michael formaram uma linha fina ao ver o pânico repentino dela.

– É necessário bastante tempo para um padre concordar em realizar um casamento quando não conhece a noiva, principalmente se ela não é católica. Dificilmente vai acontecer na nossa breve visita. Vou dizer à *mamma* que ficaremos lá duas semanas, mas vimos embora ao fim de uma, dizendo que tivemos uma emergência.

Ela descontraiu-se, voltando à sua postura confiante e sarcástica.

– Não me disseste porque precisas de uma mulher tão rapidamente. Não consegues encontrar a tua Julieta, Romeu?

Michael resumiu a história da sua família e o desejo da irmã de casar. Preparou-se para ouvir Maggie dizer que se tratava de uma cultura ridícula e antiga, mas ela assentiu como se entendesse perfeitamente, o que o apanhou desprevenido.

– Admiro a tua mãe – disse, finalmente. – É difícil manter as nossas crenças quando os outros zombam de nós. Pelo menos a tua família acredita em alguma coisa. Tradição. Promessas. Responsabilidade. – Fascinado com as palavras dela, Michael viu a emoção tomar-lhe conta da expressão antes de ela se obrigar a ignorar as próprias recordações. – Só espero que o teu plano corra como queres.

– O que queres dizer com isso?

Os ombros elegantes de Maggie elevaram-se.

– A tua família pode não gostar de mim. Eu ganho a vida a fotografar modelos seminus. E não vou fingir obedecer-te cegamente, portanto não fiques com muitas esperanças.

Ele sorriu.

– Não te disse que as esposas obedecem de todas as maneiras? Parte do acordo inclui tratares-me como se eu fosse da realeza. Vais cozinhar para mim, servir as minhas necessidades e fazer-me as vontades. Não te preocupes, é só por uma semana.

A expressão horrorizada dela deu cabo da brincadeira. Ele riu, e ela baixou o punho fechado, encostando-o ao flanco. Será que ela levava aquela ferocidade para a cama? Se sim, restaria alguma coisa dos homens no dia seguinte, além de um sorriso idiota e de uma sede por mais?

– Engraçado. É bom ver que tens sentido de humor, conde. Vai fazer a semana passar mais depressa.

– Ainda bem que aprovas. Vou organizar tudo e partiremos amanhã à noite. Durante a viagem conto-te os pormenores sobre a minha família, e podes contar-me as coisas importantes sobre a tua.

Ela assentiu e dirigiu-se à porta. O desconforto que ela sentia em relação à proximidade deles acalmou-o. Pelo menos não era o único a sentir a química sexual. Ela parecia empenhada em *não* se sentir atraída por ele, o que facilitava a tentativa de ignorar a ligação física e sobreviver à semana seguinte.

Maggie Ryan podia ser uma mulher explosiva, mas ele conseguiria aguentar sete dias.

Sem problemas.

3

Maggie olhou para o seu falso marido e esforçou-se por não entrar em pânico.

A familiar respiração acelerada e o martelar do coração alertaram-na para sarilhos. Ela engoliu em seco, escondeu o rosto atrás da *Vogue* italiana e rezou para conseguir manter-se firme. Detestava a ideia de que alguém conhecesse a sua fraqueza, principalmente Michael. O plano completamente maluco atingiu-a com toda a força assim que o avião particular dele se elevou no ar. O seu anelar sentia o incómodo do contacto com a aliança de ouro platinado e o diamante de dois quilates brilhava como pingentes a refletir a luz do sol. O plano parecera simples em casa de Alexa. Um dia depois, no entanto, com um anel no dedo, um falso marido e uma família para convencer, ela percebeu que era uma idiota.

No que estava a pensar quando concordara com aquilo?

E por que motivo a família Ryan precisava de casamentos falsos? Ela matara-se a rir quando Nick lhe dissera que precisava de casar para herdar a empresa do tio, a Dreamscape Enterprises. Graças a Deus a decisão de juntá-lo a Alexa fora a melhor, especialmente quanto eles se apaixonaram e tornaram tudo real.

E claro que a única razão por que Alexa concordara em casar com o seu irmão fora para salvar a casa da família. Maggie não tinha nenhum motivo nobre, como salvar a empresa da família ou a sua casa. *Mas tens a oportunidade de proteger a família*, murmurou a voz interior. Alexa e Nick tinham uma ligação real. Michael seria sempre uma ameaça: o seu sorriso sensual, a sua voz cadenciada e o seu olhar que convidava a sexo envolviam a sua melhor amiga numa falsa proteção. Por fim, as suas suspeitas tinham sido confirmadas.

Ele admitira que amava a sua melhor amiga.

Quando as palavras tinham saído da boca dele, uma estranha tristeza invadira o seu coração. Ridículo, é claro, portanto ela enterrara rapidamente aquele sentimento embaraçoso. É verdade que ele acrescentara que a amava como amiga, mas apenas para a iludir. Um homem poderoso como Michael não se contentaria em esperar à margem por muito tempo, principalmente se acreditasse que tinha alguma possibilidade com a mulher que amava. Maggie não suportaria se não tivesse usado a única arma ao seu dispor para manter Michael longe da sua família.

Mas a que preço? Conhecer as irmãs e a mãe dele. Dormir no quarto dele. Fingir ser alguém que não era.

Os seus dedos apertaram as páginas brilhantes da revista, e ela inspirou pelo nariz e expirou pela boca. O psiquiatra que se obrigara a consultar receitara ioga e exercícios que reduzissem o stresse. Ela recusava-se a tomar medicamentos e a ser controlada pela ansiedade. Começando pelo número cem e continuando em contagem decrescente, forçou-se a ignorar a necessidade de mais ar e a recompor-se. Visualizando o seu pulso a abrandar, respirou.

Noventa e oito.

Noventa e sete.

Noventa e seis.

Noventa e cinco.

– A estudar para a tua sessão fotográfica?

Ela esperou um pouco, até estar controlada, e então ergueu o olhar. Michael estava recostado no banco, com um tornozelo sobre o joelho e um sorriso descontraído no rosto. Engraçado, ela sempre tivera uma queda por homens de cabelo comprido, com aquele ar de pirata moderno. Aquele corpo poderoso estava coberto por um casaco e calças de ganga pretos, e botas pretas de cano baixo. Os olhos dele pareciam cheios de humor ao indicar a revista de moda.

Uma repentina onda de irritação fê-la inclinar a cabeça e falar com sotaque sulista.

– Desculpa, querido, só consigo olhar para as fotos. Demasiadas palavras numa página deixam-me baralhada.

Sempre detestara que todos partissem do princípio que ela não seria capaz de digerir literatura mais desafiadora do que uma revista de moda. Claro que nunca se esforçara para convencer alguém do contrário. Não frequentara a faculdade e abrira caminho sozinha no mundo da fotografia. Gostava do controlo que lhe dava numa relação manter ocultos os pormenores sobre si. Principalmente o seu vício por palavras cruzadas e literatura sobre a Guerra Civil. Se ao menos os homens que tinham saído com ela soubessem que ela gravava mais programas do *History Channel* do que da série *Project Runway*!

Ele estendeu o braço para o minibar e serviu-se de uísque com gelo.

– Não tenho nada contra a *Vogue*. Era a bíblia da minha irmã.

– Eu também leio. Os artigos da *Playgirl* são divertidos.

Ele riu-se, e o som cobriu a pele dela como caramelo a escorrer devagar.

– Porque não me contas um pouco sobre o teu trabalho? Como te tornaste fotógrafa?

A verdadeira resposta surgiu na sua mente, mas ela não a diria em voz alta. Porque o mundo ficava melhor quando visto através das lentes? Porque a fotografia lhe dava a possibilidade de observar os outros – quase como um voyeurismo legal? Bebeu um gole de *chianti*.

– Uma vez, num Natal, recebi uma *Nikon* e mandaram-me para um acampamento de fotografia durante uma semana. A minha ama estava de férias e não havia ninguém para cuidar de mim, por isso mandaram-me para lá. O instrutor era excelente e ensinou-me muito. Fiquei viciada.

O olhar curioso de Michael queimava as suas barreiras e exigia a verdade. Felizmente, as emoções confusas que sentira estavam congeladas há tanto tempo que não havia nada para mostrar.

– Parece que recebeste dinheiro, mas nenhum apoio emocional. A indústria da moda é muito competitiva, principalmente em Milão. Deves ser extremamente talentosa e dedicada para seres tão procurada.

Ela encolheu os ombros.

– Sempre tive olho para a moda. – Fitou-o com uma malícia exagerada. – Principalmente para homens musculosos e seminus.

Maggie esperava uma gargalhada, mas ele continuou em silêncio, analisando-a.

– Já tentaste expandir os teus temas?

Ela esticou as pernas, e sentou-se mais confortavelmente.

– Claro. Já fiz fotos para a Gap e para a Victoria's Secret durante um período de necessidade.

– Não gostas muito de falar sobre ti, pois não, *cara*?

Aquelas palavras atingiram as suas terminações nervosas e fizeram-na querer coisas. Coisas más. Como a língua dele dentro da sua boca e as mãos dele a passear por todo o seu corpo nu. Oh, aquele homem era bom. Todo charme, humor e sensualidade num corpo fatal para as mulheres. Os seus olhos cheios de pecado praticamente forçavam as confissões dos lábios de uma mulher.

– Pelo contrário. Pergunta-me qualquer coisa. *Boxers* ou *slip*? Mets ou Yankees? Música de dança ou *hip-hop*? Podes perguntar.

– Fala-me dos teus pais.

Ela recusou-se a hesitar.

– O meu pai vai na quarta mulher. Adora dinheiro, odeia trabalhar e só me visita para acumular pontos positivos junto da nova mulher. Parece que ela gosta da família unida e ele está a tentar fazê-la feliz. Por enquanto. É bonito, encantador e completamente vazio. A minha mãe considera-se uma celebridade e ignora o facto de estar a envelhecer e de ter dois filhos adultos. Atualmente, anda envolvida com um ator e mendiga papéis insignificantes em vários estúdios.

– E os teus relacionamentos? – A expressão dele deixava transparecer uma curiosidade que a incomodava. – E então, *tigrotta mia*? Desististe de te comprometer com alguém por causa dos teus pais?

Ela prendeu a respiração com a frontalidade da pergunta, mas continuou.

– Tenho muitos relacionamentos saudáveis, nos meus próprios termos. – Mentiu sem remorso. – Se penso que encontrar o amor verdadeiro nesta vida é quase impossível? Sim, com certeza. Isso já foi provado milhares de vezes. Porque devo incomodar-me com isso? Porquê mergulhar numa situação dolorosa e dececionante, a não ser que seja com alguém por quem eu morreria? E, pessoalmente, não acho que o amor verdadeiro ande por aí. Mas divirto-me muito a procurar o homem certo.

O zumbido baixo do motor era o único som entre eles.

– Sinto muito.

As palavras suaves dele fizeram os lábios de Maggie contraírem-se.

– Porquê? Não fui espancada, não passei fome, nem abusaram de mim. Cresci numa mansão com amas, cozinheiros e todos os brinquedos que eu quisesse. Faço o que quero, quando quero e não devo satisfações a ninguém. Porque haverias de ter pena de mim? Tenho mais que a maioria. – Ele anuiu, mas Maggie sentiu que ele não acreditava nela. – Eu tenho muito mais pena de ti.

Michael fez um ar de espanto.

– De mim?

– Claro. Afinal de contas, já sei os teus segredos.

O sarcasmo atingiu-o em cheio. Ele ficou rígido e bebeu um gole de uísque.

– Ah, mas eu sinto o mesmo. Sou o que chamam um livro aberto.

A aliança de casamento brilhou quando ele gesticulou.

Ela praticamente ronronou com o prazer de desviar o foco da conversa de si própria.

– Tiveste uma família unida, e muito apoio. Ganhaste dinheiro e tiveste êxito. Mas não conseguiste encontrar uma mulher que fingisse amar-te durante uma semana. Por isso a tua mãe insiste em manter a tradição. Já tiveste algum relacionamento sério?

A fúria cintilou nos olhos negros de Michael.

– Eu saio com algumas mulheres – respondeu ele friamente. – Lá porque ainda não encontrei a pessoa certa não significa que esteja sempre sozinho.

– Boa saída. Então o que procuras, conde? Que tipo de mulher te deixa louco e te faria assentar?

Ele resmungou qualquer coisa entre dentes e ela recostou--se para apreciar o espetáculo.

– Eu adorava assentar e dar à minha mãe o que ela quer – declarou ele finalmente. – Mas não a qualquer custo. Sabes, *cara*, acredito no amor que dizes ser impossível. Só acho que é difícil de encontrar, por isso recuso-me a contentar-me com menos.

– Então todas essas mulheres que levas para a cama, sedu--las pelo desafio, pelo prazer ou porque esperas que sejam a mulher certa?

Os olhos de Michael cintilaram quando ela o surpreendeu com aquele golpe. Novamente, ele impressionou-a com a habilidade de passar de um homem encantador para um homem que se recusava a fazer joguinhos.

– Porque espero. Levo-as para a cama, concentro-me no pra-zer delas e tenho esperança de, na manhã seguinte, querer mais.

Ela não conseguia respirar. Tudo à sua volta pareceu oscilar quando as palavras dele ecoaram a sua busca inútil de alguém que matasse os demónios à noite e fosse suficientemente bom sob a luz reveladora da manhã. O seu coração martelava, mas, daquela vez, não era o pânico o causador.

Era Michael Conte.

Os dedos dela apertaram o pé delicado do copo que tinha na mão. A sensualidade controlada que irradiava dele atraía-a e puxava-a para a sua teia quando ele a fitou admirado.

– Também sentes o mesmo, não é? – A pergunta direta fê-la encolher-se. – Leva-los para a cama para fugir da solidão, esperando que acabe por ser mais? Acordas de manhã com o estômago revirado, sabendo que mentiste a ti mesma mais uma vez? Perguntas-te se o teu destino é ficar sozinha? Perguntas-te se algo no fundo de ti está a fazer-te retrair?

Meu Deus, sim.

De repente, as lágrimas ameaçaram cair. O medo dessa emoção fê-la lutar para recuperar o controlo. Nunca admitiria tais fraquezas e desejos àquele homem. Ele iria usá-los contra ela, para entrar na sua pele e procurar os seus segredos. Ela sabia o que a levara a esse comportamento, sabia que o vazio que havia dentro dela estava ali desde os dezasseis anos, quando um rapaz no qual confiava destruíra todas as suas esperanças, a sua bondade e o seu brilho. Mas ela fortalecera-se e escolhera vingar-se à sua maneira. Nunca deixaria ninguém apoderar-se da sua sexualidade e do seu controlo.

Se Michael descobrisse os seus segredos, não lhe restaria nada.

Então, sorriu e levantou o copo num brinde.

– Desculpa, conde. Levo-os para a cama porque são bonitos. Mas obrigada por partilhares.

O insulto provocou o que ela esperava. Aquela abertura fechou-se como se uma nuvem negra cobrisse o sol e tapasse toda a luz. Ela lamentou brevemente o que fizera ao ver a deceção e o remorso nos olhos dele. Por um instante, sentira-se mais ligada a um homem do que jamais estivera. Até na cama.

– Estou a ver. Então vamos seguir as regras, certo?

Ela não respondeu. Com movimentos deliberados, pegou na revista e ignorou-o. Michael percebeu a indireta e passaram as horas restantes em silêncio. Finalmente, a voz do comandante fez-se ouvir.

– Senhor, devemos aterrar em Orio al Serio em quinze minutos. Por favor, apertem os cintos de segurança.

Michael premiu o botão do intercomunicador.

– Obrigado, Richard.

Afivelaram os cintos. Maggie bebeu o resto do vinho e ignorou a dor do vazio dentro de si.

• • •

Michael observou aquela mulher imóvel sentada ao seu lado enquanto conduzia pelas estradas de montanha sinuosas em direção a casa. A capota estava baixa, e o cabelo avermelhado dela esvoaçava ao vento, emaranhando-se, mas ela não parecia preocupada. Os lábios franzidos diziam-lhe que estava concentrada, provavelmente a entrar na personagem para conhecer a família dele. Durante as últimas vinte e quatro horas, ele aprendera muito sobre Maggie Ryan.

Infelizmente, aquele minúsculo vislumbre só o fazia querer mais.

O verde vivo das árvores e a terra castanha receberam-no de um modo que tranquilizou a sua alma. A sua família possuía terras havia muitas gerações, todas herdadas por ele. Mas sempre soubera, desde a primeira visita a Nova Iorque, que gostaria de deixar lá sua marca. O *papa* levara-o a visitar o tio, e o alvoroço de Manhattan fascinara a sua sede de desafio. Infelizmente, a multidão e o caos não atendiam a sua necessidade de privacidade e do campo. Quando decidira expandir a La Dolce Famiglia para os Estados Unidos, procurara a animação de Manhattan num lugar que oferecesse uma atmosfera mais tranquila. Ao viajar para norte, uma joia escondida revelara-se nas montanhas majestosas do Hudson Valley, e ele soubera que finalmente tinha encontrado um lugar a que podia chamar lar.

Apesar de estar feliz em Nova Iorque, a sua terra natal dava-lhe sempre uma certa força. Recordava-lhe o homem que fora e as suas origens. No seu território, não havia banalidades ou fingimento. Num mundo que girava em torno de tecnologia, dinheiro e competitividade, ele precisava de se lembrar do que era realmente importante.

A cidade muralhada de Bergamo fazia-o recordar um tesouro rodeado por uma fortaleza. Confortavelmente situada no sopé dos Alpes e separada entre cidade alta e baixa, era uma mistura perfeita do Novo e do Velho Mundo. Ele adorava a sensação de ir da Citta Bassa para a Citta Alta, quando a agitação urbana se transformava num sussurro quieto do interior. Um sentimento de paz e satisfação percorreu o seu corpo à medida que ele se aproximava de casa.

Sentiu a essência almiscarada de sândalo no ar e mexeu-se no assento. Tudo em Maggie era um contraste sexual. O caçador primitivo nele queria mergulhar sob a pele dela e descobrir o que a excitava.

O olhar atordoado dela quando ele confessara o seu segredo atingira-o no meio do peito. Michael nunca falara sobre a sua busca vazia de uma mulher que pudesse completá-lo. Afinal, a maioria dos homens riria disso, e as mulheres encarariam isso um desafio e atacariam as barreiras do seu coração. Mas ela perturbara-o a tal ponto que ele cuspira aquelas palavras. E o reconhecimento óbvio de Maggie revelava o seu desejo mais profundo.

Ele chegou ao cimo da colina, parou junto à enorme vivenda de terracota e desligou o motor.

– Acho que temos um minuto antes de virem todas receber-nos.

– É linda, mas não é a mansão milionária que eu esperava.

Ele olhou para as linhas simples da sua casa de infância através do olhar Maggie e suspirou.

– A *mamma* recusa sair daqui. Eu queria construir-lhe um castelo, digno do que merece, mas ela riu de mim. Disse que não queria sair da propriedade da família e da casa onde o *papa* viveu.

– Já gosto dela.

– Ela até recusa ajuda. Não tem empregados nem cozinheira. Contratei uma mulher que entra às escondidas para fazer uma limpeza quando ela está na igreja. – Michael abanou a cabeça. – Ah, bem. Estás pronta?

A expressão dela era impassível e calma. Mas mesmo assim, os seus olhos verdes cor de jade revelavam alguma incerteza. Ele pegou na mão dela e entrelaçou os dedos de ambos. Ela soltou um pequeno suspiro que soou como música para os ouvidos dele e fez as suas calças retesarem-se mais um pouco. Céus, ela era tão sensível ao toque dele. A eletricidade entre eles prometia uma satisfação física profunda que ele desejava provar, mas nunca o faria. As unhas dela, pintadas de rosa, cravaram-se na palma da mão dele, e ele pressionou o ponto sensível no pulso dela para confirmar a sua reação. Sim. Ele excitava-a. No entanto, ela recusou-se a ceder, e virou a cabeça com uma atitude de desafio.

– Vamos a isto – disse ela.

Saiu do carro no mesmo instante em que a porta da casa se abriu e as irmãs de Michael vieram a correr pelo caminho de pedra.

Em perfeita sintonia, lançaram-se nos braços dele. Ele explodiu de alegria quando as abraçou, aquela tagarelice animada um barulho tão familiar aos seus ouvidos. Ele beijou o alto das suas cabeças e observou-as.

– Estão mais bonitas do que eu me lembrava.

Diante dele estava uma visão dupla de cabelos espessos pretos, feições marcadas e olhos castanhos. Venezia e as suas curvas generosas, que o tinham feito questionar as intenções de muitos dos seus pretendentes, e a personalidade independente de Julietta, que lhe dera muitas noites de insónia. Aquelas duas irmãs eram determinadas e cheias de ousadia, mas obedeciam sempre às suas ordens, conforme as regras da família exigiam. Carina, aos vinte e três anos, era um pouco imatura. Ele percebeu, instantaneamente, que ela estava curvada a tentar disfarçar a sua altura e que usava roupa larga com intenção de esconder as suas curvas. Sentiu remorsos por não poder estar ali a acompanhá-la naquela fase.

Ela riu com a declaração dele, mas as duas irmãs mais velhas limitaram-se a revirar os olhos.

– Foi assim que conquistaste a tua mulher? – perguntou Venezia. – Com elogios pirosos e sorrisos doces para tentares aplacar-nos? Além de não nos visitares há meses, chegas com uma mulher, sem sequer preparares o terreno junto da *mamma*?

Carina olhava para as irmãs e para Maggie, mordendo o lábio, sentindo-se incomodada.

– Cuidado com esse mau feitio, Venezia – disse ele. – Talvez a minha mulher entenda melhor do que tu que faço o que é melhor para a família.

Maggie afastou-se do carro, bamboleando as ancas mais do que o normal. O seu cabelo balançava um pouco abaixo dos ombros, e ela parou ao lado dele como que a apoiá-lo.

– Sou a Maggie, a propósito, a mulher do vosso irmão. E não, ele não me conquistou com elogios. Fê-lo da forma tradicional. – Fez uma pausa para dar um efeito dramático e curvou os lábios carnudos num sorriso irónico. – Com ótimo sexo.

O gorjeio dos passarinhos foi o único som a quebrar o silêncio ensurdecedor. Michael semicerrou os olhos, horrorizado. Ia matá-la. As irmãs mais velhas olharam para ele de boca aberta. Carina arquejou.

Porque pensara ele que poderia controlá-la?

Venezia conteve uma gargalhada. Julietta olhou para ela com admiração e parecia que Carina encontrara a sua nova heroína.

Habituado a gerir problemas, a mente dele trabalhou em busca de uma resposta apropriada.

– Nada melhor do que sexo para escravizar um homem. – Uma voz familiar chegou-lhes vinda da porta, e uma figura delicada avançou pelo caminho. – É o que fazes com ele depois que conta. Pelo menos casaste e fizeste dele um homem honrado.

– *Mamma*?

Todos se viraram para ver a mulher baixa que se aproximava, apoiada a uma bengala esculpida. A cada passo, a bengala emitia um som autoritário que provocou um arrepio em Michael. O seu cabelo comprido e grisalho estava apanhado no coque habitual, e a sua pele morena e enrugada era marcada por rugas de expressão que indicavam uma vida de muitos risos. Ela dera à luz quatro filhos maiores que ela, que tinham herdado os genes do pai, mas o som da sua voz aterrorizava qualquer um que se atravessasse no seu caminho ou que a dececionasse. Vestia calças largas, sandálias e uma blusa branca simples, com um casaco de malha sobre os ombros.

Parou diante deles. Os seus lábios curvaram-se, mas o seu rosto não mostrou nenhuma reação ao estudar Maggie com um olhar perspicaz. Passou-se um longo momento enquanto eles esperavam por uma reação.

Finalmente, Maggie interrompeu o silêncio.

– Signora Conte, é uma honra conhecê-la finalmente. – O seu tom de voz expressava grande respeito enquanto ela encarava a sogra de cabeça erguida. – O seu filho é um idiota por não lhe ter falado antes do nosso noivado. Peço desculpa por ele.

A mãe dele assentiu.

– Aceito as tuas desculpas. Bem-vinda à minha família. – A mãe dele beijou Maggie nas duas faces, e então franziu o cenho. – És demasiado magra. Estas jovens estão sempre muito magras. Temos de tratar disso imediatamente. – Virou a cabeça abruptamente. – Meninas? Não cumprimentaram a vossa nova irmã?

A tensão dissolveu-se quando as irmãs abraçaram e beijaram Maggie. Michael suspirou por fim e abraçou a mãe. A delicadeza do seu corpo contradizia o seu olhar determinado.

– Olá, *mamma*.

– Michael. Estou zangada contigo, mas faço-te pagar mais tarde.

Ele riu e passou o dedo pela face enrugada dela.

– *Mi dispiace*. Prometo compensar-te.

– *Si*. Entrem e ponham-se à vontade.

Os sentidos dele absorveram o perfume e a visão familiar da sua casa. Ele admirou as telhas vermelhas do telhado, as varandas de ferro forjado e os pilares de pedra elaborados que flanqueavam a porta da frente. Superfícies amarelas e vermelhas competiam com flores silvestres de cores vivas. Situada no topo de uma colina, a casa de três andares apresentava-se como uma rainha diante dos seus súbditos, ostentando mais de dois hectares de terrenos. Os caminhos de pedra levavam a um pátio privado e a uma piscina rodeada de jardins luxuosos e passarelas. Os Alpes brilhavam à distância, com os seus picos brancos visíveis.

Enquanto as irmãs comentavam o anel de Maggie, Michael passou pelas portas e foi atingido pelo cheiro a alho, limão e manjericão. Os azulejos cintilavam, limpos, e destacavam os armários e a mesa pesada de pinho. Bancadas enormes rodeavam o espaço ocupado por ervas frescas, tomates e uma fila de tachos e panelas. Aquele era o território e o paraíso na Terra da sua mãe, onde tinham sido apresentados a doces e recheios deliciosos. Ela passara o talento para cada um dos filhos, mas nenhum tinha a sua habilidade, pelo que confiavam o comando da cadeia de pastelarias a *chefs* famosos. Engraçado, os irmãos pareciam ter os genes do pai para os negócios, mas a *mamma* nunca os obrigara a serem pessoas que não eram.

A lembrança dos seus próprios sonhos ameaçava vir ao de cima, mas ele sempre se recusou a pensar nos arrependimentos. E muito menos agora.

Nunca.

Olhou para Maggie. Ela conversava com as suas irmãs e parecia presunçosamente à vontade depois da entrada escandalosa. Obviamente, ela partira do princípio de que ele aceitaria mansamente a sua atitude ultrajante grato por ela ter concordado com toda aquela farsa.

– Maggie, preciso de falar contigo um minuto.

Como se sentisse a irritação dele, ela lançou-lhe um olhar e levantou a sobrancelha. Ele conteve uma risada.

– Levem as malas para o quarto – ordenou a *mamma*. – Já o preparei para vocês. Depois de se instalarem, encontramo-nos no jardim, para lanchar.

– *Si*.

Michael tirou as malas do carro, entrou em casa e fez sinal a Maggie para o seguir. Ela afastou-se das cunhadas e subiram em direção ao quarto. Ele pousou as malas no chão, fechou a porta com o pé e virou-se para ela.

– Um começo muito divertido da nossa semana, *tigrotta*. Mas acho que está na altura de perceberes quem manda aqui. – Ele deu um passo em frente e parou junto dela. – Agora.

4

Mais de um metro e oitenta de homem irritado erguia-se diante dela. Apesar de não ter sido tocada, ela imobilizou-se, como se tivesse sido manietada. O encanto descontraído normal nele desaparecera, e uma aura perigosa crepitava no ar. Ela tinha-o irritado. Infelizmente, em vez de medo, a excitação fazia formigar as suas terminações nervosas. Raios, como seria ele na cama? Nu, musculoso e... exigente.

Geralmente ela mantinha-se longe de homens com tendências dominadoras ou controladoras, mas Michael não a assustava. Pelo menos, não de uma forma desagradável. Os lábios dela abriram-se num convite inconsciente para ele avançar. Os olhos acinzentados fixaram-se na boca dela e ficaram mais escuros. Ela ansiava por saber o gosto dele. Estava doida para sentir a língua dele a reclamar a sua boca, as ancas dele a bater nas dela, sem ter de precisar de escolher.

Passou um momento. Depois outro.

As palavras saíram-lhe da boca antes que ela conseguisse contê-las.

– Qual é o problema, conde? O gato comeu-te a língua?

Ele virou-se e murmurou uma série de palavrões. O corpo dela descontraiu-se por ele ter recuado, mas a ameaça provocara-lhe um arrepio na espinha. Ela ignorou a deceção por uma oportunidade perdida.

– Cuidado, *cara*. Brincar comigo pode ser divertido, mas acabarei por me cansar.

Maggie resfolegou.

– Falaste como os heróis daqueles romances eróticos que eu adoro. Mas não sou submissa, querido, e não és o meu dominador. Compensou eu ter arriscado. Decidi desafiar a tua família desde o início, para não precisar de interpretar um papel com o qual não me sinto à vontade. Eles vão acabar por perceber que não sou de agradar aos outros nem sou uma mulher italiana tradicional. – Ela sorriu. – A tua mãe é maravilhosa.

– Ela está doente, portanto tem cuidado, por favor.

– Ah, não, Michael. O que tem ela?

Ele suspirou profundamente e esfregou o rosto.

– Além de artrite no joelho, o seu coração é frágil. Tem de evitar o stresse e atividade excessiva, portanto tenciono fazer--lhe as vontades durante a visita. – Franziu as sobrancelhas. – E espero que tu também.

– Posso ser simpática durante uma semana.

– Só acredito quando vir – murmurou ele. – Cuidado para não me bateres quando eu te beijar. – Ficou com uma expressão pensativa e Maggie quase engoliu em seco. – Aliás, talvez seja melhor beijarmo-nos aqui. Agora mesmo. Para treinar, é claro.

Ela sibilou, como uma cobra irritada.

– Eu consigo não saltar quando um homem me toca.

– Não estou convencido. – Ele aproximou-se e invadiu o espaço dela. O calor da pele dele atraiu-a. – Uma escorregadela e esta farsa acaba. Não posso dar-me a esse luxo. Principalmente porque um simples beijo antes pode fazer toda a diferença.

Ela sorriu com ar de gozo.

– Sou muito boa a fingir. – O aroma delicioso a almíscar e a homem impeliam-na a provar uma amostra. O coração dela disparou ao pensar que ele não acreditava nela, o que só a deixou mais agressiva. – Ninguém irá saber que não tenho vontade de te beijar. Não é necessário treinarmos.

Ele estudou-a em silêncio e ela começou a descontrair-se.

– Vamos testar a teoria, pode ser?

Michael agarrou-a pelos ombros e puxou-a para si. Maggie colidiu com uma parede de músculo esculpido e levantou automaticamente os braços em protesto, para empurrar o peito dele. Ao encontrar resistência, os seus dedos agarraram o tecido macio da *T-shirt* de Michael. Os pés dele detiveram-se de cada lado dos dela, desequilibrando-a. Ele parou com os lábios a poucos centímetros dos dela.

– Tira as mãos de cima de mim. – O suor cobria-lhe a testa. Ah, Deus, e se ela se entregasse e parecesse uma idiota? E se gemesse quando aqueles lábios carnudos se encontrassem com os seus? Não podia reagir. Não podia reagir. Não podia...

– Porque estás tão nervosa? – Os olhos dele brilhavam de excitação. – Já fizeste isto milhões de vezes, lembras-te?

– Não gosto de ser obrigada – retrucou ela.

O lábio dele estremeceu. Baixou a voz para um ronronar rouco que lhe prometia puro prazer físico.

– Talvez não tenhas tido o homem certo a obrigar-te.

– Por favor! As mulheres caem mesmo nisso? Porque, se caem, devem ser estúpidas. Tira as mãos...

Os lábios dele cobriram os dela.

A boca quente e macia interrompeu o fluxo de palavras zangadas dela e distraiu-a de qualquer outro pensamento que não fosse sobre como aquele homem beijava.

Os seus sentidos sofreram um curto-circuito. Ela gostava de beijar, e já beijara vários homens, mas tudo parecia diferente com Michael. O calor corporal dele fê-la recordar um lobisomem num daqueles filmes da série *Crepúsculo*, que ela secretamente adorava. A língua dele provou os seus lábios e então mergulhou, sem pedir licença. Ela podia tê-lo empurrado se ele tivesse ficado ganancioso; em vez disso, a sua língua seduzia e convidava-a a participar. A barba por fazer esfregava a curva sensível do maxilar dela. As ancas chocaram com as dela quando ele baixou os braços e agarrou no traseiro dela, fazendo-a encostar-se à protuberância dura entre as suas pernas.

Ela gemeu. Ele percebeu, insistiu um pouco mais e Maggie abriu a boca e rendeu-se.

Ele devorou-a e dominou-a, fazendo-a imaginar como tomaria o seu corpo se ela lhe desse uma oportunidade. Tentou vir à superfície e recuperar o controlo do beijo, mas o seu cérebro não funcionava e o seu corpo pedia mais. Ele murmurou o seu nome e as pernas dela ficaram trémulas, fazendo-a segurar-se nele com todas as forças e corresponder ao beijo.

Quanto tempo passara? Minutos? Uma hora? Ele afastou-se por fim, devagar, como se lamentasse desfazer o contacto. Ela odiou-se naquele momento. Em vez de o esbofetear, ou fazer algum comentário mordaz, ficou a olhar para ele impotente. Passou a língua pelo lábio inferior inchado.

Michael gemeu. A sua respiração era irregular.

– Tens razão – disse ele, baixinho. – Finges muito bem.

Maggie recuou, rezando para não estar corada. Forçou as palavras a saírem.

– Eu bem te disse.

Ele virou-se, pôs as malas no canto do quarto e abriu a porta do roupeiro.

– Há bastante espaço para os dois. Este será o nosso quarto durante a próxima semana.

A realidade fê-la aterrar. Os pormenores da decoração tornavam o quarto confortável e contudo masculino: mantas azuis e móveis de cerejeira, sem enfeites rebuscados. Uma colcha vermelho-escura dava o toque final à cama que ocupava o centro do quarto. Maggie olhou para a cama, um pouco mais pequena do que esperara, e percebeu que não havia nenhum sofá ou tapete confortável. Imaginar que estariam lado a lado na cama deixou-a nervosa. Meu Deus, ela acabara de se derreter com um mísero beijo. E se rebolasse durante o sono? E se os seus dedos tocassem, acidentalmente, numa parte daquele peitoral musculoso e ela fizesse figura de idiota?

Ficou irritada com a situação bizarra e fez o que sabia fazer melhor. Ser a primeira a atacar.

– Bela cama.

Ele aclarou a garganta.

– É aceitável para ti? Se não, posso pôr um cobertor no chão.

Ela revirou os olhos.

– Já sou grandinha, conde; é só ficares do teu lado da cama. Eu fico do lado esquerdo.

– Como queiras.

– Não ressonas, pois não?

Um brilho de divertimento cintilou nos olhos dele.

– Nunca tive queixas.

– Bom, eu aviso-te, para referência futura, se elas mentiram.

Ele apontou para a casa de banho e para as portas de vidro que davam para uma varanda.

– Porque não aproveitas para mudar de roupa e desces quando estiveres pronta? Depois mostro-te o resto da casa e a propriedade. Quando é a tua sessão fotográfica em Milão?

– Amanhã. Estarei lá a maior parte do dia.

– Muito bem. Encontramo-nos à tarde para preencher o nosso *Atto Nottorio* e o *Nulla Osta* no consulado. Já consegui as testemunhas. Não te esqueças de levar todos os teus documentos; tive de mexer uns cordelinhos para que a *mamma* não desconfie que queremos adiar.

Maggie engoliu em seco.

– Pensei que tinhas dito que era impossível encontrar um padre para nos casar.

– É bastante difícil encontrar um padre para celebrar uma cerimónia em cima da hora, e a *mamma* só aceitará esse tipo de casamento. É impossível tudo ser aprovado numa semana.

– Está bem.

Ficaram a olhar-se por uns instantes, em silêncio. Ele mexeu-se e a ganga das calças retesou-se em volta da protuberância central. A *T-shirt* preta não conseguia esconder a largura dos ombros e do peito, nem deixava de revelar os seus braços vigorosos, cobertos de pelos pretos. O seu corpo traidor reagiu à confiança dele, um calor a atingi-la entre as pernas e os seus mamilos a enrijecer e a ficar doridos.

Quando fora a última vez que ficara tão excitada com um homem? Talvez fosse por causa da conquista. As mulheres procuram sempre homens que são impossíveis de alcançar. Principalmente se estiverem obviamente atraídos por outra mulher.

Certo?

– Maggie? Estás bem?

Ela afastou aquela reação e culpou o *jet lag*.

– Claro. Vou tomar duche. Encontramo-nos lá em baixo.

Ele assentiu e fechou a porta quando saiu.

Maggie gemeu e remexeu rapidamente a mala à procura de uma muda de roupa. Tudo o que tinha a fazer era passar sete dias sem fazer papel de idiota e estaria livre de Michael Conte para sempre. Não teria de se preocupar se iria encontrá-lo em casa de Alexa, e teria a sua família toda para si.

A amargura daquele pensamento zombou da sua pretensa satisfação e deixou claro que era uma mentirosa. Habituara-se a ele no ano anterior. Demasiado. E sempre que olhava para aqueles olhos escuros e maliciosos, a lembrança da sua humilhação vinha à tona e fazia-a contorcer-se.

A casa de banho era pequena, mas acomodava uma banheira de mármore grande e uma cabina de duche. Ela resolveu tomar um duche rápido e deixar a imersão demorada para depois. Enfiou-se debaixo dos jatos fortes de água e deixou o calor descontrair os seus músculos tensos. Habituada pelas amigas a sair com homens que não conhecia, Maggie não pensara duas vezes quando Alexa jurara que tinha encontrado o homem perfeito para ela. Lembrava-se de entrar no restaurante italiano caro e romântico à espera de um certo tipo de homem. Um pouco pretensioso. Demasiado meloso. Demasiado atraente.

Enganara-se.

A não ser pela parte do atraente.

Maggie esfregou a pele e tentou apagar aquela recordação. Mas as imagens surgiram diante dela. A ligação instantânea quando as suas mãos se tocaram foi como um relâmpago há muito tempo contido. Ela quase recuara. Quase. As paredes que havia erguido estavam firmes, mas a conversa dele entreteve-a e envolveu-a como um abraço caloroso. Sim, ele era meloso, encantador e engraçado, e havia uma certa veracidade naquela essência que a atraía.

Quando a sobremesa chegou, pela primeira vez em muito tempo, tanto tempo que ela nem se lembrava quando fora a última vez, Maggie não queria que a noite acabasse. E sentiu que ele também não queria.

Aprendera o seu lema com a prática. Controla o encontro, controla o resultado. Por algum motivo estranho, ela abrira-se e mostrara-lhe um pouco do seu interior. A atração sexual entre eles era intensa, e ela começara a sentir uma certa leveza. Talvez estivesse finalmente pronta para algo mais sério. Talvez Alexa tivesse razão. Talvez ela tivesse descoberto um arco-íris ou uma queda de água naquele caminho escondido, ou algo que pudesse finalmente surpreendê-la e preencher o vazio doloroso que sentia.

– Gostei disto – disse ela em voz baixa. – Talvez possamos repetir. – Quando o convite impulsivo saiu sobre o prato de *tiramisu*, ela quase mordeu a língua horrorizada, mas já demasiado era tarde.

Ele estudou-a em silêncio.

– Não acho que seja boa ideia, Maggie.

O seu nome acariciou-lhe os ouvidos, mas as palavras magoaram-na como um cão raivoso. Ela nunca considerara ser rejeitada.

– Desculpa, *cara*. És uma mulher linda e sinto-me extremamente atraído por ti. Mas acho que isto acabaria mal.

A leveza que Maggie sentira desapareceu. Sim, ela percebia que era uma situação complicada, mas, pela primeira vez estava com vontade de arriscar. Devia ter avaliado mal a situação. Ou a ligação entre ambos. Quase se riu da situação, mas o medo cintilou naqueles olhos e deteve-a. Ele sorriu, mas ela percebeu o seu desconforto pelo modo como se mexia na cadeira e segurava o copo de vinho. Quase como se algo o impedisse de levá-la a casa. Quase como se...

Quando ela percebeu, ficou estarrecida. As peças do quebra-cabeças encaixaram-se. A dor no seu coração aumentou, e ela mal conseguia formar as palavras.

– É a Alexa, não é? – sussurrou. – Sentes alguma coisa por ela.

– Não! A Alexa é minha amiga, só isso.

A negação dele soava a mentira quando ele desviou os olhos. Ela corou, e a humilhação fê-la querer vomitar e sair dali a correr. Não admirava que ele não quisesse sair com ela. A sua mente analisou a conversa daquela noite e ela recordou todos os comentários que ele fizera sobre Alexa. Como ela era maravilhosa. Como era carinhosa. Como era esperta. Até perguntara como elas se tinham conhecido e ficou intrigado por ela contar que, da primeira vez que se viram no autocarro da escola, tinham lutado, e depois se tinham tornado as melhores amigas. Ele nunca estivera interessado nela. Aquele encontro tivera o objetivo de recolher informação sobre outra mulher.

Ele estava apaixonado por Alexa.

Ela sufocou a vergonha e jurou sair dali com o orgulho intacto.

– Compreendo – disse. As suas palavras deixavam transparecer uma distância gelada. Os seus dedos não tremeram quando ela empurrou o prato e se levantou da cadeira.

– Maggie, vamos conversar sobre isto. Por favor, não fiques com a impressão errada.

A risada dela saiu um pouco insegura.

– Não sejas ridículo, conde. Já sou crescidinha, consigo lidar com uma rejeição. Mas fica ciente de que vou ficar de olho em ti. Principalmente quando estiveres perto da Alexa.

Ele arquejou, mas Maggie viu para além disso.

– Eu disse-te...

– Tretas! – Ela agarrou na mala e pô-la ao ombro. Semicerrou os olhos. – Até breve, conde.

Ele chamou-a, mas ela ignorou-o e saiu do restaurante.

Maggie fechou a água e agarrou numa toalha. A rejeição magoava-a ainda agora, por muito ridículo que isso fosse. Michael arrastara-a para o pesadelo recorrente da sua adolescência.

Nunca sou suficientemente boa.

Zangada com aqueles pensamentos e recordações más, vestiu umas calças de ganga, um *top* verde e sandálias de cabedal. De nada adiantava voltar ao passado. Maggie controlava os seus relacionamentos, a sua sexualidade, e fazia as próprias escolhas. E não se permitiria ser uma segunda escolha.

Principalmente com Michael Conte.

Penteou o cabelo ainda molhado e aplicou um pouco de *gloss*. Depois, afastando aqueles pensamentos perturbadores para o fundo da mente, desceu para conhecer a sua nova família.

Maggie saiu para as traseiras e encontrou todos reunidos em volta das mesas e cadeiras de ferro forjado. Aquele refúgio era rodeado por uma cerca de flores de cores vivas – uma mistura de amarelos, vermelhos-sangue e roxos, todos a implorar por atenção. O perfume adocicado pairava na brisa quente e chegou-lhe às narinas. Uma fonte rebuscada com um anjo esculpido lançava água num pequeno lago coberto de musgo. Os raios de sol banhavam a tijoleira. Imediatamente, Maggie sentiu-se descontraída naquele espaço calmo. Os seus dedos ansiavam por pegar na máquina fotográfica, desejando captar a qualidade quase mística do silêncio, mesmo quando invadido pela ruidosa família italiana a conversar à mesa.

– Margherita, vem juntar-te a nós. – Ela quase estremeceu ao ouvir o seu nome inteiro, mas a mãe de Michael fazia-o soar mágico, portanto ela não ligou. Regra número um: nunca criticar a matriarca da família para a qual se acabou de entrar.

– *Grazie.*

Michael serviu-lhe um copo de vinho tinto, entrelaçou os dedos nos dela e sorriu. O coração de Maggie batia com dificuldade, mas ela sorriu-lhe com ternura. As irmãs dele pareciam ansiosas por ouvir os pormenores sórdidos. Maggie tomou uma decisão. Quanto mais depressa contasse toda a história, mais depressa elas se concentrariam no casamento de Venezia.

Bebeu um gole de vinho.

– Querem saber como nos conhecemos?

Michael ergueu a sobrancelha, admirado. Um clamor de vozes femininas ergueu-se em concordância. Maggie conteve um sorriso. Aquela seria fácil.

– A minha amiga Alexa arranjou-nos um encontro. Sabem, a minha melhor amiga é muito bem casada com o meu irmão. Quando ela conheceu o Michael num jantar de negócios, achou que seríamos o par perfeito. – Maggie lançou um sorriso tímido a Michael, e notou o aviso nos olhos dele. – Assim que nos conhecemos, ele disse que eu era a mulher certa. Geralmente, não acredito nos homens no primeiro encontro, mas ele cortejou-me e conquistou-me.

Carina suspirou e pousou o queixo gordinho nas mãos.

– Isso é tão romântico. Quase como o destino.

– Sim, exatamente como o destino. – Maggie apertou os dedos de Michael. – Íamos marcar a data do casamento, mas quando soubemos que a Venezia também estava noiva, decidimos casar logo. Espero que não tenham ficado chateadas por não termos tido um casamento convencional, mas eu odeio ser o centro das atenções, e achámos que seria melhor assim.

Michael levou a palma dela à boca e beijou-a no centro. Ela sentiu um formigueiro.

– *Si*, a Maggie é uma pessoa muito reservada.

O olhar perspicaz da mãe de Michael contradizia aquele corpo frágil. Maggie sentiu-se pouco à vontade. Qualquer pessoa que tivesse criado quatro filhos e administrasse os negócios da família tinha um instinto bem apurado, e Maggie tomou mentalmente nota para ter cuidado quando estivessem as duas sozinhas. Sabendo que não podia contar com muitas coisas na vida, assegurara-se de que dizia sempre a verdade e não quebrava uma promessa. Afinal, também corria ali um risco.

– O que fazes, Maggie? – perguntou Julietta. Os seus dedos compridos seguravam o copo de vinho com uma delicadeza que desmentia o olhar sério. Maggie lembrou-se de que ela era a administradora da La Dolce Famiglia. Educada e refinada, Julietta era a irmã racional e terra-a-terra.

– Sou fotógrafa. Tenho uma sessão fotográfica amanhã, em Milão, portanto estarei fora a maior parte do dia.

– Que maravilha. O que fotografas? – perguntou Julietta.

– Homens. Em roupa interior. – O silêncio pairou sobre a mesa e Maggie encolheu os ombros. – É roupa interior de marca, claro. Amanhã vou fotografar para a *Roberto Cavalli*.

Venezia irrompeu em risos.

– Adoro! Será que me consegues um desconto? O Dominick iria adorar um novo par de cuecas *Cavalli*.

Carina riu-se. *Mamma* Conte soltou um suspiro sofrido.

– Venezia, não precisamos de saber o que o Dominick usa por baixo da roupa. – Fitou-a, séria. – Nem tu devias saber até te casares. *Capisce*?

– A Maggie é uma fotógrafa muito talentosa – disse Michael. – Tenho a certeza de que isto ampliará os seus horizontes, principalmente com tudo o que há para ver em Itália.

Maggie franziu o cenho. A declaração dele mais parecia uma desculpa disfarçada para a família, mas ela engoliu a irritação com um gole de *chianti*. Não fotografar animais de estimação e bebés fofinhos não tornava as suas escolhas menos valiosas. Era como se ele soubesse que, intimamente, ela ansiava por mais. Incomodada com os próprios pensamentos, concentrou-se novamente na conversa.

Venezia falava, enquanto as suas mãos confirmavam cada comentário com um gesto dramático. Maggie considerou-a «a rainha dramática» da família. Mesmo assim, os seus olhos cor de chocolate ardiam com o brilho do fogo e do entusiasmo, e o seu corpo esguio envolto em calças de ganga caras, uma blusinha às flores e sapatos *Jimmy Choo*, indicaram-lhe que ela adorava moda. Michael parecia não aprovar a escolha de Venezia de não trabalhar na pastelaria da família, mas a sua carreira de assistente de um estilista famoso parecia satisfazer o seu lado criativo. Maggie não conseguia imaginá-la a decorar *cupcakes*, a comprar publicidade ou a tratar da contabilidade.

– Queremos fazer o nosso casamento aqui na propriedade – continuou Venezia, e a sua expressão suavizou-se. – É claro que vamos encomendar bolos da nossa pastelaria. Setembro é um mês tão bonito.

Julietta engasgou-se.

– Mas isso é daqui a três meses!

A irmã lançou-lhe um olhar intenso.

– Não quero esperar nem mais um segundo para começar a minha vida com o Dominick. Agora que o Michael casou, podemos seguir em frente com os nossos planos. Já decidimos que será no dia quinze. Estarás livre nessa data, Maggie? E é claro que serás uma das minhas damas de honor.

Maggie engoliu em seco quando a culpa da mentira a atingiu. Empurrou-a para baixo com outro gole de vinho.

– Claro, vou já reservar o dia.

Venezia soltou um gritinho de alegria e juntou as mãos.

– Ótimo. Ah, e porque não compramos os nossos vestidos esta semana?

Julietta revirou os olhos.

– Detesto comprar vestidos.

– Bem, azar. És minha dama de honor e se estragares tudo com lamúrias, nunca mais falo contigo.

– Quem me dera.

Maggie rodou o anel de diamante no dedo como se ele a queimasse. Lutou contra o ligeiro pânico que sentia ante a realidade da situação.

– Hum, eu vou estar ocupada a trabalhar, e sei que o Michael gostaria de me mostrar a região. – Ela sorriu, mas sentiu que parecia mais uma careta. – Talvez tu e as tuas irmãs possam ir esta semana. Se encontrarem alguma coisa, digo-vos o meu tamanho e encomendam o meu. Tenho a certeza de que verei os vestidos quando eu e o Michael vos visitarmos novamente.

– Nem pensar. – Os olhos de Venezia brilhavam, decididos. – Tu agora também és minha irmã e tens de vir. Além disso, recuso-me a comprar alguma coisa que talvez não te fique bem. Iria destruir a minha reputação de estilista.

Julietta riu baixinho.

– A Maggie e eu estamos em lua de mel, precisamos de algum tempo sozinhos. Ser arrastada para comprar vestidos não é exatamente a minha ideia de romance. – Ele sorriu ternamente para ela, e Maggie lutou contra a sensação de ter a barriga a derreter.

Carina olhou para Maggie, implorando.

– Ah, por favor, junta-te a nós. Agora somos família, e não participámos nos preparativos do teu casamento. É só uma tarde.

As paredes pulsantes fecharam-se em volta dela. Como poderia ela provar um vestido de dama de honor e fingir que iria ao casamento? Michael abriu a boca para falar, e Maggie apercebeu-se da expressão da mãe dele.

Desconfiança.

Franziu ligeiramente a testa. O seu desconforto era evidente, e a mulher mais velha sentia que algo se passava. E tinha razão. Mas Maggie fizera uma promessa, e precisava de fingir.

Ela colocou o dedo sobre os lábios de Michael, para não o deixar falar. Aquelas curvas macias fizeram-na desejar sentir aquela boca na sua mais uma vez, mergulhando profundamente e exigindo tudo.

– Não, Michael, as tuas irmãs têm razão. – Tentou parecer feliz. – Vou adorar passar uma tarde a comprar vestidos. Vai ser divertido.

A mãe dele recostou-se na cadeira, assentiu e cruzou os braços sobre o peito, satisfeita. A conversa continuou. Maggie calculou mentalmente quantas horas faltavam para poder ir dormir. Um jantar tranquilo, ir para a cama cedo alegando cansaço e o dia acabaria. No seguinte, ela trabalharia todo o dia, preencheria os papéis no consulado e... o que dissera Julietta?

– Festa? – perguntou Maggie. A palavra brilhava cm luz fluorescente no cérebro dela, como um sinal de perigo. Michael também parecia admirado.

Mamma Conte levantou-se e apoiou a sua bengala no chão.

– *Si*. A festa desta noite, Michael. Não pensaste que eu ia perder a oportunidade de dar uma festa para comemorar a união do meu filho e da sua mulher, pois não? Temos de começar a preparar o jantar.

– O Max vem? – Carina perguntou arquejante.

– *Si*, é claro que sim. E os teus primos.

Michael estremeceu, depois lançou-lhe um olhar tranquilizador. Caramba, ela estava a afogar-se e o seu falso novo marido atirara-lhe um colete salva-vidas furado. Vestido de dama de honor e agora uma festa de casamento.

– *Mamma*, não estamos realmente em condições de ter uma festa hoje. Estamos cansados da viagem e a Maggie tem de trabalhar de manhã.

Ela interrompeu os argumentos dele com um gesto da mão.

– Que disparate. São só algumas pessoas que querem cumprimentar-vos. Não é nada de especial. Porque não escolhes um vinho na nossa adega e vais à pastelaria? Traz *tiramisu* e *cannolis*, pretos e brancos. A Julietta vai contigo.

Maggie engoliu em seco.

– Hum, talvez eu deva...

Mamma Conte envolveu o braço de Maggie com o seu. A sua fragilidade parecia ter desaparecido. Havia muita força naqueles músculos delicados, e ela apertava-a firmemente.

– *Niente*. Tu ficas comigo, Margherita, e ajudas-me com o jantar.

Michael abanou a cabeça.

– *Mamma*, a Maggie não cozinha. Nos Estados Unidos, a maioria das mulheres trabalha fora e não sabe como preparar comida.

Aquilo, sim, chamou a atenção de Maggie. Ela virou-se e fuzilou-o com o olhar.

– Vai-te lixar, conde! Eu sei cozinhar. – Soltou uma risada falsa. – Só finjo não saber para me levares a jantar fora mais vezes.

Mamma Conte riu-se, orgulhosa, e levou-a para dentro, deixando várias pessoas perplexas para trás.

A cada passo em direção à cozinha enorme e brilhante, aparecia uma nova gota de suor. Maggie pensava furiosa numa única coisa.

Se saísse dali viva, iria matá-lo.

• • •

Maggie queria ceder ao impulso de sair a correr da casa. Detestava cozinhas. Quando era mais nova, a maioria das cozinheiras ficava furiosa quando ela entrava no seu espaço sagrado, até que só o vislumbre daquele equipamento brilhante começou a provocar-lhe arrepios. Mesmo assim, manteve a cabeça erguida e uma atitude positiva. Era uma mulher habilidosa e conseguia seguir uma receita.

Talvez o jantar fosse algo fácil de fazer, e ela poderia mostrar a Michael os seus incríveis dotes culinários e finalmente calá-lo.

Mamma já tinha disposto várias de tigelas e copos medidores na bancada comprida e larga. Muitos recipientes com ingredientes em pó estavam perfeitamente alinhados. Não reinava ali o caos dos concursos culinários televisivos.

Maggie sempre achara que se cozinhava para sobreviver, não pelo prazer. Como ela ganhava muito dinheiro, gastava a maior parte dele a comprar comida pronta. Franziu o cenho e tentou fingir entusiasmo pela tarefa diante dela. Deus, precisava de mais vinho. Se ficasse suficientemente bêbada, ficaria mais descontraída para aguentar a tortura.

– O que vamos preparar? – perguntou, com uma animação forçada.

– *Pasta*. Nós comemos um jantar rápido antes de o resto da família chegar, e então serviremos bolos e café. Sabes cozinhar massa, Margherita?

O alívio fez os seus músculos descontraírem-se. Graças a Deus. *Mamma* Conte escolhera a única coisa que ela sabia fazer bem. Cozinhava muitas vezes massa à noite e sabia como atingir a consistência perfeita, *al dente*. Maggie assentiu.

– Claro.

O rosto da mulher idosa revelou satisfação.

– Ótimo. Precisamos de uma grande quantidade. Já preparei os ingredientes.

A bancada continha farinha, ovos gigantes, óleo, rolos da massa e outro equipamento. Ela olhou em volta à procura de um pacote de massa e da panela onde ferver a água, enquanto *mamma* Conte lhe entregava um avental. Maggie franziu o nariz ante o exagero de usar um avental apenas para pôr algo em água, mas que se lixasse. Em Roma sê romano.

– Tenho a certeza de que a massa se faz de forma diferente nos Estados Unidos, portanto é melhor observares primeiro, e depois preparares a tua parte.

A confusão toldou-lhe as ideias por momentos, mas ela estava decidida a não se render ao pânico. Onde estava a caixa azul? Do que estava *mamma* a falar? Cada vez mais horrorizada, ela viu aquelas mãos engelhadas moverem-se muito depressa, partir os ovos, separar as gemas e misturar tudo num recipiente. A farinha foi posta no meio de uma tábua grande, e aos poucos, a *mamma* verteu o líquido no meio e deu início ao ritual de misturar tudo. Como que por magia, a massa apareceu de repente, e ela amassou, esticou e dançou sobre a bola durante vários minutos. Fascinada pelo ritual hipnotizante, Maggie não conseguia acreditar que aquela argamassa resultaria em alguma coisa que se pudesse realmente comer. Sem sair do ritmo, *mamma* Conte olhou para ela.

– Podes começar quando estiveres pronta.

Oh. Merda.

A realidade atingiu-a quando ela olhou para todos aqueles ingredientes à sua frente. Massa caseira! Ela teria de fazer massa a sério? Não havia nenhum pacote mágico para abrir ou um frasco de molho para aquecer. O que teria de fazer para cumprir aquele acordo era muito mais difícil do que pensara, e Maggie sentia o começo de um ataque contra a sua sanidade. Respirou profundamente. Ia conseguir. Não seria derrotada por uma bola de massa e uma matrona italiana que estava só à espera para atacar. Iria mostrar a todos do que era capaz.

Maggie puxou a tigela para perto de si. A parte da farinha era fácil, mas os ovos assustavam-na imenso. Hum, era preciso parti-los ao meio, abrir a casca, e o interior escorreria facilmente para fora. Com uma falsa confiança, ela bateu com o ovo na beira da tigela.

Aquela coisa escorregadia deslizou da mão dela e a casca branca estilhaçou-se. Uma olhadela rápida na direção de *mamma* Conte confirmou que ela não estava a supervisioná-la, o que indicava que acreditava que Maggie conseguiria preparar a sua massa. Cantarolando uma canção italiana, ela continuava a amassar.

Maggie retirou o máximo da casca que conseguiu e deixou o resto lá. Mais uns quantos e tinha um ingrediente molhado que pareceria aceitável. Mais ou menos. Que se lixasse, tinha de ir mais depressa antes que a mãe dele visse o que estava a fazer. Deitou um pouco de farinha no centro da bancada, depois despejou no meio o que estava na tigela.

O líquido escorreu pela bancada. Tentando não desesperar, ela limpou a testa com o antebraço e limpou o chiqueiro com o avental. Aquele maldito garfo não servia para mexer, então Maggie inspirou profundamente e enfiou as mãos naquela bodega.

Ah, que nojo.

A farinha enfiou-se debaixo das suas unhas. Ela espremeu a farinha com as mãos várias vezes, rezando para acontecer algum tipo de milagre que fizesse aquilo parecer massa. A farinha voava à sua volta numa nuvem branca. Quanto mais ela entrava em pânico, pior aquilo ficava. Talvez mais farinha ou outro ovo? Tudo se tornou instinto, até um par de mão firmes interromper os seus movimentos. Maggie fechou os olhos, admitindo o fracasso. Então abriu-os, devagar.

Mamma Conte olhou para o chiqueiro que devia ser a massa. Pedaços de casca branca no meio de grumos pegajosos escorriam pelo balcão e caíam no chão. Pequenas nuvens brancas pairavam à volta delas. O avental estava cheio de bocados de uma substância pegajosa, e o que devia ser a massa cobria-lhe os braços até ao cotovelo.

Maggie sabia que era o fim. Michael nunca casaria com uma mulher que não soubesse fazer massa. *Mamma* Conte nunca aprovaria aquela união nem acreditaria neles. Com o pouco de orgulho que ainda tinha, Maggie levantou o queixo e encarou o olhar daquela mulher de cabeça erguida.

– Menti. – *Mamma* Conte levantou uma sobrancelha, e Maggie apressou-se a continuar. – Não sei cozinhar. Uso massa seca e ponho-a em água a ferver. Aqueço o molho no micro-ondas. Como comida pronta quase todas as noites.

Pronto. Estava feito. Preparou-se para o ridículo e a acusação. Em vez disso, a mãe de Michael sorriu.

– Eu sei.

Maggie recuou.

– O quê?

– Queria ver até onde irias. Estou impressionada, Margherita. Nunca mostras o teu medo. A partir do momento em que te empenhas, vais até ao fim, mesmo que aches que podes fracassar. É exatamente disso que o meu filho precisa.

Com movimentos rápidos, *mamma* Conte despejou aquela pasta líquida no lixo, espalhou a farinha novamente na bancada e virou-se para ela.

– Vamos recomeçar. Presta atenção.

Maggie observou enquanto aprendia cada passo com uma explicação precisa e cuidadosa. Assim que o medo da descoberta desapareceu, descontraiu-se e concentrou-se na tarefa, as mãos a mergulharem na farinha enquanto amassava com tanta força que rapidamente ficou cansada. Os halteres no ginásio não eram nada comparados com cozinhar, e os músculos dos braços e dos pulsos de *mamma* Conte não pareciam cansar-se enquanto ela procurava obter a mistura perfeita. Maggie ouviu a melodia cadenciada que a mãe de Michael cantarolava e foi invadida por uma sensação de paz. Nunca cozinhara com uma mulher, nunca a tinham deixado entrar num espaço tão acolhedor e caseiro. Enquanto o rolo trabalhava e esticava a massa delicadamente, *mamma* Conte entregou-lhe um bocado.

– A densidade da massa é o segredo de uma refeição simples e boa. Devemos esticá-la até ficar com uma espessura fina e delicada, sem se partir. Presta atenção aos cantos.

Maggie mordeu o lábio.

– *Mamma* Conte, talvez seja melhor a senhora fazer isto.

– Não. Esta noite vais servir ao teu marido um jantar feito por ti, Margherita. E isso não é porque te submetes a ele ou porque ele te acha inferior. É porque és mais. Muito mais. *Capisce*?

A beleza do comentário envolveu-a com uma verdade surpreendente. Maggie levantou a mão e secou a testa, sujando-a de massa. E sorriu.

– Muito bem.

Trabalharam sem falar, cantarolando músicas italianas, ouvindo os movimentos calmantes do rolo e o canto dos pássaros ao longe. Maggie partiu todos os fios de massa, mas insistiu, até ter um fio longo e inteiro a pender sobre a mão. Irregular, mas transparente de tão fino.

Mamma Conte pegou-lhe e pô-lo a secar, inspecionando-o cuidadosamente. A sua voz ecoou pela cozinha.

– *Perfecto*.

Maggie sorriu e perguntou-se porque sentia que tinha acabado de escalar o monte Everest em pleno inverno.

• • •

Horas depois, estava sentada à mesa com tigelas de massa fumegante e molho de tomate fresco. O cheiro doce do manjericão e o do alho dominavam o ar. Três garrafas de vinho ocupavam os cantos da mesa, e os pratos estavam entre as travessas de comida, como personagens secundárias de um livro. Ela olhou para Michael, nervosa. Iria ele rir-se? Zombaria dela pela sua falta de jeito para cozinhar e pelo seu esforço patético em pôr uma mesa?

Gargalhadas, gritos e vozes altas ecoavam à volta dela. Estava habituada a jantar ao balcão da cozinha, enquanto via televisão, ou em restaurantes elegantes com conversas em voz baixa. Quando era mais nova, comia sozinha ou na companhia do irmão, em silêncio. Mas Michael era diferente.

Ele provocava as irmãs e descontraía-se no ambiente terno da família. Maggie percebeu que a sua tranquilidade transparecia em todos os momentos, porque ele sabia exatamente quem era. Ela respeitava isso num homem e achava raro. Ele aproveitava a vida e tinha sentido de humor, e ela perguntou-se como seria jantar com ele todas as noites. Beber vinho, falar sobre o dia, cozinhar e comer juntos. Um casal a sério.

Michael pegou no garfo, enrolou a massa e enfiou-a na boca.

Ela prendeu a respiração.

Ele soltou um gemido.

– Ah, *mamma*, está delicioso.

Mamma Conte sorriu e sentou-se.

– Podes agradecer à tua mulher, Michael. Cada fio de massa no teu prato foi feito pelas mãos dela.

Ele arregalou os olhos, admirado. Uma minúscula ruga surgiu na sua testa quando olhou para o prato, e então voltou o olhar para ela. Uma estranha mistura de sentimentos brilhava naqueles olhos. Luxúria. Orgulho. E gratidão.

Ele inclinou a cabeça, agradecendo-lhe, e um sorriso iluminou o seu rosto. Maggie sentiu-se leve e também sorriu, a agitação à volta da mesa a desvanecer-se com a atenção dele.

– *Grazie, cara.* É uma honra comer algo que foi feito especialmente para mim. Está delicioso.

Ela assentiu, aceitando os seus agradecimentos. Venezia falava sobre os vestidos das damas de honor e sobre casamentos. Carina falava sobre arte. Julietta comentava a nova campanha que estavam a lançar na pastelaria. Michael continuou a comer, com evidente orgulho na comida da falsa mulher.

E, por um breve momento, Maggie sentiu-se mais feliz do que nunca.

5

Eles estavam em apuros.

Michael encontrava-se à porta, a receber uma longa fila de parentes que não via havia meses. Desconfiara que o jantar íntimo que não era nada de especial iria acabar em desastre. Bom, não tanto para ele como para a pobre Maggie. A *famiglia* rodeava-a com um afeto ruidoso reservado apenas para os familiares de sangue. Os primos levaram cônjuges, namoradas, namorados e todos os *bambinos*. Vizinhos chegados e algumas mulheres que tinham andado atrás dele durante anos apareceram para inspecionar a rival vencedora. Para ele, era uma noite típica em casa da mãe.

Para Maggie, devia ser um inferno.

Ele abanou a cabeça e tentou não se rir. Ela estava encurralada num canto com algumas das suas primas, o seu cabelo cor de canela a brilhar como um farol naquela sala cheia de pessoas de pele morena e cabelos escuros. O seu vestido era curto e sensual, a saia por cima do joelho deixando ver um par de pernas intermináveis que imploravam por enlaçar a cintura de um homem. Vermelho vivo e amarelo coloriam o tecido delicado, tornando-a fácil de ser encontrada naquela multidão. Ela já era alta, mas estava da altura de quase todas as suas primas por causa das sandálias vermelhas com salto alto. Algo naquelas sandálias o excitava como nenhum outro calçado de mulher fizera. Como se aqueles saltos atrevidos confirmassem a mulher fogosa que havia no seu interior.

Ele encheu novamente o copo de vinho e conversou com alguns velhos amigos, enquanto a observava. Esperara uma cortesia distante que afastaria a sua família afetuosa, mas de cada vez que o seu olhar pousava nela, Maggie estava a rir ou a ouvir, concentrada, as muitas histórias que lhe contavam. Fascinado, Michael foi-se aproximando dela.

Claro que ele sabia que ela estava sempre à vontade socialmente e descontraída no ambiente de trabalho. Só não esperara que ela se comportasse de forma tão natural durante aquela farsa. A infância dela fora passada numa família fria, e ela irradiava um distanciamento que fazia parte da sua personalidade. Raios, usava isso como uma capa, e ele notara-a assim que ela entrara no restaurante, quando se conheceram. Mas alguma coisa estava diferente naquela noite.

Ele estudou-a enquanto o seu tio Tony falava sobre trabalho: problemas com fornecedores, aumento da renda e a possibilidade de ter propriedades. Ele assentia, ouvindo apenas com um ouvido, enquanto com o outro tentava bisbilhotar a sua falsa mulher.

– Como conseguiste? – ouviu a sua prima Brianna sussurrar a Maggie. Ela lembrava aquelas pessoas que baixavam a voz automaticamente quando diziam palavras como «cancro». A pergunta soou como um tiro. – O Michael evita o casamento desde sempre. Ele tem uma certa fama, sabes.

Maggie esboçou um breve sorriso.

– Ai sim? Que tipo de fama?

Brianna olhou em volta e inclinou-se para ela. Michael escondeu-se atrás do tio Tony.

– Ele adora a conquista. Parece que gosta de seduzir uma mulher; quanto maior o desafio, mais ele se esforça por ganhar o afeto dela. Então, assim que ela se rende, zás.

Maggie recuou.

– Zás? Que zás?

Aquele sussurro de novo.

– Ele deixa-a. De coração destroçado, seduzida e abandonada.

A fúria tomou conta dele ante a imagem que a prima pintava. *Dio*, teria paz algum dia? Nunca enganara uma mulher, e ainda assim a sua reputação precedera-o até aos Estados Unidos. Nick informara-o inúmeras vezes sobre os boatos das suas façanhas com as mulheres e como, de início, receara que Alexa se deixasse levar pelo seu encanto. Michael deu mais um passo para se aproximar e ouviu a resposta.

Maggie fez estalar a língua.

– Que horror! Então talvez seja por isso que ele casou comigo. Que estranho.

Brianna arregalou os olhos.

– O que é estranho? Conta-me. Agora somos da família, os teus segredos estão seguros comigo.

Maggie inspirou profundamente e olhou em volta, como se receasse que alguém ouvisse. O seu tom de voz era tão baixo como o da prima dele.

– Recusei-me a dormir com ele até nos casarmos, claro.

Michael engasgou-se com um pedaço de *bruschetta*. Quando recuperou, viu o sorriso travesso de Maggie, seguido de uma piscadela de olho. Ela tocou no braço de Brianna, depois voltou-se nos saltos sedutores, de tal forma que a sua saia levantou, mostrando um traseiro perfeitamente curvado por baixo. Ele retesou o maxilar quando um desejo repentino se apoderou dele. Imaginou-se a cravar os dentes naquela carne firme e dar uma dentada. O eco do gemido dela enquanto a segurava e lhe dava prazer toldou-lhe à visão. Quando ele voltou à realidade, o tio Tony ainda falava e Maggie já estava do outro lado da sala.

O que faria com ela?

Mais importante, o que faria com a necessidade urgente de tomar a mulher que fingia ser sua esposa?

. . .

Alguma coisa estava errada com ela.

Maggie mordiscou o presunto da entrada, deu um gole no vinho e engoliu tudo. Em apenas vinte e quatro horas, passara por todas as coisas que sempre evitara e desprezara.

Conversas longas, focadas em casamentos e assuntos de mulheres. *Confere.*

Cozinhar e picar até dar cabo da manicura das unhas. *Confere.*

Lidar com sogra, cunhadas e primas que metem o nariz na sua vida pessoal e fazem juízos de valor. *Confere.*

Então porque não estava ela a fugir aterrorizada, como um daqueles idiotas no filme *Grito* quando viam uma pessoa com a máscara branca?

Talvez porque soubesse que era tudo uma farsa?

Devia ser por isso. Não havia outra explicação racional. Para além de quando estava com irmão e Alexa, não tinha festas de família. Cozinhava apenas quando queria, quando achava que seria divertido. E nunca tivera de lidar com um bando de mulheres que soltavam risadas e faziam milhares de perguntas. Estava habituada ao silêncio – convivera com ele a maior parte da vida – e tivera pouca experiência com demonstrações de afeto tão abertas.

Mesmo assim, todos a receberam de coração aberto. As irmãs dele eram tão diferentes entre si e Maggie gostava bastante delas. Eram reais. A mãe dele não se rira nem criticara quando lhe ensinara a fazer o molho. Uma minúscula parte dela ganhou vida, uma parte que ela sentia vergonha de admitir que possuía. Como seria ter tantas pessoas a amá-la, independentemente dos erros que cometia?

O seu olhar pousou em Venezia, nos braços do noivo e a rir de alguma coisa que ele dissera. A ligação deles sentia-se do outro lado da sala, e a expressão de amor no rosto de Dominick fê-la sentir uma emoção pura.

Nostalgia.

Maggie engoliu, tentando desfazer o nó que se formara na sua garganta. Por mais horrível que fosse a sua farsa, de alguma forma pareceu certa quando viu aquele casal unido. Nada deveria atrapalhá-los – principalmente um costume antigo. Como seria a sensação? Ter um homem a olhar para nós com tanto amor e sentimento de posse? Pertencer a uma pessoa que realmente se importava connosco?

Ela afastou a pergunta da mente e caminhou na direção de Michael. Estava na hora de voltar ao jogo. Ele encontrava-se ao lado de um homem muito atraente, com olhos azuis flamejantes e barba mal feita. Ondas grossas e pretas de cabelo caíam-lhe sobre a testa. Raios, aquele homem era a representação do sexo e ela perguntou-se se ele seria modelo. Carina estava com eles, a sua cabeça inclinada ao olhar para o estranho como se ele fosse um sol, o único elemento que a separava de uma morte gelada.

Curiosa, Maggie aproximou-se do pequeno círculo e parou ao lado de Michael.

– Maggie, aí estás – disse Michael. – Quero apresentar-te o meu amigo Max Gray. Ele é como se fosse da família, considero-o um irmão. Trabalha para a La Dolce Famiglia e é o meu braço direito.

Max, o deus do sexo, voltou o seu olhar penetrante para ela e sorriu. Havia pequenas rugas nos cantos da sua boca. Ela pestanejou ao sentir a aura de sensualidade que a atingia como jatos propulsores. Estranhamente, não sentiu o calor da ligação que sentia com Michael, mas mais um prazer estético por visualizar uma criatura tão esplêndida. Ela estendeu-lhe a mão e ele apertou-a com firmeza.

Não. Nenhuma faísca. Graças a Deus. Maggie tinha pena da mulher que se apaixonasse por aquele homem, condenada a andar na sua sombra para sempre.

Então percebeu que a irmã mas nova de Michael havia sido mordida.

Muito mau.

Carina ainda não tinha idade suficiente para conseguir esconder os seus sentimentos. O seu rosto já revelava um desejo que partia o coração de Maggie e a deixava receosa. As lembranças obscuras do seu passado e da jovem que fora surgiram na sua mente. Antes de a sua inocência e crença num final feliz lhe terem sido arrancadas.

Pobre Carina. Se ela tinha um fraco por Max, estava condenada a ter o coração destroçado.

– Onde andaste a escondê-la, Michael? – Ele olhou para os dois com uma certa curiosidade e algo mais. Desconfiança? – Eu aqui a pensar que sou o teu melhor amigo e, ainda assim, não fazia ideia de que vocês os dois estavam juntos. Se as revistas não dão a notícia de que um bilionário de Nova Iorque ficou noivo, alguma coisa está errada.

Ah, sim. Max achava que ela era uma oportunista.

Michael resfolegou.

– Parece que as revistas estão mais interessadas em ti do que em mim, meu amigo. E acho que, quando comparámos notas da última vez, me vencias quase por um milhão.

– Dois.

– Ah, mas não és um conde.

– Aquele sangue suíço excluiu-me da competição. Mas sou dono de mais terras.

Maggie revirou os olhos.

– Porque não tiram a roupa e eu digo-vos quem é o maior?

Michael lançou-lhe um olhar carrancudo. Carina tapou a boca com a mão.

– Se as minhas fontes estão corretas, também andas a guardar segredos – provocou Michael. – O que significam as notícias nas colunas de mexericos de que andas a sair com alguém da realeza? A ascendência italiana não é suficiente para ti? Precisas de sangue azul para te satisfazeres?

Max abanou a cabeça.

– A Serena acompanhou o pai numa viagem de negócios e faz-me companhia. É herdeira de uma fortuna, mas não é exatamente da realeza. O pai dela cortar-me-ia ao meio... Não sou digno de casar com alguém daquela família.

Carina pareceu furiosa.

– Isso é ridículo! Qualquer pessoa que case por dinheiro, e não por amor, merece ser infeliz! Tu mereces mais do que isso.

Max pousou as mãos no peito.

– Ah, *cara*, queres casar comigo? Pensas como eu.

Carina ficou vermelha. Os seus lábios tremeram enquanto ela procurava palavras. Que confusão. Apaixonada pelo melhor amigo do irmão, bastante mais velho do que ela, e presa a um corpo de adolescente, desejando alguém que não podia ter. Pelo menos, *ainda* não.

Maggie abriu a boca para desviar o foco da conversa, mas Michael foi mais rápido. Pôs um dedo sob o queixo da irmã e esboçou um sorriso indulgente, como se fosse um adulto a falar com uma criança.

– A Carina ainda é nova para se envolver a sério com um homem. Vai acabar o curso de gestão e ocupar o seu lugar legítimo na pastelaria. Além disso, é uma boa menina, e tu, meu amigo, só sais com as más.

Os homens riram-se, sem perceber as proporções da piada.

Carina empalideceu e baixou a cabeça. Quando reergueu o queixo, teve de pestanejar para não deixar as lágrimas de fúria caírem.

– Já não sou uma criança, Michael – disse ela, furiosa. – Por que motivo nenhum de vocês consegue ver isso?

E, então, afastou-se a correr.

– O que foi que eu disse? – perguntou Michael. – Só estava a brincar.

Max parecia igualmente perdido.

Maggie soltou um suspiro irritado e bebeu o resto do vinho.

– Vocês, cabeçudos, fizeram das boas.

– Fizemos o quê? O comportamento dela é irracional e grosseiro. Não queria ofendê-la.

Max pareceu pouco à vontade.

– Será que é melhor eu ir falar com ela?

– Não, isso é responsabilidade minha. Eu falo com ela.

Maggie entregou o copo vazio a Michael.

– Ah, raios, não te metas. Já causaste demasiados problemas. Eu falo com ela.

O rosto de Michael expressava ceticismo.

– Querida, não tens muita experiência com adolescentes. Às vezes elas precisam de uma mão firme para pensar de forma racional. Talvez seja melhor eu ir chamar a Julietta.

Maggie duvidava que a irmã totalmente racional entendesse Carina naquele momento. Mais uma vez, o tom dele irritou-a, pois basicamente dizia-lhe que ela era incapaz de lidar com outra situação difícil. Nas últimas vinte e quatro horas, aquele homem insultara a sua carreira, os seus dotes culinários e agora a sua capacidade de resolver problemas. Obrigou-se a esboçar um sorriso doce.

– Não te preocupes, *querido*. – Gozou com o tratamento carinhoso de uma forma particular, que ele entendeu imediatamente. – Vou dar-lhe umas boas notícias que irão fazê-la sentir-se melhor.

– Que notícias?

Ela olhou para os dois homens lindos diante dela e esboçou um sorriso travesso.

– Vou arranjar-lhe um encontro. Com alguém maravilhoso.

A expressão de Michael ficou sombria.

– Nem pensar. A minha irmã mais nova não tem idade para encontros.

– É exatamente por isso que será perfeito para ela. Até já.

Para insultá-lo ainda mais, pôs-se em bicos de pés e deu-lhe um beijo nos lábios. A breve faísca entre eles distraiu-a por um instante, mas ela ignorou isso.

– Não vamos discutir na nossa lua de mel, amor, quando podemos concentrar-nos noutras atividades mais divertidas.

Piscou o olho a Max e afastou-se, certificando-se de que meneava as ancas ao sentir o olhar dele no seu traseiro.

Maggie conteve uma gargalhada. Caramba, aquilo era divertido. Desafiar a inteligência de Michael e a sua teimosia satisfazia-a. Subiu as escadas e procurou o quarto de Carina. Deixaria Michael digerir aquela ideia perturbadora durante algum tempo. Confessaria mais tarde que nem sequer conhecia um rapaz adequado para marcar o tal encontro. Infelizmente, as suas palavras impulsivas tinham-na deixado em apuros de novo e ela ainda precisava de tentar falar com Carina. Com certeza não tinha experiência a dar conselhos femininos. O que poderia dizer para fazê-la sentir-se melhor?

Suspirou ao parar diante da porta fechada e ouvir o som de soluços abafados. As suas mãos suavam, portanto limpou-as à saia. Ridículo. Se Carina não quisesse falar com ela, ficaria lá em cima uns minutos para que Michael acreditasse que elas tinham conversado. Levantou a mão e bateu à porta.

– Carina? É a Maggie. Queres conversar um pouco ou preferes que eu me vá embora? – Sim, ela era covarde. Uma boa conselheira exigiria que a jovem abrisse a porta para conversarem. Houve uns instantes de silêncio. Aliviada, ela começou a virar-se para ir embora. – Tudo bem, eu compreendo, vou...

Então a porta abriu-se.

Ah, raios.

– Porque é que ninguém percebe que sou adulta?

Maggie ficou parada à porta, tentada a fugir, mas Carina deu um passo atrás para ela entrar.

– Porque o teu irmão mais velho nunca irá aceitar isso – respondeu Maggie. Observou o quarto de paredes cor-de-rosa, os animais de peluche e muita renda. Iac. Algo lhe dizia que Carina mantinha o quarto assim para agradar aos outros e não a si própria. A cama de dossel parecia macia e convidativa, mas tinha uma colcha com borboletas que a tornava infantil.

Definitivamente, era muito imatura para os seus vinte e três anos. Maggie duvidava que ela já tivesse namorado, especialmente com Michael a mandar. Parou no fundo do quarto, onde alguns degraus conduziam a um segundo espaço que parecia ter sido o quarto de brinquedos. Aquela zona era diferente, cheia de lonas brancas, tinta e uma infinidade de pincéis. Várias aguarelas de cores vivas chamaram a sua atenção, e peças de barro representando amantes a abraçarem-se enfeitavam as prateleiras. *Hum, interessante.* Aquilo, sim, parecia-se mais com Carina do que o resto.

– Odeio a minha vida. – O seu rosto era uma máscara de tristeza. Atirou-se para a cama e verteu mais umas lágrimas. – Ninguém me compreende nem me deixa tomar decisões. Já não sou uma criança, mas a minha vida já está toda planeada.

Maggie repreendeu-se mentalmente por se meter naquela confusão com uma rapariga que mal conhecia, e numa situação que não podia resolver.

– Hum, como?

Carina engoliu.

– Só me deixam sair com rapazes que a família aprova. Não que algum me tenha convidado para sair. Sou feia e gorda.

Maggie suspirou, exasperada.

– Isso é uma parvoíce! O teu corpo é naturalmente curvilíneo. Tens seios. Já olhaste para as tuas irmãs? Podem ser magras, mas os seus peitos parecem umas panquecas.

Os olhos da rapariga arregalaram-se, chocados, e depois uma risada sincera escapou dos seus lábios.

– Talvez. Mas os homens gostam de mulheres magras. E o meu cabelo... Parece que enfiei o dedo na tomada. Os meus lábios parecem inchados e horríveis. – Mais lagrimas caíram. – E o Michael diz que tenho de ajudar a Julietta na La Dolce Famiglia, mas nunca me perguntou se eu queria! Eu gostava de ir para fora estudar, mas ele fez-me entrar numa universidade daqui. Agora, tenho de fazer o MBA e a seguir um longo estágio. Porque não posso ir para os Estados Unidos e trabalhar com ele? Não é justo!

Maggie abanou a cabeça. Credo, os dramas naquela família eram fora do comum. Sentou-se cuidadosamente na cama e deixou Carina desabafar. Procurou desesperadamente todas as coisas certas que uma mãe ou Alexa ou Nick diriam. Ah, que se lixasse. Naquele momento, Maggie percebeu que não era possível piorar as coisas.

— Muito bem, querida, endireita-te.

A jovem secou a cara e obedeceu. Os lábios que ela odiava franziram-se, e Maggie teve a certeza de que, um dia, Max veria a irmã mais nova de Michael de outra forma. Mas não agora. Ainda não. Carina precisava de tempo para se descobrir e se sentir confortável com o corpo que tinha.

— Com certeza já deves ter ouvido isto antes, mas a vida não é justa.

Outro sorriso. Pelo menos ela divertia a rapariga.

— Olha, sei que não nos conhecemos muito bem, mas deixa-me dizer o que vejo. O Max é uma brasa e tu estás doida por ele.

Carina ficou boquiaberta. O seu rosto ficou da cor de um tomate.

— N-n-não, eu não...

Maggie agitou a mão, indicando-lhe que parasse de falar.

— Não te culpo. O problema é que mal ultrapassaste a idade em que se pode beber álcool. Ele seria praticamente um pedófilo se ficasse contigo.

— Hã?

— Ah, esquece. Quero dizer que ainda és muito nova para ele te ver como mulher. Isso pode mudar, mas em vez de passares os próximos anos sem viver a vida, à espera que ele repare em ti, tens de sair e viver um pouco. Descobrir quem realmente és. Nessa altura, todos te verão como queres ser vista.

Ela parecia tão abatida e desesperada que Maggie ficou cheia de pena. Céus, lembrava-se de como era, de como a vida era confusa. Mas Carina tinha pessoas para a orientar, pessoas que a amavam, e Maggie esperava que isso fizesse diferença.

– Como é que eu faço isso? Olha para mim, sou horrível.

– Gostas do curso de gestão?

– Não me importo. Sou muito boa com números... uma das poucas coisas que sei fazer bem. – Ergueu a cabeça com uma expressão teimosa. – Mas seria fixe se alguém perguntasse a minha opinião.

Maggie riu. A miúda tinha garra. Iria precisar disso.

– Gestão não é um curso mau. Podes fazer muita coisa com o diploma, e conhecer pessoas novas e interessantes. – Apontou para a zona dos quadros. – Aqueles quadros são teus?

Carina assentiu.

– Sim, gosto de pintar, mas não acho que seja boa.

Maggie analisou as pinturas de rostos expressando diferentes emoções. Com um olhar crítico, ela observou os traços do pincel, as expressões intensas que atraíam o olhar do observador e o começo de um talento verdadeiro.

– Não, és boa – disse devagar. – Nunca desistas da arte. Inscreve-te em algumas aulas paralelamente, para melhorar a técnica, e não deixes ninguém dizer que não consegues. Percebido?

Carina assentiu, parecendo fascinada com a cunhada.

– O Michael tem as melhores intenções, mas, por ser o irmão mais velho, irá sempre estragar tudo. Vais precisar de muita força para lhes mostrares o que é aceitável ou não.

Os olhos dela arregalaram-se.

– Mas tudo o que o Michael diz é lei – sussurrou ela. – Ele é o chefe da família.

– Não estou a dizer para o desrespeitares. Mas tens de ser clara com ele. Tenta.

– Tudo bem.

– Quanto ao Max, talvez um dia as coisas mudem. Até lá, tens de te concentrar noutros rapazes.

– Já te disse, os rapazes não gostam de mim.

Maggie abanou a cabeça.

– Não estás a mostrar todo o teu potencial. – O convite ficou suspenso nos seus lábios, mas, antes que pudesse engolir as palavras, Maggie selou o seu destino. – Porque não vens comigo a uma das sessões fotográficas esta semana?

A rapariga olhou-a desconfiada.

– Porquê?

Maggie riu.

– Vou mudar-te o visual. Mostrar-te o mundo da fotografia e apresentar-te alguns dos modelos. Não vai acabar com os teus problemas, mas talvez percebas como as outras pessoas te veem. És linda, Carina. Por dentro e por fora. Só precisas de acreditar nisso.

Ao dizer aquelas palavras, Maggie teve de conter as lágrimas. Teria dado tudo para que alguém lhe tivesse dito aquilo quando precisara. Teria feito diferença? Pelo menos tinha a oportunidade de dizer essas coisas a uma jovem, independentemente de fazer ou não alguma diferença. Incomodada com os sentimentos que tinham florescido em si nas últimas vinte e quatro horas, ela pôs de lado a sua sensibilidade e endireitou as costas.

– Farias isso?

– Claro. Vai ser divertido.

Carina lançou os braços para ela e deu-lhe um abraço muito apertado.

Passou-se um segundo antes de Maggie corresponder ao abraço, e depois se afastar desajeitada.

– Obrigada, Maggie. És a melhor cunhada do mundo!

– Sou a tua única cunhada, querida.

A culpa atormentou-a. Uma coisa era fingir ser a mulher de Michael, outra era criar realmente laços com a família dele.

Arrependeu-se imediatamente do convite, mas era demasiado tarde para mudar de ideias. Maggie levantou da cama e dirigiu-se à porta.

– *Grazie!*

– *Prego.*

Saiu, fechando a porta atrás de si. Oh, pá. O Michael iria ficar furioso.

6

Dio, ele ia matá-la.

Michael via a sua falsa mulher arrumar calmamente o material para a sessão fotográfica e movimentar-se pelo quarto como se estivesse sozinha. Infelizmente, não estava. Ele começava a ficar cada vez mais irritado com ela, por fingir ignorar a química que permeava o espaço.

Aquilo estava a ficar complicado. Ela devia ter ficado longe dos seus assuntos, manter-se distante, e depois separar-se sem levantar ondas. Em vez disso, causara um *tsunami* logo no primeiro dia. Parecia que todos gostavam da sua atitude desbocada. Agora, a sua irmã mais nova ia a uma sessão fotográfica ver homens seminus, e Maggie achava que isso seria uma coisa boa.

– Nem sequer me pediste autorização para convidá-la – disse ele friamente. – Não me desrespeites quando o assunto é a minha família, Maggie.

Ela não se deu ao trabalho de olhar para ele enquanto arrumava as suas coisas. Vestia um pijama de cetim preto que enfatizava cada curva harmoniosa do seu corpo. O seu cabelo liso oscilava junto aos ombros, deixando-o num transe meditativo.

– Hum, não acho que a palavra «obedecer» estava nos nossos votos, Michael. De qualquer forma, já disse que estava a brincar quanto a marcar-lhe encontro com um rapaz. Pelo menos não precisas de te preocupar com isso.

– Isto não tem graça.

Ela bufou.

– Ouve, não tive escolha. Ela estava histérica e eu precisava de acalmá-la. Se não tivesses tratado a tua irmã como uma criança de cinco anos, talvez eu não precisasse de ter feito aquilo.

– A Carina é inocente, e pretendo mantê-la assim.

Ela bufou de novo e ele ficou mais furioso.

– Acorda para a vida, conde. Ela está na idade de explorar a sua sexualidade. E vai fazê-lo de qualquer forma, portanto é melhor estarmos por perto.

– Não debaixo do meu teto. Tenho o dever de protegê-la, e é o que vou fazer. Ela tem de acabar a faculdade e começar a sua carreira. Os rapazes não estão nos planos.

– Ela é louca pelo Max.

– *O quê?* – O rugido dele ecoou nas paredes. – Ele fez alguma coisa para incentivá-la? Eu mato-o.

– Credo, acalma-te. Ele não fez nada. Também a vê como uma criança. Só estou a dizer que tens de lhe dar uma folga. Não é fácil gostar do melhor amigo do irmão.

Ele levantou-se da posição descontraída na cama e começou a andar pelo quarto. Em apenas alguns minutos, ela provocara nele excitação, fúria e frustração. Àquele ritmo, estaria morto no fim da semana.

– O Max é da família e a Carina nunca o veria dessa forma. – Um pensamento horrível passou pela mente dele. – Porquê? Sentes-te atraída por ele? Puseste essas ideias na cabeça dela?

Aquilo fê-la girar na direção dele. Ele quase recuou com o gelo que emanou do corpo dela. Os olhos verdes semicerraram--se perigosamente.

– Ao contrário do que pensas sobre mim, conde, não me atiro a todos os homens que vejo. E a Carina é capaz de pensar sozinha. Só tens de deixar de ser teimoso e ouvir o que ela tem a dizer.

Voltou a atenção para a mala que estava a fazer.

Ele aproximou-se, pegou-lhe no braço e virou-a para encará-lo.

– Estás a entrar em território perigoso, *tigrotta mia* – rosnou. – Não vou permitir que interfiras na minha família durante esta semana. Não vais levar a Carina a essa sessão fotográfica. Eu lido com ela sozinho. *Capisce?*

Outra mulher recuaria. Mas Maggie pôs-se em bicos dos pés, encarando-o. O perfume sensual de âmbar e sândalo envolveu-o e acabou com a sua concentração.

– Não tenho o menor interesse em intrometer-me nos problemas da tua família. Vai em frente e comporta-te como um ditador, se isso te deixa feliz. Estou a tentar dizer que a tua irmã precisa de alguém que a ouça, não de uma lição de moral.

– E tu és a pessoa que convenientemente a ouve?

Ela esboçou um sorriso insolente.

– Acho que sim. Que sorte eu estar aqui, não é?

A rejeição da sua autoridade magoou-o e desviou a fúria dele para outra coisa. Algo mais perigoso.

O tecido escorregadio do pijama que ela usava deslizava pelos dedos dele, e ele imaginou a pele dourada e macia por baixo. Ansiava por segurar a sua cabeça e apoderar-se dos seus lábios, para ver como podia transformar suavemente a raiva em rendição. Ficou duro ao pensar naquilo, desafiado a todos os níveis a possuir e conquistar. Quando é que uma mulher lhe provocara tamanho estrago? Se ele se permitisse levá-la para a cama, o desejo desapareceria de manhã? Desaparecia sempre. Talvez ele precisasse de satisfazer a sua ânsia para se livrar da vontade que tinha de se meter entre aquelas pernas e fazê-la esquecer tudo e todos, exceto ele.

– Metes ideias erradas na cabeça da miúda. Eu trato da minha família – avisou ele. – Um dia mau e já conseguiste causar uma confusão dos diabos. Não sabes do que a minha irmã precisa. Não sabes do que ninguém precisa. Raios, nem sequer sabes do que *precisas.*

Arrependeu-se das palavras assim que saíram dos seus lábios. Ela ficou hirta nos braços dele e uma dor primitiva passou por aqueles olhos. A lembrança de algo do passado surgiu com força, e ele viu-a lutar contra aquele monstro e trancá-lo.

Uma necessidade dolorosa de segurá-la e fazê-la sentir-se melhor apoderou-se dele. O que era aquela combinação louca de luxúria e ternura? O que estava a acontecer-lhe?

O sorriso dela foi distante e forçado.

– É claro que tens razão – gozou ela. – Vou ficar longe de tudo a partir de agora. Mas não sou eu quem vai dizer-lhe que não pode ir.

Tentou afastar-se, mas ele fez deslizar os braços para as costas dela e puxou-a para o seu peito.

– Desculpa, *cara* – disse baixinho. – Não tive intenção de dizer uma coisa tão desagradável. Tu fazes acordar o monstro que vive em mim.

Ela pareceu surpreendida, mas continuou inflexível contra ele.

– Aceito as tuas desculpas. Agora solta-me.

O instinto fê-lo puxá-la para mais perto. Ela curvou-se para trás, tentou afastar-se, tocou na ereção dura como pedra. Arquejou e ficou imediatamente imóvel.

– Parece que esse monstro está feliz por me ver. Insultar--me excita-te?

Ele riu-se. A perspicácia dela nunca o aborrecia, mas ultimamente tinha aprendido a ver além daquele humor habitual e descobrira uma vulnerabilidade escondida que o intrigava. Depois de tanto tempo, estaria por fim a ver a verdadeira Maggie? Lembrou-se da expressão «cão que ladra não morde» e perguntou-se se conseguiria testar a sua nova teoria.

– Não, *cara*, parece que *tu* me excitas. Como muito bem sabes. Só preciso agora é de abraçar.

O corpo dela imobilizou-se e a sua voz cortou o ar como se quisesse vê-lo sangrar.

– Acredita, conde, já ouvi coisa muito pior e nunca fiquei incomodada. Não preciso que me abraces.

– Não, eu preciso que tu me abraces – sussurrou ele. – Não merecias aquela alfinetada e preciso de me sentir melhor.

Ela parecia ter medo de ser reconfortada.

– Chiu, é só por um bocadinho, prometo que não vai doer muito.

Michael levantou-a e abraçou-a com mais força, encostando a cabeça dela no seu peito. A respiração de Maggie ficou agitada e irregular, quase como se estivesse à beira do pânico, mas ele manteve a paciência e, aos poucos, ela descontraiu-se. O corpo dela moldava-se perfeitamente no dele. Os seus mamilos rígidos indicaram-lhe que ela também estava excitada, e ele apostava que, se sentisse o pulso na base do pescoço dela, o coração estaria a bater como o de um puro sangue numa corrida. Mesmo assim, ele não fez nada para aprofundar o abraço. Inspirou a essência exótica de coco do cabelo dela e saboreou o momento. Queria apenas abraçá-la durante algum tempo e fazer desaparecer toda a dor causada pelo seu comentário impensado.

Não soube quando é que o momento terno aqueceu. Estava determinado a afastá-la antes que qualquer coisa relacionada com sexo ocorresse. O seu instinto dizia-lhe que Maggie raramente experimentara o carinho de um abraço sincero e desinteressado que não culminasse em sexo. Sentiu-se triste ante a ideia, e amaldiçoou os pais dela por a terem criado numa geleira com o objetivo de evitar sentimentos. Ele queria provar que era digno de confiança. Mas, novamente, ela deu cabo do seu autodomínio, parecendo emanar uma certa eletricidade sexual.

Ele susteve a respiração. Devagar, fê-la escorregar pelo seu corpo até ao chão, pousando-lhe os pés no chão. Os bicos endurecidos dos mamilos de Maggie roçaram no seu peito, e a mão dele envolveu a curva do traseiro dela.

Ah, *cazzo*.

O pénis ignorou as suas orações e endureceu de forma quase dolorosa. Michael cerrou os dentes e tentou conter-se.

Então, ela olhou para ele.

Olhos tempestuosos cor de esmeralda cheios de fogo. Paixão. E força. Ela tremeu nos braços dele enquanto lutava contra a sua reação, mas Michael já estava para lá da delicadeza e condenou-se ao inferno. Pelo menos o caminho até lá seria maravilhoso.

Baixou a cabeça e capturou a boca dela.

O gemido baixo dela incitou-o. Ele engoliu aquele som e mergulhou a língua entre os lábios dela. Ela abriu-os imediatamente, encontrando a língua dele em investida após investida, pendurada nos seus ombros e cravando fundo as unhas na sua pele. A ligeira dor fê-lo morder o lábio inferior dela, carnudo, maduro, lembrando um pêssego suculento e doce. Então, ele perdeu-se.

De alguma forma, ergueu-a e encostou-a à parede. Colocou as pernas dela em volta da sua cintura. Encaixou a ereção latejante no espaço entre as coxas dela. E então mergulhou novamente.

Enfiou uma mão sob o casaco do pijama. Os seus dedos envolveram o seio dela, a pele sedosa em contraste delicioso com o mamilo contraído. Ela gemeu novamente e arqueou-se para trás, pedindo mais. Enlouquecido pelo seu sabor, Michael abriu os botões do pijama e baixou a cabeça.

Chupou e mordeu até um dos mamilos ficar vermelho como um rubi e brilhante. Ela ofegava, mas conseguiu mover as mãos para agarrar o cabelo dele e puxar-lhe a cabeça para cima. Através da névoa de desejo, ele fitou-a, à espera que ela lhe pedisse para parar.

– Mais – pediu ela. – Dá-me mais.

Ele inclinou a cabeça novamente e deu o mesmo tratamento ao outro seio, levando-a ao limite entre o prazer e a dor. Ela contorcia-a e gemia nos seus braços, a sua resposta imediata como uma droga injetada nas veias dele. O seu cheiro almiscarado chegou-lhe às narinas e atormentou-o; com um movimento rápido, a sua mão mergulhou por baixo do cós das calças dela. Os pelos húmidos roçaram a ponta dos dedos dele. Ela prendeu a respiração e ele baixou a mão, pronto para mergulhar profundamente e...

– Michael!

As pancadas na porta penetraram no cérebro dele. A sua mão parou e ele tentou ver através da névoa do desejo. Uma risada.

– Vocês estão a fazer alguma coisa imprópria aí dentro? – gritou Venezia. – Se sim, deixem isso para depois. Preciso de ti lá em baixo um minuto. – Outra pausa. – Michael, Maggie? Estão aí?

Ele esforçou-se por respirar. Esforçou-se por voltar ao normal. E perguntou-se se algum dia voltaria ao normal.

– Estou aqui. Desço daqui a um minuto.

– *Grazie*.

Os passos afastaram-se. O calor foi ficando morno entre eles e continuou a arrefecer. Quando ele retirou a mão e Maggie abotoou o pijama, ele sentiu que estavam na Antártica e não em Itália.

Michael percebeu que perdera o pouco da confiança frágil que tinha conquistado. Se se tivesse afastado na hora certa, talvez ela o tivesse respeitado.

– Da próxima vez que quiseres apalpar-me, sê sincero. Não sou uma dessas mulheres que precisa de envolver o sexo num casulo aconchegante de emoção.

– Maggie...

– Não! – Ela baixou a cabeça rapidamente, mas não antes de ele se aperceber da vulnerabilidade no seu rosto. A mão dela tremia levemente ao abrir a cama. – Por favor. Esta noite não. Vai falar com a tua irmã.

Ele ficou parado ao lado da cama, indeciso entre dizer-lhe a verdade ou salvar a sua família. Meu Deus, o que tinha acontecido? Tinha de convencê-la de que não estava apaixonado por Alexa; aquilo estava a ficar demasiado complicado. Mas e se fosse demasiado tarde e ela não acreditasse nele? E, se ela acreditasse, será que se iria embora, furiosa por ele a ter enganado?

Não, o seu sangue devia ter ido todo para a sua outra cabeça. Precisava de se controlar, sobreviver a mais seis dias, e voltar a Nova Iorque. Cumpriria a sua parte do acordo, ficaria longe da vida de Alexa e nunca mais veria Maggie de novo. Tudo voltaria ao normal. Em seis dias.

Ele permaneceu em silêncio e saiu do quarto, deixando-a na cama, sozinha, no escuro.

• • •

– Então, com quem nos viemos encontrar?

Michael guiava-a em direção à Piazza Vecchia, enquanto o Sol se punha e banhava a praça com uma luz dourada. Ela prendeu o salto agulha no piso rachado e ele agarrou-a pela cintura. Ignorando a onda de eletricidade entre eles, saboreou o calor da sua pele sob a seda cor-de-rosa antes de soltá-la. Julgara que ela se recusaria a fazer aquela longa caminhada e ir ao jantar de negócios, mas o seu entusiasmo em acompanhá-lo apanhara-o de surpresa.

Claro, ela acabara de voltar das compras com as irmãs dele, portanto talvez estivesse desesperada.

– Signore Ballini. Ele é dono de muitos restaurantes e talvez faça uma sociedade connosco. – Michael deteve-se e tentou falar sem enrolar a língua. – Ele soube do casamento e insistiu em conhecer a minha mulher.

Ela riu-se e parou diante de uma banca para provar um bocado de *taleggio*, um queijo macio e perfumado, e algumas carnes frias. A breve conversa em italiano com o vendedor surpreendeu-o; por outro lado, Maggie Ryan parecia cheia de surpresas ultimamente. Sempre que ele achava que a percebera, ela pregava-lhe uma rasteira.

– Precisas da minha ajuda para fechar o negócio, conde? – Ela pestanejou rapidamente, fingindo adorá-lo. – Queres que eu fale das tuas qualidades e faça o papel de esposa dedicada?

Ele tentou ser paciente. Sentira-se tentado a dar uma desculpa ao velho, mas a oportunidade era demasiado boa. Mesmo assim, rezava para que Maggie desempenhasse o papel dela.

– Dispenso. O Signore Ballini é um pouco conservador e quero causar boa impressão. Talvez possas fazer o papel da esposa dedicada e calada.

– Continua a sonhar.

A bainha do vestido dela roçava-lhe os joelhos enquanto caminhava sem pressa pela praça, parecendo gostar do ambiente daquela cidade antiga a que ele chamava lar. Uma fonte erguia-se no centro da praça, destacando as colunas majestosas e os espaços abertos e arejados e acentuando a arquitetura clássica.

Como se adivinhasse os seus pensamentos, Maggie falou.

– O Nick ficaria doido aqui. O equilíbrio da natureza e das coisas criadas pelo homem fascina-o sempre. Bergamo tem muito caráter. Imagino que devas ter sido muito feliz aqui.

Ele sorriu.

– *Si*. Adoro viver nos Estados Unidos, mas tenho de admitir que nunca abriria mão da minha infância aqui. A Alexa também iria adorar esta cidade. Temos um evento anual de poesia que se chama Bergamo Poesia. Talvez possamos organizar uma viagem para eles um dia.

Maggie retesou-se e ele admoestou-se por ter mencionado Alexa. Ela achava mesmo que ele desejava a sua amiga casada?

– Hum, conveniente. Trazê-la até ao teu território com a desculpa de um evento de poesia. Lembra-te é do nosso acordo, conde.

Ele não teve tempo para responder. Tinham chegado à Taverna del Colleoni & Dell'Angelo e, depois de uma rápida conversa com o empregado, foram encaminhados para dentro. A decoração de estilo medieval, com o teto formado por arcos altos, provocou um murmúrio de aprovação em Maggie. A mesa ficava num canto acolhedor, e ela sentou-se enquanto Michael fazia as apresentações.

O Signore Ballini tinha o ar antiquado de um cavalheiro italiano. Gostava de cultura, viagens, boa comida, bom vinho e mulheres bonitas. Estava bem conservado, com cabelo grisalho bem cortado, e não resistiu em namoriscar um pouco com Maggie, que pareceu não só aceitar os seus elogios como sinceramente gostar deles.

Michael descontraiu-se um pouco e endireitou a gravata azul. Talvez a noite decorresse de forma tranquila. Conversaram sobre assuntos banais enquanto o empregado trazia discretamente travessas cheias com uma grande variedade de texturas e sabores. Chicória grelhada coberta com gorgonzola, massa com *porcini* e amoras e camarão sobre cama de polenta com açafrão. O *Valcalepio Rosso* era um vinho regional com um sabor intenso, e rapidamente consumiram duas garrafas com a conversa.

– *Signora*, como é americana, com certeza tem uma profissão. Diga-me, o que faz para além de tornar o Michael feliz?

O decote quadrado do vestido cor-de-rosa escorregou um centímetro e exibiu apenas um vislumbre dos seus seios firmes e empinados. O seu cabelo vermelho brilhava com a luz artificial, os fios sedosos a roçarem-lhe os ombros.

– Sou fotógrafa – respondeu ela. – Adoro estar atrás das câmaras desde pequena.

O homem assentiu, em aprovação.

– Fotografa paisagens? Bebés? Casamentos?

– Roupa interior para a *Calvin Klein*, *Cavalli* e muitos outros estilistas famosos. Venho muitas vezes a Milão em trabalho, portanto foi uma oportunidade maravilhosa combinar negócios com prazer nesta viagem.

Michael prendeu a respiração, mas o Signore Ballini riu, divertido.

– Que refrescante. É bom deixar o marido um pouco ciumento, não é?

Ela riu com ele e redirecionou a conversa para os negócios, enquanto se deliciava com a diversidade da comida. Ao pegar na ementa das sobremesas, mencionou a La Dolce Famiglia e o seu enorme êxito e, como se tivesse planeado tudo, Michael pôde abordar o assunto naturalmente.

Pouco depois, o café fumegava em pequenas chávenas e tinham marcado outra reunião para Milão. Estavam prestes a terminar a noite com sucesso quando a estrutura cuidadosamente erguida estremeceu.

– Estou a tentar marcar uma viagem para Aspen e com imensas dificuldades em alugar uma *villa* – comentou Signore Ballini. – Aquela atriz americana horrível que tem uma casa lá não responde aos meus telefonemas. Li que ela só aluga a casa aos melhores. Acho que um italiano não é suficientemente bom para ela.

Maggie meteu-se na conversa.

– Está a falar da Shelly Rikers? – perguntou.

O homem foi apanhado de surpresa.

– Sim. Recuso-me a ver mais filmes com ela. Ela é muito mal-educada.

– Por acaso, eu conheço a Shelly e ela é muito simpática.

Michael apertou o copo de vinho quando se fez um silêncio embaraçoso. O Signore Ballini endireitou as costas e falou num tom frio.

– Não tenho como saber isso, *signora*, já que parece que ela só fala com americanos.

Michael abriu a boca para tentar pôr fim ao jantar, levar Maggie até à porta e rezar para que o homem não cancelasse a reunião.

– Talvez devêssemos...

– Não seja tolo, *signore*. Deixe-me tratar disso por si.

Maggie pegou no telemóvel com capa de leopardo, marcou alguns números e falou rapidamente com alguém do outro lado da linha. Michael observou a sua eficiência: contactou mais três pessoas e deu ordens, falando sem parar. Então fez uma pausa e afastou o telefone da orelha.

– *Signore*, pode ser na primeira semana de setembro?

O homem sorriu.

– *Perfecto.*

– Sim, pode ser. Manda beijos à Shelly e diz-lhe que ligo assim que chegar a casa. Obrigada.

Guardou o telemóvel na mala e sorriu.

– Está tudo tratado. Eu passo toda a informação ao Michael para ele lha encaminhar. Acho que foi um mal-entendido. Ela está ansiosa por conhecê-lo.

– *Grazie.* Não só é linda, como eficiente.

Chocado, Michael seguiu-os para fora do restaurante. Com uma graciosidade natural, a sua falsa esposa enfiou o braço no seu para tentar não tropeçar no chão empedrado, e inspirou profundamente o ar daquela noite linda. Caminharam em silêncio durante um momento, enquanto ele tentava organizar as ideias e entender o que acabara de acontecer.

– Pensei que ias estragar tudo – admitiu ele.

A risada de Maggie atingiu os ouvidos dele e outras partes do corpo. Partes que endureceram instantaneamente e queriam estar dentro dela.

– Eu sei. Quis fazer-te sofrer um pouco primeiro. Foi divertido ver a tua cara a tentares manter a conversa neutra. Achavas realmente que eu não conseguiria aguentar-me num ambiente de negócios, conde?

A verdade atingiu-o com força. Sim. Sim, porque a realidade alternativa o deixava aterrorizado. Se ela não era o que aparentava, era muito mais. Uma mulher com alma, garra e paixão. Uma mulher com tanto encanto e inteligência que nunca entediaria um homem. Uma mulher que valia mais do que uma noite.

Uma mulher que valia tudo.

O seu coração acelerou e o perfume dela envolveu-o. Ela levou-o em direção a uma gelataria e pediu duas bolas de sabor a chocolate, pagando rapidamente e entregando-lhe o copo antes que ele pudesse protestar. O centro da praça estava agitado e havia casais a passear de mãos dadas. Ele deixou as suas preocupações de lado para aproveitar o momento.

– Estás a ver aquela fonte? – perguntou.

– Sim.

– O meu amigo Max e eu viemos até à praça uma noite e desafiámo-nos um ao outro a tomar banho nus.

Ela levantou uma sobrancelha.

– Não acredito. Tu tomaste?

– O Max tomou. Subornei-o a ir primeiro. Sem roupa, com aquele traseiro branco, ele entrou na fonte. Um dos nossos vizinhos estava aqui a passear o cão, e viu-nos. Expulsou-nos da praça, mas o Max teve de deixar as roupas para trás.

– Qual era o objetivo desse desafio?

– Ver quem tinha mais tomates, claro.

Ela riu alto e o som da sua gargalhada atravessou a noite. Michael olhou para ela e viu uma mancha de chocolate no canto da sua boca. A expressão dela era aberta e descontraída como ele nunca tinha visto antes. E, sem pensar, baixou a cabeça e beijou-a.

Michael não prolongou o beijo. Só encostou os lábios aos dela por um breve momento. Sabiam a chocolate, vinho tinto e a mulher. Ela retribuiu o beijo e descontraiu-se, entregando-se a ele. Quando se afastaram, algo havia mudado, mas ainda não estavam prontos para descobrir o quê. Ela deitou o copo de gelado vazio no lixo e caminharam até casa em silêncio.

Michael perguntou-se se já seria demasiado tarde para negar o que havia entre eles. Demasiado tarde para acreditar que aquele ainda era um casamento *falso*, sem sentimentos e afetos.

7

—Okay, Declan. Podes tirá-las.

As calças caíram no chão. A luz acentuou aqueles músculos definidos sob a pele cheia de óleo. As cuecas abraçavam as partes íntimas e deixavam o resto da carne nua e orgulhosa. O cérebro de Maggie já procurava implacavelmente o melhor ângulo para tirar a foto de que precisava, clicando e descartando enquanto fazia o aquecimento. Aquele era um grupo novo de modelos, com quem ela trabalhava a convite do estilista italiano, e eram ainda um pouco inexperientes.

Confortável no seu papel, ela deixava a máquina fotográfica comandar a sessão. Durante algum tempo, envolveu-se no momento e todos os seus pensamentos desapareceram. Sempre fora mais feliz atrás das câmaras do que à frente delas, como se libertasse o seu lado observador e tivesse autorização para invadir a privacidade de outra pessoa, enquanto se mantinha seguramente distante. Ela gostava de ultrapassar as dificuldades e sair da zona de conforto, a fim de conseguir a melhor foto, e nunca desistia até ser bem-sucedida nessa tarefa.

Suando sob o calor das luzes artificiais, ela pediu um intervalo para beber um pouco de água. A maquilhadora tinha levado Carina para fazer a sua transformação. Maggie ainda estava a rir-se da expressão da jovem quando viu de relance os homens seminus — como uma mulher à solta numa liquidação de roupa de marca. Se tudo corresse bem, ela ganharia um pouco de confiança, iria divertir-se e Maggie poderia devolvê-la a Michael segura e de melhor humor.

A lembrança de Michael a empurrá-la contra a parede, abrindo-lhe a roupa furiosamente e chupando os seus mamilos deixou-a arrepiada. Sentiu um calor que tomou conta da área entre as suas pernas. O que lhe estava a acontecer? Nunca reagira daquela forma a um homem. Atração, sim. Um desejo puro, louco de lhe saltar para cima? Não.

Mas ela fora idiota. Não antevira o momento. Aquele homem distraíra-a com o seu abraço reconfortante. Os homens acreditavam que ela detestava momentos de carinho, o que normalmente era verdade; porém, nunca antes um homem a abraçara sem a intenção de fazer sexo.

O beijo da noite anterior tinha sido pior. Doce, meigo e cheio de promessas.

Talvez, se ela dormisse com ele aquele desejo acabasse. Acabava sempre. Talvez uma noite quente e suada a ajudasse a esquecê-lo, e ela poderia sobreviver ao resto da semana sem aquelas hormonas adolescentes em ebulição.

Acabou a bebida e estudou os três modelos à sua frente. Todos com os corpos perfeitamente esculturais. Cheios de óleo. Prontos a trabalhar. O que estava a faltar?

A roupa interior tinha personalidade e *design*. Mas, se ela não fizesse o trabalho como deve ser, pareceria idêntica à da *Calvin Klein* e de outras marcas e não sobressairia. Raios a partissem se o seu trabalho fosse considerado de segunda categoria. Frustrada, mordeu o lábio inferior.

A expressão dos três homens de repente mudou. Maggie parou, e olhou por cima do ombro.

Uau.

Carina estava ali. A maquilhadora fizera um ótimo trabalho, e Maggie absorveu a visão de uma miúda transformada em jovem mulher. A sua pele brilhava de tal forma que dava a impressão de que a luz saia de dentro dela. Era uma maquilhagem leve, com pouca base, um toque de pêssego nas bochechas e olhos suavemente esfumados. Os lábios carnudos estavam cobertos por um brilho acetinado, virginal e tentador. O cabelo, antes frisado, agora caia em pequenos caracóis perfeitos em volta do rosto, dando-lhe um brilho que obrigava as pessoas a prestarem atenção. Ainda tinha as calças de ganga mas trocara a *T-shirt* lisa por uma camisola vermelha com uma blusinha semitransparente, que enfatizava a firmeza dos seus seios mas ainda preservava a sua modéstia.

Sentiu-se radiante quando Carina se aproximou com confiança. E, a julgar pela reação dos três homens no *set*, bem, ela acertara em cheio.

– Estás linda – disse Maggie. Tocou nos caracóis negros e bem-definidos da jovem. – Gostas?

Carina assentiu.

– Não consigo acreditar que sou assim.

Maggie sorriu.

– Eu consigo. E acho que os meus rapazes concordam.

Carina corou e mexeu-se desconfortavelmente, então olhou discretamente para os modelos. Eles pareciam subitamente encantados pela rapariga que praticamente fora ignorada antes da sua transformação. Maggie desconfiava que o que chamava a atenção era a combinação rara de sensualidade inocente e também a confiança crescente de Carina. Nada mais atraente do que uma mulher que gosta de si mesma. Mas algo a mais na expressão deles chamava a sua atenção, um sentimento que ela raramente apanhava num rosto masculino...

Já sei.

Maggie ignorou o seu coração a bater descompassadamente enquanto a adrenalina se apossava dela. A foto perfeita. Ali mesmo à sua frente.

– Vem comigo. – Pegou na mão de Carina e arrastou-a pelo *set*. Com movimentos rápidos, rearranjou tudo, trocou a câmara de posição e ajustou a luz. – Declan, Roberto, Paolo, esta é a Carina. Ela vai participar na sessão convosco.

– O quê? – guinchou Carina.

Ela posicionou Carina no canto do cenário, na sombra.

– Cruza os braços assim. – Maggie ajustou a pose de Carina, encostando-a à parede numa pose casual. – Agora, olha pela janela, como se estivesses a sonhar com alguma coisa. Alguma coisa que te faça feliz. Não te preocupes, as tuas feições ficarão desfocadas e a tua imagem na sombra. Tudo bem?

– Mas não posso...

– Por favor?

Carina estremeceu um pouco e então assentiu. Tensa, tentou dar a Maggie o que ela queria. A fotógrafa foi em direção aos modelos e dispô-los numa fila irregular. As protuberâncias leves sob as cuecas não a embaraçavam. Na verdade, era exatamente o que estava a faltar nas fotos.

– Ouçam. O vosso alvo é ela – e apontou para Carina, que parecia tensa e desconfortável. – Imaginem como seria aproximarem-se dela, dar-lhe o primeiro beijo, fazê-la sentir-se mulher. É isso que eu quero. Agora.

Pegou na máquina e carregou no obturador. Dando instruções, movimentou-se como uma louca para captar o elemento ilusório... a inocência... o desejo... a tentação. Precisava de encontrar mais do que uma foto bonita de roupa interior. Ela tinha de fazer o público comprar o sentimento.

Aos poucos, o ambiente à sua volta desapareceu. Finalmente, algo brilhou no rosto de Carina. Um sorriso discreto apareceu. Os homens movimentaram-se, estudaram-na, e então...

Clique.

Consegui.

A satisfação surgiu e o seu corpo descontraiu-se com o alívio.

– Acabámos.

Um grito de aprovação elevou-se dos modelos e dos funcionários da produção. Maggie sorriu com prazer, virou-se e deu de caras com o Michael.

Ops.

Ele estava diante dela num fato preto *Armani*, camisa azul e gravata vermelha. A sua postura perfeitamente controlada contradizia os sentimentos que ferviam naqueles olhos negros. O olhar dele percorreu-a de cima a baixo de maneira deliberada e passou para o *set*. O riso de Carina chegou-lhe aos ouvidos e Maggie não precisou de se virar para saber que ela devia estar a falar e a namoriscar com Declan. Um supermodelo em trajes minúsculos.

Estava tão lixada.

Sentiu medo e endireitou as costas para se rebelar contra aquele sentimento.

– Posso explicar.

A voz dele saiu num sussurro.

– Tenho a certeza que sim.

Porque estava ele tão bonito? Era como se convidasse uma mulher a mergulhar sob aquela superfície polida, para descobrir toda a sua masculinidade primitiva escondida. Ele crescera com dinheiro, uma família boa e, de certa forma, poucos problemas. Ela não se sentia ofendida com isso, mas quase todos os homens com essas características deixavam-na indiferente. Michael não. Levaria anos a descobrir todas as suas camadas, e apostava que ele continuaria a surpreendê-la. Felizmente, ela não tinha intenção de saber mais sobre o seu temperamento italiano.

A boca de Maggie movimentou-se para fazer sair as palavras.

– Bem, decidi fazer uma transformação na Carina enquanto trabalhava, para ela não ter de ver os modelos em roupa interior, porque sabia que não ficarias muito contente com isso.

A voz dele saiu como um chicote.

– E é por isso que ela está ali com os modelos nus? Por causa da tua *proteção*?

Ela estremeceu. Aquilo não saíra como ela planeara.

– Não me deixaste acabar de falar. E eles não estão nus. Bom, eu estava com bastante dificuldade em conseguir a foto que queria. Então a Carina apareceu, e estava tão contente com a sua aparência, tão confiante... Os modelos olharam para ela e ficaram com uma expressão incrível, a sério... Nunca vi algo tão puro neste ramo, e sabia que tinha de captar essa expressão para conseguir algo novo.

– Puro? – As sobrancelhas de Michael levantaram-se e um brilho de fúria apareceu nos olhos dele. – Pões a minha irmã mais nova na tua sessão fotográfica para ser admirada por homens nus, desconhecidos, a fim de captar «pureza»? Essa é a tua defesa, Maggie? Sacrificarias qualquer coisa só para conseguir vender algumas fotos?

O medo que sentia desapareceu. Como se atrevia ele? Fez um esgar e endireitou a cabeça.

– Eles. Não. Estão. Nus. Estás a distorcer as minhas palavras, conde. E, por falar em sacrifício, parece que estou disposta a fazer muita coisa em nome do amor verdadeiro. Até ter um casamento falso contigo.

Ele aproximou o rosto do dela e sussurrou:

– Não fizeste isso pelo amor verdadeiro, *cara*. Não te esqueças de que também sairás beneficiada com este acordo.

– Ah, sim, lamento não te deixar babares-te em cima da minha cunhada e fazeres-lhe olhinhos.

Ele ficou boquiaberto.

– És louca. Já te disse um milhão de vezes que não estou apaixonado pela Alexa. É um delírio teu, além da tua necessidade de controlar tudo à tua volta. E o que tem isso a ver com a Carina e esse exibicionismo?

– Pu-la na sombra; ninguém vai conseguir ver o rosto dela. Nunca a exporia a algo inapropriado.

O corpo dele tremeu de frustração masculina.

– Já expuseste!

– Michael? – Carina voou até eles e deu um grande abraço ao irmão. O afeto e a preocupação no olhar dele mostraram a Maggie, claramente, que ele não sabia lidar com o facto de a irmã estar a crescer. – Viste-me ali, Michael? – exclamou ela. – Fui uma verdadeira modelo!

– Foste maravilhosa, *cara*. – A sua mão tocou suavemente nos caracóis da irmã. – Quem fez isto?

– Mudaram-me o visual. Devias ter visto a Maggie a trabalhar! Nunca estive antes numa sessão fotográfica e foi incrível. Talvez eu apareça num anúncio a sério e os modelos são muito simpáticos. O Declan convidou-me para jantar com alguns dos outros modelos e...

– Nem pensar. – As sobrancelhas dele franziram-se, furiosamente. – Fico contente que te tenhas divertido, mas agora a sessão acabou. Não vais sair com um homem estranho, que não conheces. Além disso, vais tomar conta dos filhos do Brian esta noite.

Maggie abriu a boca para dizer alguma coisa, depois fechou-a rapidamente. Raios, não iria intrometer-se. Aquela não era a sua cunhada a sério. Ela não era da família de Michael. Não era sua mulher.

Carina olhou-o fixamente.

– Eu tomo conta dos filhos do primo Brian quase todos os sábados à noite, enquanto outras pessoas saem e namoram.

Michael esfregou o rosto.

– Não vou discutir contigo agora. Sê uma linda menina, lava a cara, volta ao normal e vamos embora. Temos uma reunião no consulado daqui a pouco.

Silêncio.

Maggie estremeceu. Oh, aquilo era mau. Muito mau. Ela viu a expressão de Carina entristecer por causa do comentário de Michael. Carina tapou a boca com uma mão trémula a fim de se impedir de chorar, mas a sua voz saiu quebrada e fraca.

– Porque não consegues perceber que já não sou uma criança e não me respeitas? Quem me dera que nunca tivesses voltado para Itália!

Ela saiu do estúdio e bateu com a porta.

Maggie fechou os olhos. *Ah, raios.*

Michael abanou a cabeça e deixou escapar uma série de imprecações em italiano. Começou a andar de um lado para o outro a resmungar, e Maggie deu-lhe espaço, porque não sabia o que fazer naquele momento – se o abraçava, já que ele parecia extremamente perdido, ou se lhe batia, na esperança de fazê-lo ganhar juízo.

Decidiu-se por um meio termo.

Saltou para a frente dele, e ele quase esbarrou nela.

– Michael...

– O que fiz eu agora? Hein? É tão errado impedir que ela vá a uma festa de bêbedos com uma data de modelos nus, para se perder para sempre? Somos uma das famílias mais ricas de Itália. E ela é demasiado nova! Poderia ser raptada e alvo de um resgate. E porque está tão diferente? Ela fica sempre com os filhos do Brian e diz que adora fazer isso. De repente, quer mudar a rotina e perambular pela cidade, para que alguém a rapte? Nem pensar.

Maggie franziu os lábios. Os comentários absurdos dele deixaram-na sem fala, e teve de se conter para não desatar às gargalhadas. O seu poderoso marido falso era realmente um chefe de família resmungão, que não queria lidar com a realidade de a irmã querer sair do ninho. Com vinte e um anos, Maggie já mandava na própria vida e ninguém se importara com quem ela saíra e se voltava para casa à noite. Tossiu para a mão e concentrou-se em tentar parecer séria.

– Bem, concordo, também não a deixaria ir a uma festa de bêbedos.

Ele semicerrou os olhos, como se a desafiasse a zombar dele.

Ela levantou as mãos em defesa.

– Ei, parece que cuidar de quatro miúdos indisciplinados seria uma maravilha, mas a rapariga foi convidada para jantar com um homem bonito e simpático, e quer ir. Não podes culpá-la por tentar.

Ele arquejou.

– Tu deixava-la ir?

– Deixava-a ir com algumas condições – corrigiu ela. – Não conheço muito bem o grupo para deixá-la ir sozinha. Mas tenho uma amiga que pode juntar-se a eles. Ela tem uma filha da idade da Carina, com quem acho que se daria bem. Costumo visitar a Sierra quando estou em Milão e confio nela. Não sei se ela está livre hoje, mas posso ligar e perguntar. Pode acompanhar a Carina e levá-la a casa depois do jantar. Caso contrário, concordo inteiramente contigo, ela não deve ir sozinha. Mas assim, pelo menos, parece que estás a chegar a um compromisso.

Ele praticamente gemeu.

– Como é que a *mamma* lida com o temperamento dela? A Carina é normalmente tão calma e reservada. O que está a acontecer-lhe? Porque não me ouve?

Maggie suavizou o seu tom de voz.

– Porque estás a esforçar-te tanto para impedi-a de crescer?

Ele levantou a cabeça. Por um instante, ela viu um brilho de dor e medo nas profundezas daqueles olhos. Tocou no seu rosto tenso, precisando do contacto de pele com pele.

– Prometi não falhar.

As palavras chegaram aos ouvidos dela num sussurro. O seu coração contraiu-se, mas ela insistiu, precisando de investigar mais.

– A quem prometeste, Michael?

– Ao meu pai. Antes de ele morrer. – A confiança que transparecia normalmente nele esmoreceu. – Sou responsável por todas elas.

A constatação do peso que ele carregava atingiu-a com força. Nunca imaginara que alguém levasse as palavras tão a sério, mas parecia que Michael acreditava que cada sucesso e cada fracasso da família eram da sua responsabilidade. O frequente stresse e a pressão de tomar decisões por todas elas devia ser enorme.

Céus, ela cuidava de si mesma havia tanto tempo que não tinha noção de como era tomar decisões difíceis pelos outros. Qualquer homem que ela conhecia teria fugido e lavado as mãos daquele problema. Mas não ele. Assim que uma pessoa pertencia ao mundo de Michael, ele cuidaria dela para sempre.

Sentiu uma súbita necessidade de ser a mulher de que ele cuidava tão apaixonadamente. Qual seria a sensação de lhe pertencer daquela maneira?

Maggie sentiu um nó na garganta. O cheiro delicioso dele envolveu-a, e o calor do seu corpo atravessou a roupa e aqueceu-a. Teve vontade de lhe desabotoar a camisa e passar as mãos por toda aquela pele nua, abrir as pernas e permitir que ele mergulhasse e acabasse com aquela dor infinita que ela sentia. Em vez disso, baixou as mãos e recuou. Estava cansada de fugir, mas parecia que era a única coisa que sabia fazer bem.

– Se não os deixarmos cometer alguns erros, como vão aprender? – perguntou baixinho. – A Carina adora-te. Só precisa de um pouco de espaço. A tua família tem sorte por te ter. Agora, deixa-me fazer um telefonema para ver se conseguimos resolver isto.

• • •

Michael olhou para a porta fechada e esperou que a irmã saísse. *Dio*, estava preso num inferno feminino e não via saída. Sim, Venezia fora difícil, mas assim que se apaixonara por Dominick, acalmara-se e ele pudera descontrair-se. E claro que a sua decisão de ter uma carreira fora dos negócios da família dera origem a discussões e ele ainda estava desiludido, mas aquilo não era nada comparado com a doce inocência de Carina à beira do abismo.

Julietta fora fácil, não se interessava por rapazes e estava determinada em ser bem-sucedida na carreira e a provar o seu valor. Lembrava-lhe muito a *mamma*, com a sua capacidade em concentrar-se e o seu dom incrível para os negócios. O pai podia ter transformado as pastelarias numa cadeia de sucesso, mas sem a visão e a liderança da sua mãe, não haveria nada.

Carina era diferente. Sempre fora a menina do *papa* e tinha uma luz que mais ninguém na família tinha. Era mais sensível às emoções, via coisas que ninguém mais via, e a capacidade que tinha de se entregar de forma descuidada preocupara o *papa*.

A cena no leito da morte do pai veio-lhe à mente. A sua promessa de manter a família segura e protegida. De tomar sempre conta das raparigas. E de elevar a pastelaria a uma rede bem-sucedida. O fracasso nunca fora uma opção.

O suor cobriu-lhe a testa enquanto olhava para os três homens que conversavam, à espera de Carina. Eram mais velhos do que ela. Estaria louco por pensar sequer em deixá-la sair com eles?

Foi na direção de um pequeno frigorífico e tirou de lá uma garrafa de água, abrindo a tampa com uma rotação furiosa do pulso. A sua falsa mulher voltara a fazer das boas. A sua inocente irmã estivera numa sessão fotográfica com homens em cuecas, mudara o visual e queria sair com os modelos. Porque tinha ele trazido Maggie para Itália?

Ah, sim. Porque ela era sua mulher.

Observava-a pensativo enquanto bebia a água. Detestava a alegria que sentia sempre que ela se virava e encontrava o seu olhar. Começara a habituar-se à ligação que havia entre eles, ao brilho que iluminava aqueles olhos verdes felinos e o tentava a ultrapassar as barreiras. A tentação física ele conseguia aguentar.

Eram as outras coisas que começavam a incomodá-lo.

A capacidade que ela tinha de surpreendê-lo era a pior de todas. Esperara ver uma certa intimidade no estúdio entre Maggie e os modelos. Nunca estivera antes numa sessão fotográfica a sério, e o olhar atento dela e a sua tranquilidade tinham-no fascinado. Primeiro, Carina distraíra-o por estar no *set*, mas a seguir Maggie captara toda a sua atenção. Ela controlava a cena sem ameaças, de uma forma que encorajava o trabalho em equipa.

Ah, ela namoriscava. Fazia parte da sua essência. Mas ao continuar a estudá-la, percebeu que havia muito mais sob aquela superfície tranquila, como se tivesse descoberto um coral vivo no meio das algas.

Ela mantinha sempre a distância.

Não fisicamente. Tocava nos modelos com frequência, fazendo-o até contrair-se quando ajustara a protuberância entre as pernas deles. Ela ria, provocava e piscava o olho, divertida. Mas havia um distanciamento frio na sua aura, envolvendo-a como um arbusto espinhoso. Olha, mas não toques. Toca, mas não sintas. Os sentimentos dela estavam trancados e muito controlados. No entanto, quando olhava para ele, parecia tentada a dar mais. E ele queria mais.

Mas negaria ela? O orgulho dela notava-se desde o primeiro encontro – aquela falsa crença de que ele estava apaixonado pela melhor amiga dela – e todos os fatores conspiravam para formar um grande «Nem Pensar».

A menos que ele tomasse o que queria.

O seu corpo esguio coberto por calças pretas, uma túnica preta sem mangas e sandálias pretas muito altas enfatizava todos os seus movimentos graciosos e as suas curvas deliciosas. O seu belo cabelo cor de canela brincava às escondidas, mostrando e ocultando a sua nuca; as suas faces macias; o seu nariz longo e refinado que parecia sempre altivo ao olhar para ele. Ser o príncipe que derrubaria aquelas defesas pela raiz atraía o seu sangue italiano. Quando o desafiara outra mulher daquela forma?

Ele queria-a.

O som do seu nome arrancou-o dos seus pensamentos. Maggie apontou para o telefone e fez-lhe sinal para que se aproximasse.

– Muito bem, a Sierra está livre. Pode cá estar num instante e leva a Carina a casa. Podes confiar nela. Mas a decisão é tua.

O coração de Michael acelerou ante a ideia de deixar a irmã sair com estranhos. Mas algo nas palavras de Maggie soava verdadeiro. E se ele não deixasse Carina experimentar um pouco e ela explodisse? Ele não podia dar cabo de tudo. A sua irmã e a sua promessa ao *papa* eram demasiado importantes.

– Maggie, posso confiar a minha irmã a essa mulher?

Algo surgiu nos olhos da sua falsa esposa. Uma lembrança de dor, depois de arrependimento.

– Sim. Nunca colocaria a Carina numa posição vulnerável, em que pudesse ser magoada. Conheço bem a Sierra, e ela não vai deixar nada acontecer à tua irmã.

Ele assentiu.

– Podes combinar tudo. Eu falo com a Carina.

– Falar comigo sobre o quê?

Ele virou-se e ela estava ao seu lado dele. Queixo erguido em desafio. Olhos a brilhar. Deixara ficar a maquilhagem, mas Michael reconheceu que estava muito melhor do que com as coisas que usara antes. Agora, parecia fresca. Ela mesma, só que melhor.

– A Maggie arranjou uma amiga para te acompanhar – disse ele.

Carina ficou boquiaberta.

– *Dio!* Estás a brincar comigo? Posso mesmo ir?

Michael levantou a mão.

– Mas com algumas regras. Tens de me mandar mensagens a dizer onde estás. A Sierra decide tudo e depois leva-te a casa. E, antes de te ires embora, vou falar com eles. – Apontou para os modelos, agora com *T-shirts* e calças de ganga, e a pentearem-se. – *Capisce?*

Carina assentiu freneticamente.

– *Si, grazie*, Michael.

A sua expressão era de gratidão e de felicidade e Michael sentiu-se feliz.

– As fotos estão prontas – disse Maggie.

Juntaram-se a ela em torno do computador, que mostrava uma série de fotos. Ele ouvia Maggie falar sobre elas, apontando problemas e deficiências, o que tinha ou não gostado. As suas opiniões eram ousadas, autoritárias e excitaram-no. Nada como uma mulher forte nos negócios – ele sempre quisera isso numa parceira. Infelizmente, muitas das mulheres com quem saíra adoravam a ideia de ele cuidar delas e, apesar de ser de uma família tradicional, ele ansiava por algo mais na sua esposa. Alguém com um pouco de atitude.

O ecrã mostrou uma imagem e todos pararam. Michael prendeu a respiração.

– É isto – sussurrou Maggie. – Consegui.

Michael olhou para foto. Carina encostada à parede, a olhar para o vazio. Meio na sombra, a sua figura era indistinta, luminosa. As suas feições estavam escondidas pelo cabelo encaracolado, e os seus lábios estavam abertos, como se quisessem alguma coisa... lá de fora.

Os três homens estavam cuidadosamente posicionados atrás dela, a mostrar o produto, mas não pareciam estar a posar. Pareciam pregados ao chão, hipnotizados, como se tivessem visto um anjo; o desejo entrevia-se nas suas feições. Havia sentimentos não expressados em cada corpo, compelindo o espectador a parar e olhar com mais atenção.

Um tipo da produção soltou um assobio e bateu com a palma da sua mão na de Maggie. Ela inclinou a cabeça e olhou para Michael.

– Posso usá-la, Michael?

Carina abanou a cabeça, ainda a observar a imagem como se estivesse em transe.

– Como fizeste aquilo, Maggie? – perguntou ela com admiração. – É tão bonita.

Maggie riu-se.

— Faz parte do meu trabalho. Mas tu és a estrela. Tu é que és bonita.

Michael viu a irmã corar e contorcer-se de prazer. O corpo dele tremeu um pouco, ansioso. Como fora Maggie capaz de saber exatamente do que a sua irmã precisava? Sim, ela era uma mulher, mas vangloriava-se sempre de ser desligada das coisas comuns das mulheres. Cozinhar, trocar mexericos, crianças, situações domésticas. Mesmo assim, oferecera a Carina um elogio que vinha simplesmente da sua alma, sem falsidades ou lisonja.

Michael inclinou-se e beijou a cabeça de Carina. Então, olhou nos olhos de uma jovem que já não era uma criança.

— Ela tem razão. És linda. E, sim, Maggie, podes usá-la.

Sentiu um repentino nó na garganta e obrigou-se a virar-se abruptamente e sair do estúdio. Raios, precisava de um momento para se recompor.

8

Maggie e Michael tinham recebido autorização para se casarem numa cerimónia civil. Já. Naquele dia. Naquele momento.

Ela afundou-se nas bolhas da água e exalou. Um pouco de espuma levantou voo e salpicou o ar com pequenas bolhas que refletiram os últimos raios de luz e brilharam. Ela mexeu os pés, apoiou as pernas na lateral da banheira e deixou-se envolver pela água.

A visita deles ao consulado em Milão deixara-a aterrorizada. Falar de um casamento falso era uma coisa; preencher realmente os papéis era outra. Depois de conseguir o *Atto Notorio* com duas testemunhas, obtiveram o *Nulla Osta* – uma declaração final da intenção de se casarem – depois de uma pilha de papéis ser aprovada, autenticada e preenchida.

Maggie gemeu. Por causa dos contactos de alto nível da família, a mãe de Michael conseguira facilitar o processo burocrático para que pudessem tratar de tudo em apenas uma tarde. Ela olhou novamente para o brilho do anel de diamante no seu dedo. O plano de Michael parecia infalível. Ele empataria a mãe durante os meses seguintes, até Venezia estar casada, depois iria comunicar-lhe a discussão e a separação.

Problemático, mas necessário. Maggie suspirou profundamente e deixou a deliciosa essência de sândalo acalmar os seus nervos. Era maravilhoso o que Michael se propusera a passar só para ajudar a irmã, e a sua atitude mostrava um respeito pela mãe que a comovia. Em vez de ignorar aquela exigência de que ele casasse antes e deixasse que a irmã sofresse, ele criara um plano para fazer toda a gente feliz.

Menos ele.

A pele dela formigava e ela descansou a mão no peito, acariciando-o suavemente. Que tipo de mulher faria Michael feliz? Uma pessoa doce e submissa? Ou ele ficaria terrivelmente entediado ao fim de algum tempo? E porque se importava ela tanto?

Porque o queria.

A verdade atingiu-a como um raio. Sim, ela sempre soubera que tinham química sexual. Mas dormir na mesma cama, vê-lo no seu ambiente, tudo aquilo provocava nela coisa terríveis. Queria saciar o seu apetite e acabar logo com aquilo. Afinal, se o seu historial fosse indicação de alguma coisa, ela estaria feliz na manhã seguinte e poderia seguir em frente. Nada era pior do que o sentimento vazio e corrosivo no seu estômago quando ela acordava e percebia que o homem ao seu lado não era o Tal. Nunca haveria o Tal. Com certeza uma boa noite de sexo salutar acalmaria as suas hormonas.

Mas e quanto a Alexa?

Ela mordeu o lábio inferior ao pensar nisso. Ele podia negar, mas amava a sua melhor amiga. Claro que, depois da viagem, ficaria finalmente longe dela e da sua família, e Maggie não precisaria de se preocupar que ele estragasse tudo.

Era apenas sexo. Fingiam estar casados, de qualquer forma, então talvez isso desse um pouco de emoção àquela farsa. Ninguém nunca precisaria de saber. Eram adultos e poderiam lidar com um relacionamento estritamente físico.

Ela queria ter sexo com Michael Conte. A excitação deslizou pela sua coluna. Os seus mamilos endureceram debaixo da água. Não se contentaria com qualquer coisa porque, novamente, o acordo fora feito nos termos dela. Segundo as regras dela.

Ah, sim.

A fantasia explodiu à sua frente quando a porta se abriu.

Um gritinho escapou-lhe dos lábios. Ela deslizou ainda mais para baixo da espuma e escondeu rapidamente as pernas. Michael entrou com um copo de vinho branco numa mão, um prato de bolos recheados na outra e um sorriso travesso.

– *Buon giorno, cara.* Estás a gostar do teu banho?

Ela balbuciou e tentou não corar como uma adolescente.

– Estás a brincar comigo? O que fazes aqui? Como diria a maioria das mulheres casadas, dói-me a cabeça.

Ele teve a audácia de se rir.

– Ah, eu já ouvi isso antes. Acabámos de abrir uma das nossas melhores garrafas de *pinot grigio*, e lembrei-me que podias querer beber um pouco enquanto estás na banheira.

Ela franziu a testa.

– Bom, tudo bem. Obrigada.

Maggie pegou no copo meio cheio e inspirou o aroma a limão e carvalho.

– Podes pôr o prato ali.

Ele pousou-o na beira da banheira do seu lado e olhou para ela. Recusando-se a tremer sob aquele olhar quente e indiscreto, ela retribuiu o olhar, soprando alguns cabelos molhados para longe dos olhos.

– Já podes ir.

Michael sentou-se na borda, a uma pequena distância dela. Despira o fato e estava confortável e informal, com calças de ganga claras e camisa branca. Encontrava-se descalço e com o cabelo solto pelos ombros, o que, de certa forma, o tornava mais *sexy*. A sua presença deixava-a sem ar. A ligação que havia entre eles tentou atingi-la, como uma espécie de super-herói do sexo. O que era aquilo?

Ela esperou que ele saísse, mas, já que era ela quem estava nua, ele não parecia sentir necessidade de conversar.

– O que ainda estás a fazer aqui?

– Pensei que podíamos conversar.

– Tudo bem. Despe-te e conversamos.

Ele não se mexeu, mas a sua expressão alterou-se e, de repente, ficou com ar de predador.

– Tens a certeza?

Raios, os seus comentários agressivos estavam a provocar o efeito contrário. Porque não se ia ele embora? Um brilho desafiador brilhava nos olhos dele e, para horror de Maggie, o corpo dela pareceu ganhar vida. A água movimentava-se entre as suas coxas abertas. Os seus mamilos endureceram sob as bolhas. Ela prendeu a respiração ao sentir o olhar dele desejar o seu corpo nu e escondido. O que estava a acontecer?

Ela mudou de tática.

– Sobre o que queres conversar?

– O nosso acordo.

Maggie encolheu os ombros.

– Pensei que estávamos a ir bem. Os papéis estão preenchidos, portanto a tua mãe sabes que estamos casados. Viste as perguntas que ela fez para ter a certeza de que estava tudo certo? É muito astuciosa.

– Sempre foi.

– A minha sessão fotográfica acabou. Já comprei vestidos.

– Bom.

– Há outro jantar de família sexta à noite... E a Julietta quer que eu visite a pastelaria amanhã contigo.

– Tudo bem.

Ela franziu o sobrolho.

– Porque estás ainda aqui?

– Porque quero uma coisa.

– O quê?

– A ti, *cara*.

Ela sentiu um aperto no estômago. Abriu e fechou a boca, mas nada saiu, só uns guinchos estranhos, porque ela já não tinha ar nos pulmões. Michael não se mexeu, mantendo-se onde estava, na beira da banheira. A sua postura tranquila contradizia o calor e o desejo nos seus olhos, enquanto a admirava como se fosse um gato faminto, pronto a saltar-lhe em cima. Oh, e só de pensar nele a mordê-la fê-la quase derreter-se. O que tinha ele dito?

– O que disseste?

Os lábios dele estremeceram.

– Tu ouviste. Toma, prova um pouco disto.

– Não quero um...

Ele esticou o braço e empurrou devagar o bolo de creme por entre os lábios dela. Ela abriu a boca, por reflexo, e então mordeu. O gosto amanteigado explodiu na sua boca, uma camada de creme cobriu a sua língua, provocando-lhe muito prazer. Ele observou-a a mastigar e o seu polegar passou sobre o lábio inferior dela para limpar o resto do creme. Com movimentos deliberados, ele colocou o dedo na própria boca e chupou-o.

As coxas dela contraíram-se. Sentiu-se ficar húmida de desejo. Os seus olhos arregalaram-se quando ele levou o copo aos lábios dela. Uma gota preciosa caiu na sua língua, e a sensação gelada do líquido desceu pela sua garganta e provocou um gemido. Ele pousou o copo na beira da banheira e inclinou-se.

– Bom? – murmurou.

Maggie pestanejou.

O olhar dele deixava-a hipnotizada. O despontar da barba cobria-lhe o maxilar e combinava com a imagem de homem civilizado totalmente perverso. O aroma intoxicante a almíscar e sabonete invadiu as narinas dela.

– Hum. Sim.

As mãos dele passaram por cima dos seus ombros, descrevendo uma linha pelas bolhas e deixando um rasto de pele arrepiada.

– Que cheiro é esse?

– Hã? – Ah, meu Deus, ela ficara muda. Maggie esforçou-se por sair daquela tortura física do toque dele logo acima dos seus seios. – Sândalo.

– Tem-me deixado louco. Quando eu finalmente te provar, irá deixar um gosto doce e almiscarado na minha língua?

Ela percebeu, então, que era ele quem dominava. Só fingira que fora ela quem mandara ao longo de todo aquele tempo. Não era de admirar que ela o divertisse! O seu corpo continuava inerte, o seu centro doía e a sua pele queimava, mesmo estando dentro da água. Aquele homem havia levado o seu tempo e apanhara-a quando ela estava mais vulnerável. Porque haveria de querer, de repente, mudar as regras do jogo? Maggie forçou o seu cérebro a trabalhar através da névoa erótica.

– Porque estás a fazer isto agora? – Ela agarrou-se ferozmente à irritação, sabendo que, se a soltasse, se lançaria nos braços dele e lhe imploraria que a tomasse. – Estás a fazer algum jogo comigo?

O rosto dele retesou-se.

– Tu é que estás sempre com os jogos, *tigrotta mia* – rosnou.– Quero-te desde o primeiro dia e nunca o neguei. Estou cansado de discutir quando podíamos fazer outras coisas. Coisas mais agradáveis... para ambos.

O facto de ele ter chegado à mesma conclusão do que ela irritava-a. *Ela* é que devia ter proposto aquilo. Michael estava louco se achava que ela iria simplesmente ficar sentada e deixar que ele a seduzisse e ficasse no comando. Fora ideia dela fazer sexo para retirá-lo da cabeça. Nunca deixaria que ele ganhasse aquela batalha.

– Preciso de tempo para pensar.

Ele levantou-se da banheira e assentiu educadamente.

– Por favor, dá-me uma toalha.

Ele encarou-a. A sua hesitação, sobre se havia de insistir ou não, desapareceu. Maggie percebeu que nascera entre eles uma certa confiança. Sabia que, por mais zangado que ficasse, ele manter-se-ia sempre no controlo, e isso tranquilizou um medo profundo dentro dela, que estava enterrado havia muito tempo. Ele tirou do gancho uma toalha cor-de-rosa felpuda e entregou-lha, virando-se discretamente.

Maggie sorriu em triunfo. Devagar, levantou-se da banheira, espremendo as pontas do cabelo e retirando a maior parte da espuma. Então deixou a toalha cair no chão.

– *Okay*, agora estou pronta.

• • •

Michael virou-se.

Ela estava nua.

Gloriosa, vibrante e totalmente nua.

Ele tentou lembrar-se da primeira vez que vira seios nus. Como um jovem no auge da sexualidade, ele pensara que nada poderia superar aquele momento.

Mas agora fora superado.

Ela estava em pé, com a cabeça erguida e a toalha em volta dos pés. Michael viu pele macia e dourada diante dele, húmida por causa do banho, a brilhar com a espuma. Os seus seios eram empinados, grandes, com mamilos vermelhos. A boca dele encheu-se de saliva quando pensou em prová-la e chupar aqueles mamilos maduros. As pernas dela não terminavam, compridas e musculosas. E um triângulo perfeito de pelos de cor de canela escondia os seus segredos mais íntimos. Por pouco. Ele cheirou a excitação dela e o seu corpo a chamar o dele.

Ainda assim, ficou parado, hirto, no meio da casa de banho, completamente incapaz de se mover.

Ela torturara-o toda a tarde. O seu cabelo a tocar os ombros dele, o seu sarcasmo, a vibração que emanava mesmo quando estava parada. Ele lembrou-se daqueles preciosos centímetros da noite anterior. Se a sua mão tivesse avançado mais um pouco, ele teria sido capaz de tocar no fogo líquido.

Aquela mulher já estava sob a sua pele, e só havia uma forma de removê-la de lá. Dormindo com ela. Arrancando-a da sua mente e, de manhã, talvez os dois voltassem ao normal. Raios, não tinham sido feitos um para o outro. Queriam coisas diferentes, ansiavam por estilos de vida diferentes. Ele queria uma família grande e uma casa com pouco drama. Queria alguém doce, flexível, mas com determinação suficiente para mantê-lo afastado do tédio.

O sexo poderia resolver tudo. Ele tinha a certeza disso.

A rejeição de Maggie magoara-o, mas ele não iria forçá-la a nada. A deceção profunda com a sua incapacidade de ser sincera provava que não eram bons um para o outro. Ele valorizava a sinceridade como um dos fatores mais importantes num relacionamento, e, quaisquer que fossem os segredos que ela escondia, ele apostava que nunca seriam partilhados. Com ele. Com ninguém.

Mas, de novo, ela surpreendera-o. Nos seus próprios termos.

Maggie teve a ousadia de encolher os ombros e olhar para ele como se vestisse um traje de gala.

– Concordo com a tua proposta de dormirmos juntos. Mas, já que não consegues nem falar, vou vestir-me e retomamos o assunto depois. Quando estiveres mais – o olhar dela desceu para a ereção, e ela sorriu – funcional.

Ela caminhou em direção à porta.

Dois passos e ele reduziu a distância. Trancou a porta. E, devagar, virou-a.

Ela arregalou os olhos. Com movimentos deliberados, encostou-a à porta. Levantou-lhe o queixo. E pôs o joelho entre as coxas dela, para abri-las. Ela prendeu a respiração quando ele baixou a boca para a sua.

– Estou pronto, *cara* – sussurrou ele. – E tu?

A boca dele apoderou-se da dela.

Ele adorava seduzir mulheres. Adorava o escorregar lento da língua, o prender da respiração, o aumento do desejo conforme cada fase levava à completude. Ele considerava-se um mestre nessa arte, mas uma investida entre os lábios dela arruinou qualquer tipo de controlo.

O corpo dela escorregava contra o seu, tão molhado como o calor que emanava das suas coxas. Aquele não era um beijo calmo. Era uma guerra sem contenção e sem sobreviventes. E Michael adorava cada momento da sua rendição total.

Mergulhou profundamente no gosto dela. Ela gemeu e levantou as ancas, enfiando os dedos no cabelo dele para o segurar e exigir mais. As mãos dele deslizaram pelo corpo de Maggie e deliciaram-se com cada glorioso centímetro, envolvendo os seus seios e tocando nos mamilos com os polegares enquanto engolia os gemidos dela. Afastou mais as pernas dela e pôs uma em volta da sua cintura. Afastou os lábios dos dela e fitou aqueles olhos verde-musgo, cheios de luxúria.

A sua mão saiu de um dos seios dela e desceu, parando sobre a sua barriga.

– Tenho estado mortinho por enterrar os meus dedos em ti – murmurou ele. – Estás pronta para mim?

A respiração dela foi um sussurro erótico.

– Falas de mais, conde.

Ele sorriu e enfiou os dedos entre as dobras dela.

Ela gritou e lançou a cabeça para trás, contra a porta. O seu canal sedoso e pulsante fechou-se em volta dele, apertando-o. Ele praguejou ante a reação, o desejo por ele evidente na humidade que molhava os seus dedos. *Dio*, era a mulher mais bela que já tinha visto, tão sensível a cada toque. Invadiu-a mais profundamente, curvando os dedos e atingindo o ponto certo enquanto ela mexia as ancas e se aproximava do orgasmo.

A sua ereção tornou-se dolorosa, mas o rosto dela era de uma beleza erótica tão sublime que ele não queria deixar de olhar. Os dentes dela cravaram-se na pele inchada do lábio inferior e os olhos estavam meio abertos, enquanto lutava com a necessidade crescente de alívio. O seu corpo florescia debaixo dele, mas as suas mãos estavam fechadas e empurravam o peito dele. A sua necessidade de controlar o resultado daquele duelo provocava-o a fazê-la render-se completamente. A ele. Àquilo.

Ele passou o dedo pelo botão pulsante uma vez. Duas vezes. Então baixou a cabeça e chupou o mamilo dela.

– Michael...

– Tu também falas de mais, *cara*. – Os seus dentes roçavam o bico inchado, enquanto os seus dedos a provocavam sem piedade. Os músculos das coxas dela tremeram e o seu coração batia como um tambor junto ao ouvido dele. O seu maravilhoso aroma almiscarado atingiu as narinas de Michael e ele soube que ela estava prestes a explodir. Pela primeira vez, ela pertencia ao presente, entregando o seu corpo e abrindo-se a tudo o que ele lhe dava. A sua ereção latejava e o sangue rugia nas suas veias.

– Michael! Não, eu vou...

– Quero que te venhas. Agora. Vem-te, Maggie.

Mordeu o mamilo dela enquanto os seus dedos se afundaram uma última vez.

Ela gritou e apertou-o impiedosamente. O seu grito cortou o ar, enquanto ela estremecia e arqueava o corpo contra ele, e ele segurou-a enquanto prolongava o seu orgasmo, apertando-a contra si.

Ela ficou inerte. Ele murmurou palavras calmantes e deu-lhe um beijo na têmpora, retirando os dedos devagar. Estivera certo em relação à química entre eles, mas nada o preparara para a onda de emoção e ligação que sentia. Queria deitá-la na cama e possuí-la completamente. Passar horas sob os lençóis, até ela não conseguir pensar em nada e só saber murmurar o nome dele. De onde viera tanta ternura?

Ela ainda estava nos braços dele, a sua respiração a voltar ao normal. Ele acariciou-lhe o rosto com o nariz e resolveu carregá-la até ao quarto, para poderem conversar e fazer amor e...

– Bem, graças a Deus. Estava a precisar disto. – O tom calmo e racional dela contradizia o seu corpo ligeiramente trémulo, e antes que ele pudesse aninhá-la, ela empurrou-o e apanhou a toalha do chão, enrolando-se nela. Endireitou a cabeça e soltou um suspiro longo e aliviado. – Obrigada. Queres que eu trate de ti?

O desprendimento dela magoou-o profundamente. Ele deu um passo atrás, perguntando-se se teria sido um idiota. Porque estava ela tão decidida a agir como se não se importasse, quando um minuto antes estava a gritar o nome dele e a agarrar-se a ele com uma ferocidade que nunca vira numa mulher? O olhar dele cortava, mas ela manteve-se perfeitamente calma. E distante.

– Queres tratar de mim? – perguntou ele com frieza.

Ela encolheu os ombros.

– Se quiseres. Olho por olho. Não há tempo para uma longa maratona, pois prometi à tua mãe ajudá-la com o jantar, portanto tenho de me ir vestir. Então? – Ela levantou uma sobrancelha e esperou. Michael percebeu que estava em apuros. Por alguns momentos, ela pertencera-lhe totalmente. No entanto, era incapaz de manter qualquer tipo de proximidade. Porque estava ele tão incomodado com a sua incapacidade de se ligar? Porque se importava?

– Porque estás a fazer isso, *cara*? – perguntou com ternura.

Maggie recuou, como se tivesse sido esbofeteada. Praticamente rosnou.

– Desculpa eu não querer conversar sobre coisas melosas depois de um orgasmo, conde. Achei que tínhamos passado essa fase.

O silêncio crepitava com sentimentos e palavras não faladas. Finalmente, ele assentiu, depois obrigou-se a ignorar o afeto que sentira antes.

– Tens razão, Maggie. Também pensei que tínhamos passado essa fase.

Agarrou na maçaneta e abriu a porta.

– Depois do jantar, vamos tomar conta das crianças. Já que convenceste a Carina a quebrar a promessa que tinha feito ao Brian, teremos de assumir a responsabilidade.

A boca dela abriu-se.

– O Brian tem quatro rapazes! Estou exausta. Nem penses que vou fazer de ama esta noite.

Ele inclinou-se para a frente com ar ameaçador e falou em tom de comando.

– Vais fazer de ama esta noite. Vamos para lá depois do jantar. Veste-te e vai ter comigo lá abaixo.

Fechou a porta enquanto ela protestava em voz alta e afastou-se ainda com uma ereção e furioso.

●●●

Ela estragara tudo.

Maggie olhou para o falso marido disfarçadamente, enquanto ele lutava com o primo que chorava, recusando-se a ir para o berço. Michael arregaçara as mangas da camisa branca, e os músculos dos seus antebraços fletiam-se enquanto o bebé esperneava e cuspia com uma fúria crescente. Se ela não estivesse tão triste, ter-se-ia rido daquela cena. A aparência dele, normalmente composta, estava alterada. Era um homem cansado e com ar de quem estava ansioso por um sofá e pelo comando da televisão.

E eram apenas oito e meia da noite.

Parecia que um furacão passara no quarto. A tinta amarela e azul das paredes estampadas com animais marinhos fazia lembrar uma aula de mergulho que correra mal. Havia riscos de lápis de cera nas paredes, livros espalhados por todo o lado e o enchimento de um urso de peluche azul que fora cortado nalgum tipo de experiência esquisita ameaçava vazar.

– Ele ainda tem fome? – perguntou ela, aproximando-se e mastigando um pouco de cereais.

– Não. A Lizzie disse que ele só precisa de um biberão para dormir. – O bebé contorcia-se no berço, babando e sujando o terceiro babete da noite. Os patinhos no seu *babygrow* zombavam da incapacidade deles de fazer o bebé feliz. – Achas que ele precisa de arrotar mais? – perguntou, com a testa franzida.

Ela pestanejou.

– Não sei. Quando a Lily chora muito, eu entrego-a à Alexa.

Michael suspirou.

– Onde estão o Luke e o Robert?

Ela ficou pouco à vontade. De certa forma, tinha um mau pressentimento quanto à reação seguinte dele.

– A brincar.

– Pensei que os tinhas posto na cama.

– E pus. Mas eles não queriam dormir, então disse-lhes que podiam brincar.

Ele murmurou qualquer coisa baixinho e limpou mais baba da boca de Thomas.

– É claro que eles não queriam dormir, Maggie. Mas nós somos os adultos. É só dizer-lhes que não.

– Eu disse. Três vezes. Mas o Robert começou a chorar porque queria a mãe e, então, o Luke juntou-se a ele; portanto eu disse que tinham mais cinco minutos. – Ela não iria admitir que aquelas lágrimas de crocodilo lhe haviam destroçado o coração e que faria qualquer coisa que eles pedissem.

Michael bufou.

– Eles enganaram-te. Tudo bem, põe-nos a ler. Nada muito agitado.

Maggie perguntou-se por que motivo, de repente, teve medo de lhe falar da plasticina. Aquilo não era coisa própria para crianças? Era isso que os anúncios diziam sempre. Robert disse-lhe que a mãe os deixava sempre brincar com aquilo quando não conseguiam dormir.

Percebeu que Michael estava certo. Ela fora enganada. Totalmente. Por isso tinham ficado tão animados quando ela tirara a plasticina da prateleira mais alta do armário! Mordeu o lábio inferior e decidiu voltar ao quarto às escondidas, para lhes tirar aquilo antes que Michael descobrisse. As perguntas dele começaram a agredi-la mais furiosamente que abelhas furiosas.

– E o Ryan? Está a dormir?

Ela pestanejou.

– Passou o tempo a levantar-se porque estava com sede. Dei-lhe um pouco de água naquele copo para chupar.

Ele pôs uma chupeta na boca do bebé e olhou para cima, na direção de Deus.

– Não me digas isso, Maggie. Ele faz chichi na cama e não podemos dar-lhe líquidos depois das sete.

Ela fitou-o.

– Não me disseste nada sobre isso. Ele pôs a mão na barriga e disse que doía, porque estava cheio de sede. Estás aqui há mais de uma hora e deixaste-me com os filhos de Satanás. Vamos trocar. Eu ponho o bebé a dormir e tu lidas com aqueles terrores.

Tirou Thomas do berço, deitou-o em cima do braço e enfiou o dedo na boca dele. O choro parou e ele chupou o dedo dela como se fosse a melhor comida do mundo. Os seus olhos fecharam-se em êxtase.

– Viste? Os dentes dele estão a nascer.

Michael olhou incrédulo para o bebé feliz. Um silêncio abençoado acalmou-lhes os ouvidos, até eles ouvirem um grito esquisito vindo do corredor.

– Fica aqui. Tenho de levar o Ryan de novo à casa de banho.

Maggie observou o bebé a chupar furiosamente. Sempre soubera que seria uma péssima mãe, e agora estava comprovado. Como é que Lizzie dava conta de tantas exigências ao mesmo tempo? Aquela noite estava a tornar-se cada vez mais desastrosa desde que tivera o orgasmo.

Andou de um lado para o outro, pensativa. O que havia de errado com ela? Talvez precisasse de ir ao psicólogo. Um homem dava-lhe um prazer intenso, carinho e apoio emocional. E o que fazia ela? Atacava-o mais depressa do que a própria sombra e fingia não se importar?

Porque não era só o orgasmo.

Era como se sentia envolvida nos braços dele.

Pela primeira vez na vida, sentia-se sem controlo. Muito longe da sua zona de conforto. Passara a vida inteira a controlar os seus relacionamentos, enquanto esperava encontrar o homem que conseguiria alimentar o seu coração e sua alma. Achava que seria capaz de se desarmar quando encontrasse o parceiro certo, mas, em vez disso, Maggie começou a perceber que fora longe de mais.

Não sabia como era ter um relacionamento normal, de verdade. Como abdicar de uma parte de si mesma e oferecê-la. Talvez fosse mesmo demasiado tarde para ela. Porque só uma amostra do que Michael Conte poderia oferecer virara o seu mundo do avesso. E, em troca, ela agira como uma cabra e magoara-o deliberadamente. Sofria com a lembrança da expressão dele. A desilusão completa quando a encarara e a desafiara.

Ela tinha de sair dali. Encurtar a viagem. Fazer qualquer coisa para parar aquela catástrofe iminente. Mas e se acordasse e descobrisse que ele era o Tal?

O único homem que ela poderia amar. O homem que amava a sua melhor amiga e só a escolhera como segunda opção.

– Maggie!

O seu nome ecoou pela casa e ela estremeceu. A plasticina? Ou algo pior? A sua cabeça doía devido a todas as instruções e ao medo de ter feito alguma coisa errada.

– O que foi?

– Deste um daqueles pacotinhos de sumo ao Luke?

Raios, qual deles era o Luke? Todos tinham lindo cabelo castanho encaracolado, olhos escuros e sorrisos travessos. Como os Três Estarolas.

– Sim! – gritou ela. – Ele viu o Ryan a beber e chorou, então dei-lhe um também.

– Importas-te de chegar aqui?

Toda aquela gritaria entre eles estava a ficar ridícula. Ela içou Thomas na anca enquanto ele chupava como um louco, e contornou os brinquedos no chão do corredor.

– Fala comigo como um ser humano, por favor – disse ela, perguntando-se por que motivo, de repente, soava como uma progenitora. Estacou ao ver a cozinha outrora limpa. Cinco pacotes de sumo tinham sido largados no chão. Havia sumo espalhado pelas bancadas, pelo frigorífico e pelas paredes, parecendo que ocorrera um homicídio. Luke virou-se e fez uma cara de culpado. – Oh, meu Deus, o que aconteceu?

Michael cruzou os braços e olhou para a criança.

– Luke, porque não contas à prima Maggie o que aconteceu aqui?

Luke inclinou a cabeça de uma forma que pensava ser amorosa.

Maggie recusou-se a admitir que ele tinha razão.

– Estou a brincar a lançar foguetes – declarou. – Querem ver?

– Não! – gritaram ambos em uníssono.

Demasiado tarde. Luke pisou o último pacote de sumo. O líquido saiu disparado e encharcou tudo o que se podia ver. Incluindo eles.

Michael agarrou nele e levantou-o pelos braços.

– Estás metido num grande sarilho – alertou. – Espera até a tua mãe chegar e eu lhe contar o que fizeste.

Maggie reprimiu uma risada histérica ante toda aquela situação ridícula. O seu falso marido encarou-a, perplexo.

– Achas isto engraçado?

Ela mordeu o lábio.

– Bom, um pouco. Quero dizer, é tão mau que parece os apanhados.

– Podes limpar tudo enquanto dou um banho ao Luke?

Ela olhou para aquele chiqueiro.

– Mas estou com o bebé. Ele está calmo e não vou tirar o dedo até ele adormecer.

Ele pareceu hesitar entre os dois cenários, sem saber qual era pior.

– *Dio*, tudo bem. Então vem ajudar com o banho.

Ela seguiu-o quando ele foi ver os outros dois.

– Vocês fiquem aqui a brincar até o Luke sair do banho. Depois vão todos para a cama. *Capisce*?

– Sim, primo Michael – respondeu Robert formalmente.

Maggie olhou para ele desconfiada. De certa forma, aqueles olhos cor de chocolate pareciam brilhar, como se ele tivesse um plano diabólico em mente. Ela ignorou aquele instinto maluco e sentou-se na sanita enquanto Michael colocava Luke na banheira.

– Então estás a dizer-me que os teus primos se divertem assim todas as noites?

Ele pôs gel na água e abanou a cabeça.

– Algo me diz que eles são mais organizados do que nós. Mas, sim, tenho a certeza de que a maioria das noites é assim.

Ela embalou Thomas e tentou não parecer curiosa.

– E tu? É também isto que queres?

Ele pensou um pouco. Então, assentiu.

– *Si*.

– A sério? Todo este *glamour*? – Ela arqueou uma sobrancelha. – Tens noção de que não haverá jantares sofisticados, nem trabalhar até tarde para fechar um negócio, ou voar para alguma ilha tropical de um momento para o outro? Estás disposto a abrir mão da tua liberdade?

Por um breve momento, uma expressão de ternura surgiu no rosto dele quando olhou para o menino nu na banheira. Fez uma festa no cabelo do primo e olhou diretamente nos olhos dela.

– Sim.

A resposta dele a atingiu-a e fê-la querer aquilo também. Imagine-se um homem que deseja ir para casa encontrar aquele caos todo. Quem se disporia a fazer parte daquela confusão e aproveitaria cada momento louco?

– Olá, primo Michael!

Os dois viraram-se na direção da voz. Um rapazinho de quatro anos estava parado à porta, a sorrir. Maggie pestanejou e olhou com mais atenção. As únicas partes do rosto que ainda estavam visíveis eram os olhos, um pouco do cabelo castanho--dourado e a boca vermelha. A criança parecia o Joker. E porque estava nu?

Ela preparou-se para uma explosão, mas Michael manteve--se calmo.

– O que fizeste, Robert?

– Encontrei isto na mala da tia Maggie! – declarou ele com orgulho. – Creme!

Maggie fechou os olhos.

Michael lançou-lhe o seu olhar ameaçador.

– Hum. Pensei que te tinha dito para pores a mala em cima do frigorífico, para não haver acidentes.

Ela bufou.

– Escondi-a atrás do sofá porque não tive tempo! Assim que chegámos, a Lizzie e o Brian saíram de casa a correr como se tivessem o cu a arder. Agora sei porquê. Porque iria alguém querer outro filho depois do Robert?

O Joker riu-se.

– Cu! A prima Maggie disse «cu». Cu significa rabo. Cu, cu, rabo, rabo. – A canção continuou e Maggie estremeceu.

– Se voltares a dizer essa palavra lavo-te a boca com sabão – ameaçou Michael. – Agora, entra na banheira.

– Hum, Michael?

– O quê?

– Vais ter alguma dificuldade. O creme de argila é à prova de água. Vai ficar durante horas.

Michael levantou o primo e meteu-o na banheira. Pôs as mãos nas ancas, como se antecipasse um problema. Raios, por que motivo Michael era tão adorável despenteado, molhado e a cheirar a sumo de maçã?

– Vamos conseguir. – Ele esfregou as mãos uma na outra, ajoelhou-se ao lado da banheira e pegou numa luva turca. – Podes ir ver como está o Ryan?

Maggie passou o bebé para a outra anca. Soltou o dedo com um *pop* e Thomas olhou para ela de olhos arregalados e todo sorridente, e o coração dela reagiu. A inocência confiante no olhar dele fê-la querer estar à altura da situação. O que estava a acontecer-lhe?

Foi até ao quarto do menino.

– Ryan, onde estás?

– Aqui! – Ele saiu do armário com a sua *T-shirt* de *Thomas e os Seus Amigos* levantada, deixando aparecer a barriga, e levantou as mãos orgulhoso. – Fiz plasticina!

Sim. Maggie observou aquela massa vermelha e verde que cobria o seu corpo e o seu rosto. Thomas gritou, feliz, e enfiou as mãos no cabelo dela. Uma risada formou-se dentro dela e ameaçou sair, mas ela não sabia se era o riso de uma pessoa a enlouquecer como o Joker ou se era uma forma de lidar com aquela loucura.

– Muito bem, amigo. Agora segue-me; está na hora do banho.

– Banho!

Saiu a correr do quarto e foi até à casa de banho, e ela seguiu-o. Com um clique decisivo, fechou a porta e trancou toda a gente na pequena casa de banho. O vapor embaciava os espelhos.

– Deste-lhes a plasticina, hein?

Maggie assentiu.

– Sim. Em minha defesa, achei que fosse própria para crianças. Vivendo e aprendendo. Acho que se ficarmos todos aqui nada pode acontecer. – Ela lançou-lhe um olhar preocupado. – Certo?

– Vamos rezar para isso. – Com movimentos eficientes, ele tirou a roupa a Ryan e pô-lo na banheira com os irmãos. – Acho que preciso de ajuda aqui. Estou na segunda luva turca e só saiu metade da máscara. Podes esfregar o Ryan?

– E o bebé? – Thomas deu uma gargalhada e esticou o braço, colocando uma mão-cheia de cabelo dela na boca. Chupou e emitiu sons de prazer. – Ah, que nojo – resmungou ela, tentando soltar-se. – Posso pousá-lo no chão?

– Sim. Primeiro, certifica-te de que não há nada que ele possa agarrar.

Ela deu uma boa olhadela para ter a certeza de que não havia nada além do chão coberto de bolhas de sabão do banho. Tirou duas toalhas da prateleira, abriu-as e deitou Thomas nelas. Os punhos dele agarraram de novo o cabelo dela, e ele berrou, recusando-se a soltar.

– Ai! Ai! Michael, ajuda-me. – Mãos firmes e cuidadosas soltaram os punhos do bebé do seu cabelo. O lábio inferior do bebé tremeu. Um grito ecoou pelo pequeno espaço e os nervos dela arrepiaram-se de agonia. Não admirava que dissessem que o choro de um bebé podia deixar uma pessoa louca. Ela faria qualquer coisa para que ele parasse. – Ah, meu Deus, está a chorar outra vez. Dá-me esse pato de borracha.

Rapidamente, Michael entregou-lhe o brinquedo e ela colocou-o nas mãos do bebé. Ele enfiou o pato na boca e começou a roer.

– Muito esperta – comentou Michael.

Ela sorriu, orgulhosa, rastejou até à banheira e pegou numa luva turca. Trabalharam num silêncio eficiente até Maggie ver a pele morena sob o creme de argila, e a água ficar branca. As crianças falavam sem parar, alternando entre italiano e inglês, criando uma melodia calmante para os ouvidos.

– Primo Michael, quem é o melhor super-herói? Eu acho que é o Super-Homem.

Michael franziu as sobrancelhas, fingindo pensar naquilo.

– O Super-Homem é muito fixe, porque pode voar e dobrar aço. Mas eu gosto do Batman.

Luke arfou.

– Eu também. O Batman bate nos maus.

– Mas não voa – observou Robert.

– Voa, sim – disse Michael. – Usa o seu equipamento para voar como um morcego. E tem acessórios fixes e o melhor carro do mundo.

Robert considerou o comentário, enquanto o irmão praticamente exsudava adoração.

– Acho que sim. Prima Maggie, quem é o teu preferido?

Ela lançou um olhar maroto a Michael.

– O Thor.

– Porquê?

– Gosto do seu cabelo comprido e loiro e do seu martelo.

Michael riu e abanou a cabeça.

– Não tens emenda. Isso é mesmo de rapariga.

– Sim, é mesmo de rapariga – imitou Robert.

– Não me sinto uma rapariga agora – murmurou ela. A sua blusa branca estava colada à pele devido ao suor e ao vapor. Ela usou o braço para afastar da cara madeixas de cabelo e sabia que a maquilhagem já lhe tinha escorrido pelo rosto. Não admirava que as mães nunca quisessem fazer sexo. Quem desejaria um orgasmo se uma boa noite de sono era muito melhor? – Estou um caco.

Ela estava prestes a desdenhar do seu comentário feminino quando o olhar dele se fixou no dela.

Olhos escuros como carvão mergulharam nos dela e passaram por todas as barrciras. A energia zuniu entre eles, o que era ridículo naquela situação doméstica, mas verdadeiro. As terminações nervosas dela vibravam quando retribuiu o olhar, incapaz de o desviar.

– Acho que estás linda – disse ele suavemente.

Tudo dentro dela estremeceu e se abriu.

Maggie rendeu-se. Ergueu a mão para tocar na dele, para implorar o seu perdão por se ter comportado daquela forma, para lhe contar todos os segredos e emoções que guardava dentro de si.

De repente, Robert baixou a mão e agarrou no seu pénis. Luke viu e riu-se, apontando para o próprio pénis, enquanto o irmão começava a balançá-lo para um lado e para o outro, como um jogo de pingue-pongue.

– Pilinha! Os meninos têm pilinha e as meninas têm vaselinas!

Robert parou e deu um longo suspiro sofredor.

– Vaginas, Luke. Vaginas.

A magia do momento entre Michael e Maggie desapareceu. Olharam para as crianças e ela lutou contra o rubor no seu rosto. Talvez fosse o destino a intrometer-se. Ou a Mãe Terra. Quem quer que tivesse sido, aproveitou a distração.

– Sim, bem, não vamos tocar nas partes íntimas. Aqui estão as toalhas para se secarem.

Recusou sentir-se embaraçada por causa de dois miúdos. Pelo amor de Deus, ela lidava com o equipamento de homens adultos quando fotografava.

Mas eles ignoraram-na.

– Porque é que as meninas não têm pilinha, prima Maggie? – perguntou Luke.

Ela olhou para Michael em busca de ajuda, mas um sorriso travesso curvou os lábios dele. Ela recusou-se a fugir daquele desafio óbvio. Podia falar sinceramente com as crianças. Sem problema.

– Deus fez-nos diferentes. E tens razão, Robert, as meninas têm aquilo a que chamamos vaginas. – Olhou para Michael com um sorriso satisfeito. *Toma lá.*

– Mas, sem a pilinha, as meninas não têm onde mexer! O que fazem?

Fez-se silêncio. Michael colocou o punho contra a boca, para tentar conter uma gargalhada.

Ah, raios. Ela desistiu e agitou a maldita bandeira branca.
– Pergunta ao teu primo.
Com a dignidade que lhe restava, pegou no bebé e saiu.
Idiota.

* * *

Horas mais tarde, ela sentou-se no chão, ao lado da cama dos meninos, e encostou a cabeça. O som da respiração tranquila das crianças quebrava o silêncio. Eles tinham-se recusado a adormecer a menos que alguém se deitasse ao lado deles, e Michael arranjou rapidamente uma desculpa para fugir e ela ficou mais do que feliz por adiar ficar sozinha com o falso marido. Os seus dedos ainda seguravam os de Robert – a mão pequenina descontraída e quente na dela. Maggie sentou-se no tapete e olhou para o vazio, lembrando-se.

Quando era pequena, tinha pesadelos. O monstro com sangue nos dentes e olhos selvagens saltava de dentro do seu roupeiro e queria comê-la. Uma vez, ela saiu do quarto a correr em busca dos pais, mas eles não estavam na cama. Nick não era suficientemente grande para a proteger e matar o monstro, então ela começou a descer as escadas, mas parou a meio.

O pai estava com outra mulher no sofá. A mulher ria e gemia baixo, e Maggie viu roupas no chão. Tentou ficar quieta, mas estava tão assustada que chamou pelo pai.

Lembrava-se do olhar que ele lhe dirigira. Distante. Irritado. Completamente despreocupado.

– Volta para a cama, Maggie.

Ela engoliu em seco, apavorada.

– Mas, pai, há um monstro no meu roupeiro e ele vai comer-me.

A desconhecida riu-se, e o pai pareceu ainda mais aborrecido.

– Estou ocupado e estás a comportar-te como um bebé. Vai para o quarto agora ou dou-te uma tareia.

– Mas...

– Agora!

Ela apressou-se a subir as escadas e entrar no seu quarto enorme, cheio de brinquedos e animais de peluche, mas muito vazio. Enfiou-se debaixo da cama com o seu cachorrinho de peluche e esperou que o monstro a fosse buscar. Durante toda a noite, enquanto os seus soluços eram abafados pelo tapete, perguntou-se por que motivo ninguém a amava. E se alguém a amaria um dia.

Maggie apertou a mãozinha. A exaustão e a dor tomaram conta dela. Encostou a cabeça ao colchão e inspirou o cheiro doce de Robert, fechando os olhos por apenas um instante. Um instante.

• • •

Onde estava ela?

Michael esperou, mas a casa estava silenciosa. Julgou que ela voltaria em poucos minutos, mas já passara muito tempo, e não ouvia voz alguma. Reprimiu um gemido e levantou-se do sofá. *Porca miseria*, e se os miúdos tivessem feito algo horrível, como montado uma armadilha, e ela estivesse presa e incapaz de gritar? Lembrou-se da história de Peter Pan e dos meninos perdidos e conteve uma risada, pensando em todo o ridículo daquela noite.

Maggie confirmou as suas suspeitas de que não seria uma mãe típica. Ele sentia-se aliviado. Afinal, ela lidara com a maioria das situações mostrando-se pouco à vontade e um pouco aterrorizada, embora os primos fossem conhecidos por fazer com que a maioria das amas quisesse fugir ao fim de uma hora.

Ele estava a ficar cansado das piadinhas dela, mas, mesmo assim, ela conseguira encantar quatro rapazes que em geral preferiam que os estranhos se mantivessem fora do seu círculo.

Curiosamente, sentiam-se atraídos por ela como se vissem a ternura escondida na sua alma. Até o bebé chupara desesperadamente no seu dedo e chorara quando Michael tentara tirá-lo dos braços dela.

Mas Maggie Ryan era completamente incompatível com o seu estilo de vida e o seu coração. Rejeitava qualquer tipo de intimidade entre eles. Ele precisava de superar os seus sentimentos confusos e esquecê-la.

Michael parou à porta e observou.

Ela estava a dormir. A sua cabeça descansava perto da de Robert, as suas respirações profundas a seguirem o mesmo ritmo, as suas mãos juntas por cima do cobertor. Um silêncio pacífico pairava no quarto, e, pela primeira vez, Michael devorou com avidez as feições da sua falsa mulher, vulneráveis sob o brilho ténue da luz de presença.

O que estava ela a fazer à família dele?

O que estava ela a fazer-lhe a ele?

Emoções desconhecidas surgiram e apoderaram-se dele. Michael não precisava daquilo. Apenas quarenta e oito horas na companhia dela e já tudo parecia diferente. Ele nunca desejara tanto descobrir tudo sobre uma mulher antes; geralmente, elas queriam era cair aos seus pés, entusiasmadas pelo seu dinheiro, a sua aparência e natureza fácil. Não que ele fosse arrogante, mas sabia que as coisas lhe chegavam sempre com muita facilidade. Principalmente na questão amorosa.

Até Maggie aparecer.

Ele sorriu ao ouvi-la ressonar suavemente. A pobre mulher estava exausta. Nos últimos dias, houvera pouco sono e muita correria. Consultou o relógio e viu que os primos chegariam dali a uma hora. Não restava muito tempo, mas ele não queria deixá-la ali no chão, com as pernas dobradas.

Desenlaçou a mão dela da da criança e levantou-a com facilidade. Ela murmurou em protesto, mas aconchegou-se no colo dele. Michael reprimiu uma imprecação, e prometeu guardar as mãos para si próprio. Sentou-se com ela no sofá, e esticou as pernas, apoiando-as na mesa de centro.

Maggie gemeu e encostou o rosto ao pescoço dele.

Ele ficou hirto.

Ela soltou um suspiro profundo e descontraído, como se gostasse do cheiro dele, então abriu a boca e passou a língua pelo seu maxilar, querendo prová-lo.

Ele praguejou e tentou acalmar o desejo de mergulhar nos seus lábios. As mãos dela subiram pelos seus ombros, enfiaram--se no seu cabelo e puxaram-no para os seus lábios.

Raios, não.

– Maggie.

Ela abriu os olhos ensonada. O seu olhar ainda o fazia pensar num felino. Penetrante. Misterioso. E cheio de atitude.

– Acorda, *cara*. Adormeceste.

– Tão cansada.

– Eu sei, querida. Porque não fechas os olhos e dormes mais um pouco, até os meus primos chegarem?

Esperou que ela voltasse a adormecer, mas Maggie nem pestanejou, olhando-o com uma tristeza de partir o coração. Infelizmente, outra constatação atingiu-o com o peso do martelo de Thor.

Ela tinha tanto para dar, mas ninguém a quem o dar. Enterrava todos aqueles sentimentos confusos e tensos dentro dela, num lugar secreto, e fingia que estava tudo bem.

Como se soubesse o que ele desejava saber, as palavras começaram a sair-lhe com hesitação.

– Estou tão cansada de estar sozinha. Cansada de não ser desejada por ninguém.

As palavras abalaram-no. Ela estava meio a dormir e não tinha ideia do que dizia? Se sim, iria detestar-se à luz do dia por revelar os seus segredos?

Raios, ele já não se importava. Precisava de mais – e as oportunidades eram poucas. Afastou suavemente o cabelo do rosto dela, e ela acalmou-se com a carícia.

– Porque dizes isso, *cara?*

Fez-se silêncio. A expressão de Maggie mudou, e ele soube que ela estava completamente acordada. Preparou-se para o tratamento frio e as desculpas.

– Porque é verdade. Os meus pais não me queriam. Tentei muito, mas eles não me amavam. Então, um dia, pensei que estava apaixonada. Ele disse-me que eu era especial. – A dor desfigurou o seu rosto, depois suavizou-se. – Mas mentiu. Por isso, prometi a mim mesma que nunca deixaria que me magoassem de novo. Prometi que nunca mais seria rejeitada. – Ela fez uma pausa, então baixou a voz para um sussurro. – E não fui. Mas estou sozinha.

Michael apertou mais os seus braços em volta dela. Maggie encostou-se ao peito dele. O seu lábio inferior tremia, mas parou com a verdade que saiu da sua boca. E, naquele momento, a barreira entre eles desintegrou-se. Michael percebeu o que a fizera escolher tal caminho.

Sentiu necessidade de afastar a dor dela. Emoldurou o seu rosto com as mãos e aproximou a boca da dela.

– Agora não estás sozinha – murmurou. – Estás comigo.

Beijou-a. Tão diferente da paixão crua e carnal da última vez, o beijo estilhaçou a alma dele profundamente. O sabor dela era doce quando abriu os lábios debaixo dos dele e foi ao encontro da sua língua numa entrega humilde que o abalou como uma tempestade. Ele gemeu e aprofundou o beijo, afogando-se nas pétalas da rosa escondida atrás dos espinhos. Ela curvou-se para cima e deixou-o entrar. Ele devorou-a, reclamando cada parte macia e escondida da sua boca, depois passou para o pescoço dela para mordiscar e beijar, provocando nela pequenos arrepios.

Michael reajustou a sua posição e pô-la sob ele, nas almofadas. Anca contra anca, perna contra perna, a sua ereção a pressionar o meio das coxas dela. Ela puxou a camisa dele para fora das calças e colocou as mãos sob o tecido. Ele murmurou meia oração, meia imprecação ao sentir as mãos dela nos músculos do peito, o toque das unhas nas suas costas, a forma como ela levantava as pernas para o aninhar mais intimamente. Doido para lhe tirar a roupa e a devorar no sofá dos primos, ele respirou fundo, esforçando-se por se acalmar.

– Temos de ir com calma, *bella*, ou vou possuir-te aqui.

Ele preparou-se para a frieza dela assim que caísse em si, mas tudo o que ela fez foi agarrar a sua nuca e forçar os seus lábios contra os dela. Entre beijos profundos e famintos, o sussurro dela chegou-lhe aos ouvidos.

– Desejo-te, Michael.

O som do seu nome deixou-o ainda mais duro. Fez deslizar as mãos para baixo da curva perfeita do traseiro dela e levantou-a. Ela arfou quando ele ondulou o corpo contra o dela em movimentos provocantes, mas, enquanto ele estava ocupado, o som do fecho das suas calças de ganga a ser aberto ecoou no ar.

– Querida, acho que precisamos... *Dio*!

Dedos quentes mergulharam dentro do cós das suas calças e agarraram a sua ereção. Um fogo de artifício explodiu na sua mente, e ele nunca se sentiu tão feliz por não gostar de usar roupa interior. Ela apertou-o gentilmente, e começou a baixar--lhe as calças para deixá-lo mais exposto e...

A porta abriu-se.

O som de risadas interrompeu a cena como uma comédia má. Ambos se endireitaram como adolescentes culpados, recolhendo mãos e dedos e ajustando a roupa enquanto os primos dele entravam. As bochechas rosadas de Lizzie indicaram a Michael que eles tinham aproveitado para fazer algo mais ainda no carro. Afinal, se os quatro rapazes eram uma indicação do seu estilo de vida, Michael calculou que eles tivessem passado o filme e ido direitos à brincadeira.

Michael endireitou-se e levantou Maggie com ele.

O sorriso de Brian alargou-se.

– Bem, bem, o que temos aqui? – Cruzou os braços e fez estalar a língua. – Os meus quatro filhos inocentes a dormir ao fundo do corredor, e vocês a comportarem-se como num filme pornográfico.

Michael disse um palavrão, o que apenas fez Brian rir mais. Mas, ao ver a expressão de Maggie, o primo franziu o sobrolho.

– Estou a brincar, Maggie.

Ela mordeu o lábio; a *tigrotta* desistira de rugir. Levantou-se e oscilou de um pé para o outro, parecendo envergonhada, ansiosa e vulnerável.

Michael pegou-lhe na mão e puxou-a para perto dele, colocando um dos braços em volta dos seus ombros.

– Desculpa, Bri, estamos exaustos. Os miúdos estão bem. Sujaram a casa e nós não limpámos nada.

– Idiota.

– Idem.

Despediram-se, Lizzie e Brian abraçaram e beijaram Maggie, e Michael levou-a para o carro.

Ela encostou a cabeça ao banco e observou a noite em silêncio. Pela primeira vez na vida, ele sentiu-se um pouco constrangido junto de uma mulher, sem saber o que ela estava a pensar e só querendo confortá-la. Não, ele era um mentiroso. Queria fazer amor com ela primeiro, *depois* confortá-la.

– Desculpa.

Michael abanou a cabeça e perguntou-se se ouvira bem.

– Porquê?

Ela suspirou.

– Antes. Na casa de banho em casa da tua mãe. Fui uma cabra.

Bestial. Uma mulher que admitia estar errada. O que faria com ela? Porque não parava de surpreendê-lo?

– Desculpas aceites. – Ele fez uma pausa. – Importas-te de me dizer porquê?

Ela ficou tensa, mas não ignorou a pergunta.

– Sou problemática.

Ele riu.

– Quem não é? Fui demasiado rápido. Estes últimos dias foram avassaladores e eu surpreendi-te.

Ela resfolegou.

– Ah, por favor. Eu planeara seduzir-te, portanto não me surpreendeste. Não penses que sou uma flor delicada e tola que podes manipular com o teu encanto.

Ele sorriu. Aquela era a Maggie que conhecia e com quem gostava de discutir.

– Se assim é, espero que te decidas rapidamente. Acho que não aguento outra noite inteira com uma ereção.

Aquela declaração fê-la sorrir.

– Se não conduzisses como um velhote, talvez chegássemos a casa antes de a perderes.

Ele não respondeu, limitou-se a carregar no acelerador.

• • •

Entraram em casa sem fazer barulho e trancaram a porta do quarto. Maggie descalçou os sapatos e apontou para a casa de banho.

– Vai tu primeiro. Tenho de tirar uma coisa da mala.

Michael fez o que tinha a fazer, decidindo tirar a camisa e manter as calças de ganga. Descalço, saiu da casa de banho com o coração a bater como se fosse a sua primeira vez, e não soubesse se seria capaz de se aguentar por muito tempo.

Quando, finalmente, a viu, percebeu que estava condenado. Ela era o paraíso e o inferno ao mesmo tempo, e ele saudaria o diabo com um sorriso no rosto.

Ela estava parada sob a luz de um candeeiro antigo, com metade do corpo à sombra. A luz fraca enfatizava a parte superior dos seus seios, cobertos por renda preta delicada. O seu cabelo sedoso caía sobre os ombros. A curva da sua anca e a sua longa perna nua surgiam depois da combinação, acima dos joelhos.

Quando ele avançou, percebeu que era mais do que o corpo dela que o hipnotizava. Pela segunda vez naquela noite, a vulnerabilidade era visível naqueles olhos verdes felinos. Os pés dela moveram-se um pouco, como se ainda estivessem na dúvida, mas ele já decidira que esperara demasiado tempo por ela.

Segurou-a pelos ombros para diminuir o espaço entre eles. Os mamilos dela roçaram o seu peito nu, e ela arfou. Satisfeito, ele olhou-a em silêncio, absorvendo cada centímetro do corpo que estava prestes a pertencer-lhe. A sua tigresa hesitou.

– Hum, Michael, talvez devêssemos...

– Não, *cara*. – Ele sorriu e levantou-lhe o queixo. – Está na hora.

• • •

Maggie perguntou-se se todos aqueles romances eróticos de BDSM lhe tinham enfraquecido a mente. Em vez de assumir o controlo, como fazia normalmente, ela apenas observou, com os joelhos trémulos, enquanto aquele homem diante dela lhe dizia exatamente o que iria acontecer.

Céus, ela adorou cada instante.

O calor do corpo dele atraía-a e atormentava-a, enquanto ele baixava a cabeça. Um pequeno gemido escapou da sua garganta, mas ela já não se importava. Precisava da boca, das mãos e do corpo dele para afastar os demónios da dúvida e da vulnerabilidade que a destruíam. Os mesmos monstros que a esperavam no roupeiro a meio da noite para a atormentar por não pertencer a ninguém dissolveram-se em fumo quando Michael Conte finalmente a beijou.

Sem barreiras.

O momento de sedução e de beijos lentos acabara. Maggie foi completamente dominada pela investida dele em cada recanto da sua boca. O gosto a café, menta e puro desejo inundou os seus sentidos, e ela envolveu os ombros dele com os braços e segurou-se. Ele inclinou-a para trás e devorou-a, prometendo-lhe o paraíso e o inferno, enquanto a excitação tomava conta de todo o seu corpo. O controlo desaparecera, o beijo era pura sobrevivência, e ela deleitou-se com cada investida da língua dele, cada mordida, e com a pressão da sua ereção quando ele se colocou entre as coxas dela.

Michael arrancou os lábios dos dela e respirou com dificuldade. A luxúria selvagem brilhava naqueles olhos negros como carvão, enquanto o seu olhar passeava pelo seu corpo seminu. Um calafrio percorreu-a com a provocação das mãos dele, que traçavam uma linha acima e em volta dos seus seios. Os seus mamilos empinaram-se, exigindo atenção. O polegar dele tocou um, depois o outro, e os joelhos dela enfraqueceram quando uma lança afiada de desejo tocou diretamente o seu clítoris.

Ele afastou-se um pouco e estudou cada milímetro do corpo dela. Então, com um sorriso de lobo, deitou-a na cama.

Maggie não teve tempo de organizar os pensamentos enquanto ele tirava as calças em tempo recorde. O comprimento e o poder absoluto da sua ereção deixaram-na sem fôlego. Ela estendeu o braço para lhe tocar, mas ele foi mais rápido. Os seus dedos agarraram nas alças da combinação e fizeram descer o tecido pelos seus seios, pelas suas coxas, pelas suas pernas e pés. Atirou a peça rendada para longe e então abriu as pernas dela devagar.

Maggie gemeu aberta para as exigências dele. Sentir-se impotente sob aquele olhar faminto deixou-a em pânico. Levantou as mãos para empurrá-lo mas, como se ele sentisse a sua apreensão repentina, ergueu a cabeça e olhou para ela.

– És tão linda – murmurou. Os dedos dele tocaram gentilmente nas dobras inchadas do seu sexo e mergulharam no seu canal húmido, movendo-se devagar. – *Dio*, se não te provar morro.

– Michael...

– Sim, Maggie, mostra-me o teu prazer. Diz-me quanto prazer te dou.

A boca de Michael foi descendo. A língua quente circulou o seu clítoris, enquanto um dedo se juntava ao outro e investia mais fundo. Ela arqueou as costas e gemeu. A sensação estarrecedora das suas investidas, combinadas com as lambidelas em torno do seu botão levaram-na, devagar, ao clímax. Os seus dedos agarraram o cobertor, numa tentativa de se segurar, mas ele não abrandou, a língua a circular e a chupar com uma pressão suave e regular, que aqueceu o sangue dela e a conduziu cada vez mais depressa ao orgasmo.

– Eu vou... ah, meu Deus, não consigo...

– Vem-te para mim, Maggie. – Com uma última investida, ele mordiscou delicadamente o seu clítoris, e ela chegou ao prazer máximo. Gritou e tremeu, as suas ancas a arquearem-se desejando mais. Enfiando os dedos continuamente, ele prolongou o prazer dela até todos os músculos estremecerem em agonia e êxtase.

Michael beijou o interior das suas coxas, depois afastou-se e voltou com um preservativo. Atirou o pacote para o lado e cobriu o corpo dela. Maggie gemeu ao sentir o corpo quente sobre o seu, cada músculo a pressionar as suas curvas, a ereção a latejar.

Ela saboreou o gosto almiscarado do seu prazer quando ele a beijou demorada e profundamente. Sem forças, por causa da intensidade do orgasmo, ela deixou-o fazer o que queria, voltando a deixá-la excitada ao brincar com os seus mamilos. Conforme ele os acariciava com os dedos, o prazer dela aumentou até ela se render completamente e dar-lhe o que ele queria.

– Possui-me, Michael – implorou. As suas ancas levantavam-se, exigentes, e ela envolveu a perna dele com um dos tornozelos e tentou puxá-lo para baixo. – Por favor.

Ele riu baixinho, os seus dentes a passarem por um dos mamilos e causando arrepios por todo o corpo dela.

– Pedes com tão bons modos, *cara*. Mal posso esperar para me enterrar em ti.

Ele enfiou o preservativo e deteve-se junto à entrada dela. As coxas de Maggie estavam húmidas e davam-lhe as boas-vindas. Ele provocou-a um pouco, enfiando-se um centímetro, depois outro, até ela lançar a cabeça para trás e lhe cravar as unhas nas costas, punindo-o.

– Mais – implorou ela. – Raios te partam, dá-me tudo.

Ele segurou-lhe a cabeça, os olhos negros a perfurarem os dela, prometendo apoderar-se e tomar tudo o que ela tinha. Então, mergulhou.

Maggie arfou quando ele a preencheu completamente, o membro grande a tomar não só o seu corpo, mas a sua mente e a sua alma. O pânico atingiu-a com toda a força – invadida por um homem que fora capaz de derrubar cada barreira e descobrir a verdade.

– Não! – ofegou ela, a batida descontrolada do seu coração a dificultar cada inspiração. – Não posso, não consigo.

– Chiu, *amore mio*. Descontrai-te. Deixa-me entrar.

O corpo dela descontraiu-se, e a sensação de saciedade causou uma onda repentina de calor. Ele gemeu, obviamente a tentar controlar-se, e Maggie ofegou, o seu corpo pressionado pelo dele sem fuga possível. A sensação de impotência dominou-a.

Os seus olhos encheram-se de lágrimas.

– Não consigo.

Ele beijou-lhe a testa, retesando os músculos.

– Pronto, querida, eu sei do que precisas. – Com um movimento rápido, rolou até ela ficar em cima dele.

A liberdade e o controlo repentino tomaram conta dela. Maggie descontraiu-se e arqueou as costas, provocando um gemido nos lábios dele.

– Melhor?

Um sorriso radioso curvou os lábios dela.

– Sim.

Ele praguejou, as mãos a envolverem os seios dela.

– Não vou durar muito mais. Monta-me, *cara*. Monta-me com força.

Ela lançou a cabeça para trás e moveu-se ao longo do pénis dele, deleitando-se com a reação dele à sua capacidade de deixar aquele homem fraco de desejo. Acolheu-o profundamente, e o ritmo acelerado levou-a de novo à beira do clímax. O cabelo caía-lhe pelas costas, e os dedos dele brincavam com os seus mamilos quando ela chegava ao auge, sentindo-se livre e linda sobre ele.

– Agora, *amore*. Agora.

Com uma última investida, Maggie despedaçou-se. Gritou o nome dele e ouviu o grito rouco dele logo a seguir. O mundo estilhaçou-se em pedaços afiados à sua volta, e ela vogou no prazer até ao fim. Quando desabou sobre Michael e os braços dele a envolveram, uma palavra ecoava sem parar na sua mente, no seu coração e na sua alma.

Lar.

Então, fechou os olhos e adormeceu.

9

Maggie sorveu a bebida forte e fumegante, observando a vista magnífica diante dela. A luz do Sol banhava as montanhas verdes, realçando os picos poderosos, cobertos de neve. Viam-se telhados vermelhos no horizonte. O cheiro a azeite e limão flutuava na brisa quente, e ela respirou fundo, tentando desesperadamente acalmar o seu coração.

Na noite anterior, Michael fizera amor com ela.

Recordou algumas cenas. O calor e a explosão deliciosa do orgasmo. A curva delicada dos lábios dele quando sorria. O toque daquelas mãos na sua pele, como se ela fosse frágil e preciosa, não uma mulher para apenas uma noite.

Mas era. Ou, no mínimo, talvez uma mulher de duas noites. Porque no fim da semana toda aquela farsa iria acabar, e ele partiria. Como todos faziam.

Como acontecera? Ela confessara os seus segredos em casa do primo, e não podia culpar ninguém além de si mesma. A ternura dele encorajara-a a abrir-se mais facilmente do que qualquer pedido sedutor que já recebera. Num momento, ela jurara que se meteria no próximo avião. No outro, desafiara-o a fazer amor com ela com a ideia idiota de que seria capaz de apagá-lo da mente.

Mordeu o lábio e bebeu outro gole. Quando acordara, ele não estava ao lado dela e deixara um bilhete a dizer que fora à cidade por algumas horas e estaria de volta para levá-la a sede da La Dolce Famiglia. A desilusão da cama vazia abalara-a profundamente. Tivera sempre a necessidade de fugir o mais depressa possível assim que começava a amanhecer. Pela primeira vez, ansiava por uma manhã enroscada na cama com o homem com quem fizera amor. Ele surpreendia-a constantemente, desafiava-a e fazia-a desejar mais. Era perigoso. Não apenas para o seu corpo. Mas para o seu coração.

Ela tinha de sair dali.

O seu coração batia descompassadamente e o sangue rugia nas veias. O ataque de pânico começou a aproximar-se rapidamente, e Maggie pegou na máquina fotográfica, desesperada por controlar as suas reações físicas. Respirar profundamente e não pensar em nada. Começou a tirar fotos da paisagem, focando a imagem à sua frente, procurando algo único e incrível. A sua mente agarrava-se ao som que a máquina fazia e ao do flache, enquanto se movia pelo pátio. Agarrava se tudo menos ao medo que tentava fazê-la perder todo o controlo.

– Miau!

O miado agudo do gato fê-la tropeçar para trás e quase cair no chão. O animal deu um salto e uma mancha indistinta de pelo preto passou por ela. Desviou-se para evitar ser arranhada por aquelas garras afiadas.

– Raios! – gritou ela, indo em direção à segurança do betão e para longe dos arbustos. – Sai daqui.

O gato, ou o que quer que aquilo fosse, seguiu-a. Os olhos verdes dominavam o focinho preto, enquanto as patas gigantes reduziam a distância entre eles. Maggie saltou para trás de uma cadeira de ferro e olhou para aquela coisa. Não gostava de gatos. Nunca gostara. Os cães eram suportáveis, porque geralmente eram carinhosos e só viviam para serem acarinhados. Os gatos eram diferentes – como divas fúteis que presumiam que era dever dos humanos servi-los. Aterrorizavam-na, ainda mais do que as crianças, e ela não ficaria ali nem mais um momento.

Aquela criatura era três vezes maior que o normal, quase do tamanho de um cão pequeno. Deixaria orgulhosa uma bruxa, porque olhava para ela como se estivesse prestes a lançar um feitiço, e assustava-a.

– Ah, vejo que conheceste o *Dante*.

Maggie virou-se. Michael sorria-lhe, de barba feita, com o cabelo apanhado. Parecia descansado e despreocupado, enquanto ela ainda se sentia desorientada, e tentava recompor-se.

– O que lhe dão de comer? Criancinhas?

Ele riu e acocorou-se, tentando chamar o gato. *Dante* abanou o rabo e miou. Maggie recuou ainda mais.

– Não tens medo de gatos, pois não, *cara*?

Ela estremeceu.

– Só não gosto deles. São exigentes e vingativos.

Ele torceu os lábios.

– Parece que formariam um par perfeito.

– Engraçado. Ele é teu?

Michael abanou a cabeça.

– Não, é vadio. Percorre uma rota regular em busca de comida, mas não deixa ninguém aproximar-se. Nem a Carina, a quem chamamos encantadora de animais, consegue. O *Dante* tem os seus problemas.

Maggie olhou para o gato. Bem limpo, definitivamente sem fome, mas parecia não gostar de pessoas. O humor da situação divertiu-a.

– Então o *Dante* é alimentado pelas pessoas que despreza abertamente. Interessante.

– Sim, acho que sim – murmurou Michael. Então, de repente, ela estava nos braços dele. O hálito de menta de Michael roçou nos lábios dela e fez a sua barriga contrair-se. – Dormiste bem a noite passada?

– Sim.

– Mentirosa. – Os seus olhos escuros brilharam com uma promessa e um toque de perigo. Ela sentiu um arrepio. – Mas, se três vezes ainda te deram sono suficiente, vou ter de fazer melhor esta noite.

Ah. Meu. Deus.

Ela aclarou a garganta e pensou que outra noite com ele poderia ser perigosa. Pestanejou e afastou-se, precisando da distância.

Os braços dele envolveram-na.

– Michael...

– Adoro ouvir o meu nome nos teus lábios. – Ele baixou a cabeça e tomou a boca dela, beijando-a de maneira profunda, devagar e demoradamente. Ela abriu-se e foi ao encontro do toque macio da língua dele. Ele ouviu o seu gemido baixo, e desceu até ao seu lábio inferior para mordê-lo. A dor agradável causou uma onda de calor entre as coxas dela. Ele sabia tão bem que ela queria devorar cada centímetro e desvendar todos os músculos que se fletiam debaixo da roupa. Perdendo-se naquela sensação, ela permitiu-se mergulhar de cabeça num poço de calor fervente e...

– Aiiiii! – Ele afastou-a e saltou sobre uma perna.

Ela olhou para baixo, horrorizada, e viu os dentes de *Dante* cravados nas calças de Michael. Os minúsculos furos no tecido fino fizeram-na estacar, com medo de ser a próxima refeição do animal. O focinho do gato virou-se para cima, quase escarninho, e soltou de Michael. Silvou baixinho e foi em direção a ela, determinado.

– *Dante*! – Michael praguejou em italiano e enxotou-o com um gesto ameaçador. O gato ignorou-o e chegou junto de Maggie. Ela fechou os olhos, incapaz de se mover e...

Dante esfregou o seu corpo contra a perna dela. O barulho baixo de um motor chegou-lhe aos ouvidos. Abriu os olhos e percebeu que aquele barulho era o gato a ronronar. Ele pressionava o focinho na perna dela, os seus bigodes compridos a estremecerem de prazer ao descrever uma, duas voltas, e por fim sentar-se ao lado dela.

Michael ficou a olhar para o gato, depois para ela.

– Não acredito nisto. Ele nunca fez isto antes – murmurou. – E nunca mordeu.

– O quê? A culpa não é minha... Eu disse-te que não gosto de gatos. Não o mandei morder-te!

– Não. É mais do que isso. Talvez ele veja alguma coisa que nos escapa a todos.

Maggie observou-o de olhos arregalados.

– E vocês alimentam esta coisa para que ele volte? – perguntou ela, espantada. – Qual é o vosso problema? Ele mordeu-te como se fosses atum.

A eletricidade entre eles crepitava no ar. O pulso dela acelerou. Os olhos dele escureceram, cheios de intenções, e estendeu a mão para ela.

– Margherita? Michael?

Os dois afastaram-se rapidamente. A mãe dele estava à porta, com um avental a cobrir o vestido, e o cabelo estava torcido num coque perfeito. As linhas aristocráticas do seu rosto brilhavam com um poder clássico, dignas de quem lançara um negócio bem-sucedido e criara quatro filhos.

– O que se passa aqui?

– Só estava a apresentar a Maggie ao *Dante*.

Mamma Conte arfou.

– Porque está o *Dante* perto da Margherita?

– Sim, essa parece ser a pergunta do dia. – Maggie mexeu--se, incomodada, e deu um passo para trás, afastando-se do gato canibal. *Dante* observou desgostoso a sua retirada covarde. – *Mamma*, vamos ao escritório ter com a Julietta. Precisas de alguma coisa?

– Vou dar-te uma lista dos ingredientes que estão a acabar. Margherita, preciso de ajuda na cozinha. Vens comigo?

Ela hesitou. Por muito que gostasse da mãe de Michael, um medo profundo permanecia nas suas entranhas. A mulher era perspicaz e fazia muitas perguntas. E se ela se descaísse e contasse toda a história? Michael fez-lhe sinal que fosse, mas ela abanou a cabeça.

– Hum, não gosto mesmo de cozinhar. Talvez o Michael possa ajudá-la.

A mãe dele levantou um dedo.

– O Michael já sabe cozinhar... Tu, não. Vem comigo. – Desapareceu no interior da casa.

Maggie resmungou baixinho, indignada com as gargalhadas abafadas de Michael.

– Detesto cozinhar – murmurou ela. – A tua mãe assusta--me. E se ela desconfiar?

– Não vai desconfiar. Sê simpática, *cara*. E não faças explodir a cozinha.

Pegou na máquina fotográfica, lançou um olhar irritado a Michael e afastou-se. Um miado baixo soou atrás dela, mas ela recusou-se a ligar. A ironia da sua situação assustava-a. Parecia que estava a ser confrontada de todos os lados pelas questões com que se recusava a lidar em casa. Já se sentia responsável por Carina e pelas suas atividades, tivera de se certificar que não matava quatro criancinhas, tivera de lidar com gatos psicóticos e, agora, precisava de agradar à mãe dele e não envenenar a comida. Resmungando, colocou a máquina na mesa.

A mãe de Michael já tinha uma variedade de tigelas e medidores preparados na bancada comprida e larga. Maçãs vermelhas e brilhantes, que deixariam a rainha má da Branca de Neve orgulhosa, brilhavam ao lado umas das outras. Uma batedeira dispendiosa ocupava o centro da bancada. Três recipientes – que ela achava conterem açúcar, farinha e bicarbonato de sódio – estavam cuidadosamente alinhados.

Maggie tentou fingir entusiasmo pela tarefa que tinha diante dela. Deus, queria vinho. Mas eram apenas nove da manhã. Talvez devesse juntar um cheirinho ao café – os italianos gostavam disso.

Sorriu com uma falsa alegria.

– Então, o que vamos fazer hoje?

Mamma Conte entregou-lhe um papel gasto e apontou.

– Esta é a nossa receita.

– Ah, achei que a senhora sabia o suficiente para não precisar de receita.

A mãe dele bufou.

– E sei, Margherita. Mas tu tens de aprender a seguir as instruções. Esta é a receita de umas das sobremesas mais famosas da nossa pastelaria. Devemos começar pelo mais simples. Chama-se *torta di mele*, um bolo de maçã para o pequeno-almoço. Vai saber muito bem com o nosso lanche de hoje.

Maggie olhou para a longa lista e perdeu-se no terceiro passo. Fizera bolo de chocolate do pacote uma vez, porque quisera tentar. Ficara horrível, pois ela não percebera que era preciso bater bastante a massa, e ficaram bocados de farinha no meio do bolo. O seu namorado na altura fartara-se de rir, e ela acabara com ele na mesma noite.

– Eu superviso. Aqui estão os medidores. Começa.

Quando fora a última vez que ouvira ordens de uma mulher mais velha? Nunca. A menos que contasse com a mãe de Alexa, e fora só porque passara muito tempo em casa dela quando era mais nova. Devagar, mediu cada ingrediente seco e deitou-o na tigela grande. Ah, bom, se ia ser torturada, aproveitaria para bisbilhotar.

– O Michael disse que o ensinou a cozinhar bastante cedo. Ele sempre quis gerir a La Dolce Famiglia?

– O Michael não quis nada com o negócio da família durante muito tempo – respondeu ela. – Queria ser piloto de carros de corrida.

Maggie ficou boquiaberta.

– O quê?

– *Si*. Ele era muito bom, apesar de o meu coração parar sempre que ele tinha uma corrida. Por muito que eu e o pai tentássemos desencorajá-lo, ele encontrava sempre forma de voltar às pistas. Na altura, a pastelaria estava a começar e tínhamos aberto outra em Milão. O Michael e o pai discutiram muito sobre a sua responsabilidade para com a família e os negócios.

– Ele nunca me disse que foi piloto – murmurou Maggie. As palavras escaparam-lhe antes de conseguir pensar. Merda. Porque não haveria de conhecer o passado do marido? – Hum, quero dizer, ele não fala muito sobre a vida de piloto.

– Não me admira. Ele raramente fala sobre essa altura da sua vida. Não, Margherita, é assim que se parte um ovo. – Apenas uma pancada separou o ovo em dois e, com uma mão habilidosa, *mamma* deitou o conteúdo na tigela.

Maggie tentou imitá-la, mas a casca explodiu. Ela estremeceu, e a mãe de Michael pegou numa caixa de ovos e mandou-a parti-los. Ela tentou concentrar-se nos ovos, mas a imagem de Michael Conte jovem, a desafiar os pais e a participar em corridas de carros tomara conta da sua mente.

– O que aconteceu?

A mãe dele suspirou.

– As coisas foram difíceis. Um amigo dele magoou-se, o que nos fez ficar mais preocupados. Já sabíamos que a Venezia não queria nada que tivesse a ver com a pastelaria, e o nosso sonho de um negócio familiar começou a morrer. Claro que podíamos fazer outras escolhas. O meu marido queria expandir; eu gostava de cozinhar e pretendia continuar com as duas pastelarias. Quem sabe o que teríamos feito? Deus interveio e Michael fez a sua escolha.

Maggie bateu com o ovo na beira da tigela. Ele partiu-se e escorregou perfeitamente sem qualquer fragmento de casca, e uma estranha satisfação invadiu-a.

Sete devia ser o seu número da sorte.

– O Michael decidiu deixar de correr?

Mamma Conte abanou a cabeça com uma expressão de pesar.

– Não. O Michael decidiu ganhar a vida a conduzir carros de corrida.

Maggie prendeu a respiração.

– Não compreendo.

– Ele saiu de casa e fez o circuito durante um ano. Era jovem e talentoso, e o seu sonho era participar no grande prémio. Então, o meu marido teve um enfarte.

A cena atingiu-a com força. Voltou-se para a mãe dele, como se estivesse prestes a saber uma terrível verdade. Cada músculo seu ficou tenso com a vontade de fugir e tapar os ouvidos. A voz dela saiu trémula.

– Conte-me.

Mamma Conte assentiu, depois limpou as mãos ao avental.

– *Si*, deves saber isto. Quando o *papa* teve o enfarte, o Michael voltou. Ficou no hospital dia e noite, e recusou-se a sair do lado do pai. Acho que todos acreditávamos que ele ficaria bem, mas o segundo enfarte foi muito forte e perdemo-lo. Quando Michael saiu do quarto, informou-me que deixava de correr e iria tomar conta dos negócios.

Maggie ficou em silêncio enquanto a mulher recordava o acontecimento, com uma expressão sofrida.

– Perdi algo no meu filho naquele dia, no mesmo dia em que perdi o meu marido. Um pedaço puro, livre de restrições. Ele tornou-se o filho perfeito, o irmão perfeito, o empresário perfeito. Tudo o que precisávamos dele. Mas deixou uma parte de si para trás.

Maggie sentiu um nó na garganta. Agarrou a colher que tinha na mão com tanta força que se admirou por ela não se partir. Não admirava ele parecer tão impecável. Abdicara dos próprios sonhos e tornara-se tudo o que a família precisava. Sem pensar em si mesmo e sem choramingar. Em nenhum momento demonstrava não querer estar ali.

A mãe dele abanou a cabeça e voltou ao presente.

– Então aí tens a história. Podes fazer o que quiseres com ela, mas, como mulher dele, quis que soubesses.

Maggie tentou falar, mas só conseguiu assentir. Enquanto descascava as maçãs, a imagem de um homem que ela achava que conhecia despedaçou-se. Aquela aparência calma e livre escondia alguém suficientemente forte para tomar decisões pelos outros. Pelas pessoas que amava.

– Fala-me dos teus pais, Margherita. – O pedido repentino cortou o seu momento de descoberta. – Porque é que a tua mãe não te ensinou a cozinhar?

Ela concentrou-se na casca da maçã.

– A minha mãe não é do tipo doméstico. Trabalhava no cinema e acreditava que os filhos seriam melhor criados por amas e cozinheiras. No entanto, nunca me faltou nada e saboreei uma grande variedade de comida às refeições.

Satisfeita com a sua reação calma e tranquila, a mãe de Michael levantou a cabeça. Cuidadosamente, pousou a maçã no balcão e franziu os olhos, como se estudasse todas as *nuances* escondidas na sua expressão.

– És chegada aos teus pais agora?

Maggie ergueu o queixo e deixou-a olhar.

– Não. O meu pai casou de novo e a minha mãe prefere almoçar comigo apenas de vez em quando.

– Avós? Tios? Primos?

– Ninguém. Só eu e o meu irmão. Mas isso não era um problema. Tratavam de todas as nossas necessidades e a vida era fácil para nós.

– Mentira.

Maggie ficou boquiaberta.

– O quê?

– Tu ouviste, Margherita. Não tiveste uma vida fácil. Não tiveste quem te guiasse, te ensinasse e cuidasse de ti. Um lar não é composto apenas por coisas ou necessidades sanadas. Mas a culpa não é tua. Os teus pais é que são uns tolos por não conviverem com uma mulher tão bonita e especial como tu. – Ela fez um ar desgostoso. – Não importa. Aprendeste a ser forte e a desenvencilhares-te sozinha. Por isso és perfeita para o meu filho.

Maggie riu-se.

– Nem por isso. Somos completamente diferentes. – Ela engasgou-se com a indiscrição. – Hum, quero dizer, bem, pensámos que não ia funcionar, mas apaixonámo-nos.

– Hum, estou a ver. – Maggie atrapalhou-se e a massa elevou-se na direção no teto. – Quando casaram, Margherita?

Ela concentrou-se e lembrou-se de todas as vezes que precisara de mentir e convencer. *Por favor não me deixes falhar agora.*

– Há duas semanas.

– E a data?

Ela hesitou, mas continuou.

– Hum, terça. Vinte de maio.

A mãe de Michael permaneceu imóvel e em silêncio.

– Um bom dia para um casamento, certo?

– Sim.

– Amas o meu filho?

Ela deixou cair a colher e olhou para a mulher.

– O quê?

– Amas o meu filho?

– Bem, claro, é claro que amo o seu filho. Não casaria com alguém que não amasse. – Forçou uma risada e rezou para que não soasse falsa. Maldito Michael Conte. Raios o partissem...

De repente, mãos fortes agarraram as dela e apertaram. Maggie estremeceu quando o olhar da mãe dele ultrapassou aquela fachada e procurou a verdade. Ela prendeu a respiração. Não queria arruinar a farsa deles; faltavam poucos dias. Uma dúzia de respostas para tentar convencer a mãe dele de que eram realmente casados passou-lhe pela cabeça, mas, como uma tempestade que acaba de repente, a expressão da *mamma* suavizou-se e tranquilizou-se com um conhecimento que ela não entendia.

– *Si*, vocês formam um casal perfeito. Devolves-lhe a liberdade. Antes de esta visita acabar, também irás acreditar nisso.

Antes que Maggie pudesse responder, a batedeira gigante foi ligada. *Mamma* Conte apontou.

– Agora, vou ensinar-te a usar isto. Presta atenção ou podes perder um dedo.

Maggie engoliu em seco. O demónio insistente que vivia dentro dela e lhe sussurrava que nunca seria suficientemente boa tomou as rédeas.

– Porque está a fazer isto? Continuo sem gostar de cozinhar. Não vou fazer sobremesas deliciosas para o Michael e atender os seus caprichos quando voltarmos para os Estados Unidos. – Ela quase desejou que a mãe dele dissesse algo desagradável e frio. – Trabalho até tarde, compro comida feita e digo-lhe para ir buscar a própria cerveja ao frigorífico. Nunca serei a mulher perfeita.

Um sorriso apareceu nos lábios de *mamma* Conte.

– Ele tentou muitas vezes amar uma mulher que seria a mulher perfeita. Ou, pelo menos, o que ele pensa que deve ser a mulher perfeita.

Um desejo ganhou raízes nela e começou a crescer. Maggie engoliu aquela ânsia e tentou, desesperadamente, ignorar aquele sentimento. Afinal, já lutara contra aquilo muitas vezes. Como Rocky, continuava a lutar, assalto após assalto, sabendo que, se caísse, já não se levantaria.

Como se a mãe dele adivinhasse os seus pensamentos, tocou-lhe na face com uma ternura delicada, que lhe fez lembrar Michael.

– E, quanto a cozinhar, estou a fazer isto por um motivo. Cada mulher deve saber fazer pelo menos uma sobremesa. Não para os outros, mas para si mesma. Agora, mexe.

Depois de dezenas de maçãs descascadas e de o bolo estar no forno, Maggie pegou na máquina fotográfica, aliviada por ainda ter os dez dedos, e virou-se para agradecer a *mamma* Conte a aula. Os seus dedos fletiram-se em volta da máquina quando a imagem diante dela a engoliu. A tremer, Maggie levantou a máquina e tirou uma foto. E outra. E mais outra.

Mamma Conte olhava através da janela da cozinha, vendo algo que não estava realmente lá. As suas mãos seguravam uma tigela junto ao peito. A cabeça estava um pouco inclinada, e tinha um sorriso discreto nos lábios e o olhar sonhador, uma expressão encantada por uma lembrança do passado. Alguns fios de cabelo caíam sobre a face cor de leite, as rugas no seu rosto enfatizavam a sua força e beleza conforme a luz do sol entrava pela janela e a aquecia. Era uma foto com tamanha profundidade emocional que o coração de Maggie se expandiu no peito. Um momento captado no tempo que desafiava o passado, o presente e o futuro. Era puramente humano.

E, por algum tempo, na cozinha de *mamma* Conte, Maggie sentiu que, finalmente, pertencia a algum lugar. O vislumbre de um lar de verdade atraía-a, mas ela empurrou-o firmemente para a caixa e fechou a tampa.

Permaneceu em silêncio e saiu da cozinha. Deixou a mulher com as suas memórias. E perguntou-se por que motivo, de repente, lhe apetecia chorar.

• • •

– Nem pensar!

Michael conteve um gemido e encarou as duas irmãs do outro lado da sala de reuniões. Estava irritado, mas procurou manter o controlo e a autoridade habituais que usava quando lidava com dramas familiares. Os dois executivos de *marketing* olhavam de um lado para o outro, como se tentassem decidir de qual lado ficar.

Com um sorriso suave, ele focou a sua atenção na equipa de publicidade.

– Em quanto tempo conseguem fazer uma nova campanha?

Os homens entreolharam-se. Os seus olhos brilharam com o desejo de mais dinheiro.

– Dê-nos uma semana. Vamos surpreendê-lo.

– Muito bem. Vou discutir um pouco mais o assunto com as minhas irmãs e já vos chamo.

– *Si. Grazie*, Signore Conte.

A porta fechou-se e Michael olhou para as irmãs, o pelotão de fuzilamento.

– Lembra-te sempre de manter os conflitos em família, Julietta.

A amargura soou na voz dela.

– Nem me deste ouvidos. Mais uma vez. Michael, passei meses a trabalhar nesta campanha, e acho que estás a ir na direção errada.

Ele apontou para as fotos na mesa de cerejeira.

– Vi os relatórios e os clientes querem inovação. Publicidade a uma pastelaria num estilo caseiro e simples não resulta em Nova Iorque, e precisamos de agitar as coisas. Quero lançar uma campanha totalmente nova. Contratar uma modelo *sexy*, talvez a comer um bolo, e arranjar uma frase cativante, fazendo uma comparação entre sexo e comida.

Julietta arfou.

– Desculpa? Estás doido? Esta é a empresa da *mamma* e não vou deixar que a explores dessa forma por dinheiro! – Atirou um portefólio grosso para a mesa. – Quem manda aqui sou eu e gosto das nossas novas campanhas. Os lucros estão estáveis e não há motivo para desperdiçar algo que está a funcionar.

– Discordo. – Michael encarou a irmã, a sua voz fria e distante. – Podes ser a CEO, Julietta, mas eu ainda possuo a maior parte desta empresa. Acredito que precisamos de arriscar com a abertura da loja em Nova Iorque. Vou precisar de anúncios impressos, de mais na televisão, de *outdoors*, e vamos tomar esta nova direção.

O peso da responsabilidade abatia-se sobre os seus ombros, mas ele endireitou-se e lidou com aquilo como sempre fazia. *Dio*, queria que não fosse preciso tomar sempre as decisões difíceis.

– Sei que estás zangada com a minha escolha, mas sinto que será melhor para a família. Para a La Dolce Famiglia.

Havia vinte pastelarias espalhadas pela região de Milão e Bergamo que ofereciam doces criativos para os clientes habituais e para festas luxuosas. A sede erguia-se orgulhosa no centro de Milão, ocupando um andar inteiro, e tinham finalmente aberto uma fábrica, para poderem expedir ingredientes frescos a todo momento e ter total controlo da qualidade. Administrar um império gigante exigia tomar decisões difíceis, mesmo passando por cima de Julietta. Embora a irmã costumasse impressioná-lo com as suas decisões, se a nova campanha falhasse, a culpa seria dele. Abriu a boca para se explicar, mas a irmã interrompeu-o.

– Não acredito que me desrespeitaste desta forma. – Julietta cerrou os punhos e as suas feições, normalmente serenas, exsudavam fúria. A sua voz tremia. Vestida com um fato azul--escuro, sapatos da mesma cor e o cabelo apanhado num coque, aparentava ser a empresária perfeita. Infelizmente, as lágrimas brilhavam nos seus olhos. – Não vou continuar a fazer isto. Contrata alguém em quem confies, porque, obviamente, não confias em mim.

Michael recuou, admirado com a atitude repentina da irmã. Suavizou a voz e aproximou-se dela.

– Ah, *cara*, não queria...

– Não! – Ela levantou-se da cadeira de um salto. – Estou farta da forma como me tratas. Sirvo para administrar a La Dolce Famiglia quando não estás cá, mas, sempre que entras no meu território, desrespeitas tudo o que construí com tanto esforço: respeito, admiração mútua e ética de trabalho.

– Estás a ser ridícula. Só estou a fazer o que é melhor para a empresa.

Julietta assentiu.

– Estou a ver. Bom, então acho que já não precisas de mim. Peço a demissão como administradora. Imediatamente. Vai procurar alguém que possas humilhar.

Ah, cazzo.

Venezia saltou para a frente de Michael e abanou o dedo, desesperada.

– Porque tens sempre de dar ordens a toda a gente? – perguntou ela. – És o nosso irmão, não o *papa*.

Ele cerrou os dentes.

– Não. Talvez, se eu fosse o *papa*, não te deixasse andar por aí a vestir uma data de Barbies e a chamar a isso carreira. Talvez, se eu fosse o *papa*, te tivesse obrigado a ocupar o lugar que te pertence nesta empresa em vez de atirares tudo para os ombros da Julietta.

Venezia praticamente silvou como *Dante* e balançou-se nos seus saltos vermelhos de dez centímetros.

– Eu sabia! Sempre soube que não respeitavas a minha carreira. A moda é uma indústria gigantesca, Michael, e construí um nome por mim mesma num mercado competitivo. Mas, não, só porque escolhi o que adorava isso não é o suficiente para ti. Não respeitas nenhuma de nós.

– *Zitto!* Chega de birras infantis. Faço o que é melhor para a família, sempre.

Venezia zombou dele e pegou na mão da irmã.

– Quem pensas que és? Mandas em nós como se fossemos crianças, não respeitas as nossas decisões e finges importar-te. Estamos a construir as nossas vidas aqui, e estávamos a ir muito bem sem ti.

Uma dor espalhou-se pelo seu peito e ele esforçou-se por respirar.

– Como podes dizer-me isso? Depois de tudo o que fiz?

Venezia endireitou a cabeça e levou Julietta até à porta.

– Já não precisamos de ti, Michael. Talvez esteja na hora de voltares para os Estados Unidos, que é o teu lugar agora.

E saíram batendo com a porta.

Michael ficou parado naquele silêncio estarrecedor, enquanto pedaços da sua vida explodiam à sua volta.

A sua cabeça latejava quando começou a andar pela sala de reuniões vazia, à procura de respostas. O controlo cuidadoso que construíra para proteger a família escorregou sob o peso das suas emoções. Julietta fora sempre a mais racional e, contudo, a mágoa nos seus olhos quando ignorara a opinião dela feriu-o. Será que ele se enganara? Deveria ter-se afastado, mesmo sabendo que a campanha não era das melhores, e deixado que ela falhasse?

A porta abriu-se.

Maggie espreitou lá para dentro.

– *Okay*, estou aborrecida e quero ir para casa. Fui à cafetaria duas vezes, conversei com a secretária da Julietta e fiquei suficientemente impressionada com a tua empresa. Já cumpri a minha tarefa de esposa, portanto vou-me embora.

Ele obrigou-se a assentir, mas ela pestanejou e abriu mais a porta.

– O que se passa?

– Nada. – Ele mandou-a embora com um gesto. – Encontramo-nos em casa.

O estupor da mulher ignorou-o e entrou na sala.

– Discutiste com a tua irmã?

Ele devia correr com ela dali e manter os negócios apenas entre a família. Mas as palavras saíram à mesma da sua boca.

– Diz antes com as minhas *irmãs*. Discordei da campanha publicitária da Julietta e elas... como dizem nos Estados Unidos?... explodiram.

– Ah, estou a ver. – Olhou indecisa para a porta. Ele esperou que ela saísse, mas Maggie ficou ali, as mãos a agarrarem na máquina fotográfica, que agora Michael sabia ser uma extensão dela. – É essa a campanha? – perguntou, apontando para os papéis na mesa. Aproximou-se, as suas pernas bem visíveis naquela saia curta e nos saltos altos. A recordação daquelas pernas enroscadas nas suas ancas e abertas às suas investidas fizeram-no estremecer.

– Sim. É antiquada. Disse-lhes que precisamos de uma campanha *sexy*, que equipare sexo e comida. Os americanos gostam de coisas picantes. Vende.

– Hum. – Ela olhou para as fotos da campanha e fechou o portefólio. – Está bem, então encontramo-nos em casa.

Raios. Ele quase se engasgou com as palavras ao perceber o quanto respeitava a opinião dela.

– O que achas?

– Da campanha?

– Sim. Estou certo?

Ela virou-se e olhou para ele. A franja caía-lhe sobre um olho. Aquele olhar *sexy* tornava difícil concentrar-se nos negócios e não recordar os gemidos baixos que ela soltara na noite anterior.

– Concordo.

Ele exalou aliviado. Endireitou-se, satisfeito por ter tomado a decisão certa.

– Foi o que pensei.

– Mas também não gosto da tua ideia.

Ele franziu a testa.

– *Scusi*?

Ela gesticulou com a mão, como se o ignorasse, e franziu o nariz.

– Algumas coisas picantes até vendem, mas não funcionam para uma pastelaria familiar. E a tua mãe iria detestar.

Ele sentiu-se gelar.

– Estou a ver. Bom, obrigado pela tua opinião, mas realmente não tens nada a ver com isto. Vemo-nos em casa.

O rosto dela expressava aborrecimento. Pousou a mala na mesa e pegou na máquina. Como era típico nela, a sua *tigrotta* marchou até ele, pôs-se em bicos de pés e aproximou-se do seu rosto. – É assim que te comportas com as tuas irmãs quando não concordas com as opiniões delas? Não admira que tenham saído.

Oh, acredita em mim, nunca poderei esquecer-me do meu *lugar*. Não quero envolver-me nesta merda, mas tu continuas a estragar tudo. Pelo amor de Deus, conde, acorda. Tratas as tuas irmãs com uma condescendência que elas não suportam. A Julietta é perfeitamente capaz de gerir a empresa sem ti, e em vez de respeitares o cargo dela, desafias todas as suas decisões.

– Basta. – Ele franziu as sobrancelhas. – Não fazes ideia do que as minhas irmãs sentem.

Ela riu, sem humor.

– Estás a brincar? É claro como água. Elas adoram-te e acreditam que praticamente consegues andar sobre a água. Só querem um pouco de apoio do irmão mais velho. Um pouco de respeito pelo que conquistaram. Sabes que a Venezia acredita que a achas uma piada? Ela pode vestir celebridades e ganhar respeito no mercado da moda, mas isso não significa nada porque não reconheces o seu sucesso. E a Carina? Ela adora pintar, e tu chamas a isso um *hobby* fofo, afagas a cabeça dela e força-la a estudar gestão. Ela tem muito talento e deseja explorá-lo, mas precisa da tua aprovação. Tu não a vês nem à mulher que está a tornar-se. E a Julietta continua a lutar contra a ideia de que é uma impostora e que o negócio nunca lhe pertencerá realmente. Fizeste-a duvidar da sua competência.

Um músculo contraiu-se no rosto dele.

– Eu respeito-as e amo-as mais do que possas imaginar. *Dio*, elas são a minha vida! Sacrifiquei tudo para que pudessem ser felizes.

De repente, a expressão dela suavizou-se.

– Eu sei – sussurrou. – Fizeste tudo o que um pai teria feito. Apoiaste-as com dinheiro, disciplina e bons conselhos. Protegeste-as. Mantiveste-as em segurança. Certificaste-te de que faziam a coisa certa e que nada lhes faltava. Mas esqueceste-te da parte mais importante. Elas não querem outro pai. Querem um irmão mais velho, que possa brincar com elas, apoiá-las e deixá-las brilhar. Por si mesmas. Já não precisam que cuides delas, Michael. – Ela tocou no rosto e o carinho do toque atingiu o coração dele com força. – Só querem que lhes digas que as amas. Tal como são.

As palavras dela abalaram-no e fizeram-no abrir os olhos. Ela levantou a máquina.

– É isto que vejo para a imagem da La Dolce Famiglia – disse ela. O ecrã mostrava a foto da mãe dele, a abraçar a tigela, com uma expressão sonhadora, na cozinha de casa. – Não é sobre sexo e comida. É sobre isto. Os sonhos dela para a família, a sua determinação em ser a melhor, e a qualidade que ela procura todos os dias. Esse é o teu lema e o que a campanha devia seguir.

Ele observou a foto em silêncio. Quando olhou para cima, uma onda de emoções passou pelo rosto dela.

– Tens tanta sorte em tê-las. Se cometes um erro, elas perdoam-te. É isso que significa família. – Ela baixou a voz, como se se lembrasse de outra coisa. – Não pertenço aqui, Michael. Contigo. Com elas. Não posso continuar a fazer isto.

Ela virou-se e saiu, deixando-o com os próprios pensamentos. Tudo aquilo em que ele acreditava e se esforçava por manter parecia escarnecer dele. O passado desfilou diante dos seus olhos e ele tentou ignorar a dor excruciante do fracasso. O rosto da sua mãe fitava-o na máquina. Ela merecia mais do que aquilo. Merecia mais dele.

Puxou uma cadeira de couro e sentou-se. Devagar, viu todas as fotos que Maggie tinha tirado desde que chegara. Eram muito mais do que imagens bonitas. Em cada foto, ela conseguia captar algo raro, fosse uma cor ou uma forma que atraia o espectador. Ele viu os primos, sorridentes, travessos e brincalhões a mexerem na plasticina. Devagar, baixou a máquina e encarou a verdade.

Estava a apaixonar-se por ela.

Ao mesmo tempo, ela aterrorizava-o. Maggie não era a mulher com que ele se imaginara a passar a vida. Bulia com ele, fazia-o querer ser melhor e fazia desaparecer a longa fila de mulheres que ele levara para a cama. Era irritante, teimosa, sincera e escondia um núcleo de ternura que derretia o seu coração.

O pior de tudo aquilo é que ele percebeu que ela tinha razão.

Ele não fizera o seu trabalho. As imagens do pai a morrer à sua frente torturavam-no. Torturava-o também a culpa de deixá-lo para seguir os seus sonhos egoístas, enquanto ele trabalhava muitas horas e tentava erguer a empresa em que os filhos nunca tinham acreditado.

Sentiu-se vazio. Mas Maggie dizia a verdade. Durante a sua caminhada para levar a empresa ao topo, ele recusara-se a ver as irmãs como iguais. Na sua cabeça, eram jovens adolescentes, desesperadas por proteção e estabilidade. Mesmo com a força da sua mãe, Michael sabia que era função dele sustentá-las e assumir um papel de liderança. E foi o que fizera. Disciplinara, aconselhara e guiara.

Mas nunca lhes dissera «bom trabalho». Nunca lhes dissera que as amava. Nunca as ouvira.

Cometera uma terrível injustiça com cada uma delas. Recusava-se a permitir que Julietta levasse algum crédito por ser a administradora. Ela executava todas as tarefas da rotina diária e, mesmo assim, nunca tivera nenhuma glória. Ele guardava todas as coisas boas para si, como uma criança egoísta, e nunca a apoiara totalmente.

Em relação a Carina, estava tão habituado a vê-la como o bebé da família que nunca pensara em perguntar-lhe o que queria. Ele mandava, exigia e esperava. Claro que sabia que ela gostava de arte, mas, até Maggie apontar o seu talento, não percebera que ela podia ter um sonho próprio, ou até que talvez precisasse de encorajamento para seguir algo diferente da gestão.

Mas o pior, com certeza, era o que fizera a Venezia. A vergonha tomou conta dele ao admiti-lo. Venezia seguia o sonho de ser estilista e, ainda assim, ele repreendia-a constantemente por não assumir a responsabilidade nos negócios da família e menosprezava a sua escolha. Agora, percebeu porquê. Ele

176

tinha inveja – inveja porque ela pudera ir atrás dos seus sonhos, quando ele tivera de desistir. De alguma forma, tinha de largar aquela fúria e raiva. Sempre se orgulhara de tomar as próprias decisões, e largar as corridas de automóveis fora uma escolha sua. Venezia não deveria pagar o preço por seguir o seu próprio sonho ou por ele ter desistido do dele.

E Maggie? Ela estava prestes a partir. Ele não fazia ideia de como iria convencê-la, mas não deixaria de tentar. Não a deixaria entrar no avião até a convencer a entregar a sua alma. Então, e só então, saberia se a relação daria certo.

Os estilhaços da sua vida espalhavam-se à sua volta. Estava na altura de tomar uma decisão. Primeiro, remediar as coisas com as irmãs. Segundo, ter um pouco de fé. Maggie tinha o coração e a alma de um guerreiro ferido, e chegara o momento de lutar por ela.

Precisava de encontrar a sua mulher falsa e, de alguma forma, convencê-la a ficar.

10

Maggie estava deitada na cama, a olhar para o teto. A sua decisão era final.

Ia-se embora.

Desde que chegara a casa dos Conte, perdera o equilíbrio. Fora sugada para aqueles dramas familiares e, de certa forma, começara e importar-se. Isso não podia acontecer. Precisava de ser capaz de se afastar de Michael e habituar-se à ideia de que ele já não estaria por perto. Ele não se aproximaria de Alexa. Não se importava que ele tentasse infringir o acordo, ela ia certificar-se de que ele cumpriria a sua palavra. Enfim, a última coisa de que precisava era perder tempo com alguém que queria coisas diferentes.

Certo?

Os seus pensamentos giravam, e ela virou-se de lado e gemeu. Porque começava a duvidar de si mesma? A sua ideia inicial de ir para a cama com ele e esquecê-lo correra mal. Uma noite e já gostava demasiado dele. E se se ligasse a ele? E se começasse a ter ideias ridículas sobre amor e permanência? Claro, ele dera-lhe vários orgasmos e satisfizera-a fisicamente. Mas e o seu coração? O seu coração aguentaria sofrer?

Não. Podiam chamar-lhe covarde, mas, quando Michael voltasse, ela já estaria no próximo avião a caminho de casa. Diria que a mãe ficara doente. Ou inventaria alguma morte na família – algum tio distante. Qualquer coisa que a levasse para longe, muito longe.

Bateram à porta. Ela sentou-se com um pavor instantâneo.

– Quem é?

– A Carina. Posso entrar?

– Claro.

A jovem entrou e sentou-se ao seu lado na cama. Maggie sorriu ao ver a felicidade no rosto dela. Por um breve momento, esqueceu a tristeza e sentiu-se animada. A maquilhagem de Carina era subtil e as roupas mostravam um pouco o seu corpo, ao contrário das calças largas e das *T-shirts* que ela geralmente usava. Pelo menos Maggie conseguira ajudar Carina. Uma coisa que conseguiu não estragar.

– Como foi a tua saída? – perguntou ela. – E, antes de responderes, é melhor que tenha sido boa. Aturei os teus primos ontem à noite e ainda estou a recuperar.

Carina riu-se e cruzou as pernas. Os seus olhos brilharam, animados.

– Maggie, foi maravilhoso. Adoreeeei a Sierra; ela é muito fixe. E linda. E os rapazes foram muito simpáticos e educados. Era um grupo grande, portanto nunca me senti pouco à vontade... E adivinha? Eles disseram que eu daria uma ótima modelo!

Maggie sorriu.

– Darias mesmo, mas não sei se é uma carreira que gostarias de seguir, Carina. Pessoalmente, acho que te darias melhor a terminar a faculdade e a seguir a tua arte. És talentosa.

Ela corou.

– Obrigada. Sim, o Michael e a *mamma* provavelmente teriam um ataque. Mas foi fixe ouvi-los dizer que achavam que eu seria suficientemente boa como modelo. Convidaram-me para a próxima sessão fotográfica. Fiquei com o contacto deles e andamos a trocar mensagens.

– Fico feliz por teres feito novos amigos.

– Eu também. Posso pedir-te um favor?

– Desde que não envolva ser ama.

– Emprestas-me um dos teus lenços? Tens alguma coisa azul-clara? Queria experimentar uma roupa nova e preciso de um acessório giro. – Ela franziu o nariz. – A Venezia passa-se quando uso coisas dela, e a Julietta só tem roupa para trabalhar.

– Claro que sim. Trouxe algumas coisas na mala. Estão no armário... Fica à vontade.

Carina tagarelou sobre a sua noite e Maggie encostou-se à cabeceira da cama, descontraindo-se com o ritual de emprestar roupa e conversar. A jovem emitiu muitos «oohhs» e «aahhs» ao ver os lenços, depois hesitou.

– O que é isto?

Maggie olhou para cima. O seu coração parou.

Carina segurava um livro com capa de tecido roxo. Olhava para ele curiosa, depois abriu-o.

– Não! – Maggie rolou para o lado e tentou tirar-lho da mão.

– Qual é o problema? É um feitiço de amor? Ah, meu Deus, é mesmo. Que fixe.

Ah. Meu. Deus.

A lembrança daquela noite embriagada chegou ao seu cérebro e causou-lhe uma dor de cabeça instantânea. Sim, ela apoiara Alexa quando fizera o feitiço para encontrar um homem. Sim, Alexa acabou por se casar com o irmão de Maggie e eram felizes. Mas não tinha nada a ver com aquele feitiço. Aliás, Nick era totalmente diferente de tudo o que Alexa pedira inicialmente, mas, quando ela levantou a questão, Alexa apenas se rira e respondera que a Mãe Terra sempre estivera certa.

A amiga obrigara-a a aceitar o livro de feitiços e a usá-lo. Maggie recusara de início, mas acabara por guardá-lo na mala e esquecer-se dele.

Até àquela noite fatídica. Quando ela percebeu que talvez nunca encontrasse o homem certo para casar, nunca teria filhos e que ficaria sozinha o resto da vida. Então, bebera muitas *margaritas*, vira um filme romântico e desencantara aquele livro roxo. Depois acendera a lareira e elaborara a temida lista.

Tentou esquecer as qualidades exigidas num homem. Idiota e fútil. Claro, os feitiços de amor não funcionavam, mas enfiar o papel debaixo da cama fora o mínimo que pudera fazer depois de acender a lareira e queimar a lista. Nunca contara a Alexa, fora uma das primeiras coisas que escondera da melhor amiga. Melhor manter segredo para a notícia não se espalhar.

De qualquer forma, não havia nenhum homem no mundo com as qualidades que ela procurava. Bem que podia procurar a palavra *herói* no dicionário e desejar que o Super-Homem aparecesse à sua porta.

Esquecera-se completamente de que pusera o livro na mala de viagem, numa tentativa de esquecer o que fizera. Agora, a verdade da sua loucura estava ali, a zombar dela.

– Carina, não é nada, a sério, esqueci-me que isso estava aí. – Ela riu, mas o riso soou falso até aos seus ouvidos. – Uma amiga minha deu-mo na brincadeira.

Carina folheou as páginas.

– Fizeste-o? O feitiço de amor? Foi assim que tu e o Michael se conheceram?

A humilhação sugava-a como um remoinho.

– Não, claro que não. É só uma brincadeira e esqueci-me de o deitar fora.

Os olhos de Carina abriram-se mais.

– Posso ficar com ele?

Maggie apertou as mãos e olhou para o livro com medo.

– O quê? Não, não, é uma parvoíce. Essa coisa não funciona, e o teu irmão vai matar-me se te vir com um livro de bruxaria.

– Não é bruxaria. Aqui diz que tens de fazer uma lista de todas as qualidades que desejas e precisas num companheiro. Se seguires os passos, ele virá até ti. – Ela virou as páginas enquanto Maggie lutava contra o pânico. – Uau, aqui diz que tens de fazer uma fogueira para honrar a Mãe Terra. Ah, Maggie, por favor? Juro que não conto a ninguém, isto é tão fixe!

A boca de Maggie ficou aberta como a de um peixe. Porque não deitara aquilo fora quando tivera a oportunidade? Iria matar Alexa por tê-la obrigado a ficar com o livro. De certeza.

– Maggie? Por favor?

Com uma ansiedade crescente, ela olhou para o livro como se estivesse à espera que ele desaparecesse numa nuvem de fumo. Não teve essa sorte. Que dia detestável, a começar pelo maluco do gato. Fechou os olhos e esperou que aquele não fosse o maior erro da sua vida.

– *Okay*. Mas não contes a ninguém. Sabes que é só uma brincadeira, certo? Diz-me que não estás a pensar em levar isso a sério, Carina, ou deito-o fora agora mesmo.

Carina abanou a cabeça e levantou a mão.

– Prometo. Só acho que é divertido. Quando acabar de o ler, livro-me dele. Obrigada, Maggie! – Saiu do quarto e fechou a porta.

Maggie virou-se na cama e escondeu a cara na almofada.

Chegava. Desprezava o sentimento de pena, principalmente em si própria. Começaria a fazer as malas, compraria um bilhete de avião e ir-se-ia embora.

Bateram à porta.

Ela gemeu para a almofada.

– Vai-te embora!

– Maggie, vou entrar.

Michael.

Endireitou-se. Talvez fosse melhor. Acabar logo com aquele confronto. Ele gritaria com ela por destruir a família dele, ela diria que se ia embora, e entrariam em algum tipo de acordo para que os dois pudessem conseguir o que queriam. Ela alisou o cabelo e respirou profundamente.

– Entra.

Ele entrou e fechou a porta. A boca dela ficou seca e o seu estômago fez umas piruetas. A presença dele preenchia cada centímetro do quarto com a masculinidade que lhe era natural. Maggie teve a ideia louca de lhe despir a roupa e render-se ali mesmo. Naquele momento.

Antes de partir.

Lutou contra aquele impulso e ficou calma. Os olhos negros dele queimavam os dela, como se esperassem que ela dissesse alguma coisa.

– Presumo que estejas aqui para gritar comigo.

O lábio dele curvou-se.

– Desta vez não.

O silêncio pulsou como uma corrente de perigo. A tensão sexual crepitante cresceu entre eles, fazendo-a afastar-se um pouco. Só um pouco.

– Oh. Ainda bem, porque não estou com disposição. Tive um dia horrível.

– Eu também. Mas quero mudar isso.

Ele tirou os sapatos. O tecido da sua camisa mal continha o peito largo e os braços musculosos. Maggie curvou os dedos para conter o impulso de explorar cada ângulo definido do corpo dele.

– Michael, temos de conversar. Quero ir para casa.

Uma sobrancelha arqueou-se, mas ele continuou em silêncio. Devagar, desfez o nó da gravata azul-escura, tirou-a e deixou-a cair.

– Porquê?

A boca de Maggie abriu-se.

– Hum, deixa-me ver. Porque esta viagem tem sido um desastre. Porque estou infeliz, e tu também, e estamos a enganar a tua família. Porque detesto mentir e não consigo passar mais um dia a fingir ser a tua mulher perfeita e adorável. Vou inventar uma desculpa qualquer. Digo que alguém morreu. Um primo distante ou um tio, para não me sentir tão culpada. Acho que conseguimos demonstrar que pretendemos casar-nos com a bênção de um padre, e tenho a certeza de que seremos capazes de manter a farsa até ao casamento da Venezia.

Michael inclinou a cabeça, como se estivesse a prestar atenção, depois, devagar, soltou o cabelo. As madeixas brilhavam em volta do seu rosto e caíram sobre os ombros. Aquele gesto fez as coxas dela apertarem-se em agonia quando um calor húmido afluiu ao centro delas e pulsou. Ela estava desejosa de fotografá-lo – um homem poderoso e perigoso, contido num fato civilizado. Deus, ele era lindo.

Ela continuou a falar, fazendo um esforço enorme para dominar o desejo ardente que a envolvia.

– Aliás, se realmente quiseres, posso vir ao casamento da Venezia. Dei a minha palavra e pretendo cumprir a minha parte do acordo.

Fitava-o sem saber o que fazer, certa de que algum tipo de jogo estava em andamento, mas que ela não sabia as regras.

Um sorriso formou-se nos lábios dele.

– A fugir com medo, *tigrotta*? – perguntou. – Estou dececionado. Uma noite juntos e já não consegues aguentar?

Ela arfou.

– Tu é que não consegues lidar com a verdade, conde. Estou cansada de andar com pezinhos de lã à tua volta, como o resto da tua família. Está na hora de acordares, admitires a forma como vês as tuas irmãs e admitir que gostas tanto de controlar tudo que farias qualquer coisa para não perder esse controlo.

– Tens razão. – Os dedos dele desabotoaram os primeiros botões da camisa.

Ela pestanejou. Um vislumbre de pelos negros. Pele morena. Uma massa de músculos.

– Hã? O que disseste?

– Disse que tens razão. Conversei com as minhas irmãs e implorei o seu perdão. Concordo com tudo o que disseste hoje na sala de reuniões.

Paralisada, ela apenas olhava para os botões da camisa. Um ventre com os músculos bem delineados. Uma intrigante linha escura desaparecia sob o cós das calcas dele. A boca dela encheu-se de saliva e o seu cérebro ficou nebuloso. Ele retirou a camisa de dentro das calças, deixando-a completamente aberta.

– O que... o que pensas que estás a fazer? – chiou ela.

– A levar-te para a cama. – A camisa caiu no chão. As suas mãos abriram o cinto e tiraram-no das presilhas. Então, ele abriu o fecho.

O olhar dela percorreu avidamente aquela perfeição de homem diante de si. Ele colocou as mãos na cintura.

– Anda cá, Maggie.

O coração dela batia com tanta força que o seu sangue pulsava.

– Hã?

– Humm, já devia ter feito isto há muito tempo. Quem ia imaginar que ficarias sem palavras? – Ele pegou-lhe na mão e puxou-a da cama.

Hipnotizada pela eletricidade sexual do toque dele, ela permitiu-se ser guiada até ficar diante dele.

– Deixa-me ser claro, *tigrotta mia*. Vou levar-te para a cama. Vou tirar-te a roupa, enterrar-me profundamente em ti e fazer-te vir tantas vezes que a única palavra nos teus lábios será o meu nome, a implorar para que eu faça tudo de novo. – Ele enfiou os dedos no cabelo dela e puxou. Então inclinou-se sobre ela, os seus olhos ardentes prometendo dar-lhe todo o prazer que ela conseguisse aguentar. – *Capisce?*

– Eu, não me parece, eu...

Ele cobriu-lhe a boca com a sua.

O cérebro dela podia ter precisado de um instante para recuperar, mas o seu corpo floresceu e abriu-se sob as ordens dele. Ela absorveu o toque macio da sua língua e pediu mais ao cravar as unhas nos seus ombros e segurar-se nele. Em instantes, a sua roupa estava no chão.

O gosto e o cheiro sensuais de Michael inundaram as suas narinas. O seu corpo já estava molhado e quente, desejoso de que ele a preenchesse. Ele fez um som gutural e enfiou rapidamente o preservativo. Então, colocou-a de gatas, abriu-lhe as pernas e invadiu-a por trás.

Ela gritou, reagindo à sensação deliciosa, e pediu mais. A penetração profunda deixava-a sem sítio onde se esconder. Maggie ofegou e tentou controlar-se, mas, como se ele soubesse o que ela estava a tentar fazer, esticou o braço e apertou-lhe os mamilos com os dedos, diminuindo o ritmo. Cada estocada deliberada levava-a mais perto do clímax, mas não lhe dava o bastante para chegar lá. Ela gemeu e tentou fazê-lo acelerar.

A respiração quente dele soprou na orelha dela.

– Queres alguma coisa?

Ela estremeceu.

– Odeio-te.

Ele riu baixinho.

– Adoro-te nesta posição. Tens um traseiro magnífico.

Ele descreveu um círculo com as ancas e fez algo que devia ser ilegal.

– Michael, por favor.

– Fica.

Ela tentou processar as palavras dele, mas o seu corpo doía e cada centímetro seu latejava.

– O quê?

Ele mordeu-lhe a orelha e acariciou-lhe os seios.

– Fica comigo até ao fim da semana, *amore mio*. Promete.

Cada vez mais perto. O orgasmo ainda estava fora do alcance e ela desejava-o da mesma forma que antes, queria que ele a invadisse.

– Sim. Eu fico.

Ele anuiu satisfeito, agarrou-lhe nas ancas e deu-lhe tudo. O orgasmo veio com força e depressa, e ela estremeceu. Ele gritou o nome dela e seguiu-a e deixaram-se cair na cama, com

Michael a segurá-la firmemente, como se nunca fosse deixá-la partir.

• • •

Michael acariciou-lhe as costas nuas e ela esticou-se com o toque. Uma satisfação profunda encheu cada célula do seu corpo e fê-lo recordar novamente que Maggie Ryan era finalmente sua.

A resposta aberta e carnal dela fez desaparecer todos os encontros com mulheres que já tivera antes. O alerta brilhava dentro da sua caixa fechada, mas ele não queria estragar o momento por ficar preocupado. De alguma forma, tudo iria correr bem entre eles. Depois da caçada e de acabar com uma bela mulher na cama, Michael sentia sempre satisfação. O que o deixava extasiado naquele momento era a sensação de completude que corria nas suas veias. Como se tivesse finalmente encontrado a sua outra metade.

Dio, só podia estar louco.

Só ele se lembraria de escolher uma mulher que viraria a sua vida do avesso. A voz interior sussurrava a verdade. Ela também traria a alegria, a satisfação e o desafio que ele procurava, apesar de ter tentado ficar com mulheres mais fáceis. Era como se a sua paixão por corridas de carros se transferisse para as mulheres que desejava. Selvagens, sem disciplina, contraditórias e teimosas. Lembrou-se da adrenalina que sentia ao lidar com tal potência, descrevendo as curvas e tendo pouco controlo sobre o veículo. Maggie fazia-o recordar a mesma sensação. Fazia emergir todos os sentimentos que normalmente ficavam guardados de maneira civilizada. O seu passado finalmente voltara à tona.

E ele estava feliz.

De repente, ela saltou da cama. Com o cabelo em desalinho sobre um olho e os seios destapados, ela olhou horrorizada para a porta fechada.

– Ah, meu Deus, a tua mãe! A Carina! Eu fiz barulho, esqueci-me de que elas estavam em casa.

Ele riu e puxou-a de volta para os seus braços.

– Antes de eu vir para o quarto, a *mamma* disse que precisava de ir à cidade por causa de uma surpresa qualquer. Levou a Carina com ela, portanto eu sabia que teríamos algumas horas sozinhos.

Maggie suspirou aliviada.

– Então planeaste isto tudo. – Ela lançou-lhe um olhar que fingia ser zangado. – Calculei que viesses gritar comigo por me intrometer nos teus negócios.

– Tencionava gritar depois.

A mão dela passeou pelo corpo dele e apertou o seu pénis. Ele riu e prendeu-a à cama com a coxa. O pénis endureceu e tocou insistentemente no meio das pernas dela. Maliciosa, a mão dela explorou o membro, acariciando a ponta e deslizando para cima e para baixo. Aquela mulher tinha mãos perigosas e poderia matá-lo. Ainda assim, ele morreria feliz.

– O que estavas a dizer? – ronronou ela, alternando entre toques rápidos e movimentos fortes.

Michael rangeu os dentes.

– Não jogues quando não podes ganhar, *tigrotta* – rosnou. Então, beijou os seus lábios de forma profunda e intensa. O cheiro almiscarado de Maggie chegou-lhe às narinas, enquanto o gosto doce dela inundava os seus sentidos.

– Vou ganhar este assalto, conde – sussurrou ela. A sua língua correu pelo lábio inferior dele e ela deu-lhe uma dentada. A dor foi direita ao membro dele e a pele esticou-se para acomodar a ereção.

– Eu mostrava-te já quem é que manda, mas não tenho outro preservativo à mão.

Ela guiou-o, aproximando-o de si.

Ele parou à entrada dela. A sua cabeça girava como a de um homem com a sua primeira mulher.

– Eu tomo a pílula e sou saudável. – Os olhos dela brilhavam de desejo, chamando por ele.

Com um empurrão, ele enterrou-se nela.

Estavam lado a lado, os rostos próximos, e ele deliciou-se com a intimidade de observar cada expressão enquanto se mexia dentro dela. Os seios dela estavam envolvidos pela sua mão, e os mamilos vermelhos incentivaram-no a pegar-lhes e a chupá-los. O cheiro a sândalo envolveu-o, e ela acolheu cada estocada com um abandono que lhe queimou o sangue. Manteve o ritmo lento, sem querer apressar o prazer extremo do corpo dela a florescer ao lado dele. O canal dela apertou-se e ela arfou, ao aproximar-se do ápice. Ele tentou controlar-se e empinou as ancas para alcançar o seu ponto secreto, e então viu-a despedaçar-se.

Ele engoliu o próprio nome dos lábios dela e juntou-se a ela. E então percebeu que a tratara como nunca tratara antes. Um termo que guardava para a mulher que se tornaria sua esposa. Um termo que nunca havia usado, nem no auge do orgasmo.

Amore mio.

Meu amor.

Michael tentou desfazer o nó que se formou na sua garganta e abraçou-a com força.

• • •

– Temos de nos vestir.

– Hum. – Michael correu a mão sobre as suas curvas maravilhosas, saboreando a sensação dos músculos macios e da pele sedosa. – Daqui a nada.

– A tua mãe deve estar a chegar com a Carina. A Venezia quer ver os acessórios das damas de honor esta noite. E tenho de ajudar a fazer o jantar de novo, raios.

O corpo dele estremeceu com o riso contido, e ela deu-lhe um soco fraco.

– Desculpa, *cara*, esta semana não foi o que esperávamos.

A voz dela saiu como um sussurro suave.

– Não. Não foi. – Uma pausa. – Michael, o que aconteceu com as tuas irmãs?

Ele virou-se para encará-la, e afastou-lhe algumas madeixas cor de canela do rosto.

– Tinhas razão. Sobre tudo. – O arrependimento ameaçou aparecer, mas ele afastou-o, sabendo que agiria corretamente no futuro. – Perdi-me no papel de irmão e cometi muitos erros. Depois de saíres, falei com as minhas irmãs e pedi desculpa. Também lhes mostrei a tua foto da *mamma* e elas adoraram. Vamos lançar uma nova campanha baseada na tua foto.

A sobrancelha dela ergueu-se.

– Estás a brincar? Isso é maravilhoso.

Michael sorriu, percorrendo o contorno da boca dela com um dedo. Amaldiçoou os pais dela, que não viam a joia que ela era e tinham sido os responsáveis por ela não se achar capaz de amar. Percebeu que tinham chegado a um ponto sem retorno e que precisavam de encarar a verdade. A farsa do casamento transformara-se em algo mais, e ele acreditava que era demasiado precioso para ser ignorado.

Segurou o queixo dela e, delicadamente, forçou-a a encará-lo.

– Ouve, Maggie. Isto é importante. Em poucos dias, viste coisas de que nunca me percebi. A forma como eu tratava as minhas irmãs e o que elas realmente precisavam de mim. Fizeste quatro miúdos sentirem-se amados e acarinhados, embora tenha sido a primeira vez que te viam. Respeitaste a minha mãe e fizeste comida na cozinha dela, que é a coisa mais importante que lhe podias dar. Deste à minha irmã mais nova um motivo para acreditar em si mesma e ver que é linda. És uma mulher maravilhosa, Maggie Ryan. – Olhou-a profundamente nos olhos e disse a verdade. – Fica comigo.

O seu coração batia com força enquanto esperava pela resposta. Ela fechou os olhos, como se procurasse as palavras, depois abriu a boca para responder.

– Michael! Estás aí? Anda depressa! A *mamma* está doente!

As palavras que ela estava prestes a dizer foram engolidas rapidamente, e Michael perguntou-se se iria lamentar para sempre aquela interrupção. Saltaram da cama, vestiram-se e desceram as escadas. Carina estava à porta do quarto da mãe.

– Onde está ela? – perguntou Michael com calma, tentando disfarçar a preocupação.

Ela tapou a boca com a mão e abafou as palavras.

– O doutor Restevo está com ela. Fomos à cidade e estava tudo bem, e então ela disse que se sentia fraca e tonta. Disse-lhe para descansar, porque o Sol estava muito forte, mas ela insistiu em chamar o médico. – As lágrimas encheram-lhe os olhos. – Será que eu devia tê-la levado para o hospital? Não sabia o que fazer, Michael.

– Chiu, fizeste tudo bem. – Ele abraçou-a. – Vamos esperar alguns minutos e ver o que diz o médico. Talvez não seja nada. *Va bene?*

Carina assentiu. Quando ele a soltou, viu que Maggie pegava na mão da sua irmã como se fosse o gesto mais natural do mundo. Murmúrios baixos vinham de trás da porta fechada e ele tentou acalmar-se. Finalmente, o doutor Restevo apareceu.

– *Buon giorno*, doutor. Como esta a *mamma*? – perguntou Michael.

Uma expressão estranha passou pelo rosto do homem. Vestido informalmente com calças caqui, uma *T-shirt* branca e ténis, Michael percebeu que ele fora apanhado de surpresa pelo telefonema de Carina. A sua mala preta combinava com o cliché da família, que ainda acreditava em cuidados médicos ao domicílio. Ele olhou por cima dos óculos, com os olhos castanhos preocupados.

– Hum, não será preciso ir ao hospital neste momento.

Michael esperou por mais, mas o médico ficou em silêncio, movendo-se incomodado. Evitava o seu olhar. Michael conteve a sua impaciência, mas Carina explodiu.

– O que se passa com ela? Teve um ataque cardíaco? Porque não nos diz nada? É muito mau?

O médico passou a mão pela careca e tossiu.

– Nenhum ataque cardíaco. Ela precisa de descansar, só isso.

– Foi o calor? A medicação dela? Há alguma coisa que precisemos de fazer? – perguntou Michael.

O doutor Restevo abanou a cabeça e começou a andar.

– Mantenham-na na cama hoje. E deem-lhe muitos líquidos. Isto às vezes acontece, não precisam de se preocupar. – O homem mais velho parou e, de repente, agarrou no ombro de Michael. – Lembra-te de uma coisa, Michael. Nada de stresse. Aquilo que a tua mãe pedir, dá-lhe. *Capisce*?

– Mas...

O médico baixou a mão, deu um beijo rápido a Carina e estudou Maggie. Com os olhos semicerrados, analisou a figura dela, como se estivesse a estudar para uma prova. Então tocou-lhe no rosto.

– Parabéns pelo casamento, *signora bella*. Bem-vinda à família. – E, com um sorriso discreto, foi-se embora.

– Ah, graças a Deus. Provavelmente foi só a longa caminhada e o calor – disse Carina. – Vou buscar água e sumo.

A irmã afastou-se e os joelhos de Michael perderam as forças com o alívio. Sem uma palavra, Maggie foi até junto dele e abraçou-o.

Uma profunda sensação de paz preencheu a alma de Michael. Inspirou o cheiro doce do champô de coco dela e deu-se ao luxo de se apoiar a outra pessoa. Estava tão habituado a aguentar tudo sozinho que o prazer de ter alguém para confortá-lo tocou o seu coração. Era assim que seria se Maggie ficasse na sua vida para sempre? Ela era suficientemente forte para aguentar momentos maus, e ele nunca teria de se preocupar em esconder coisas dela. Seria uma verdadeira companheira, em todos os sentidos da palavra. Michael abraçou-a até a sua respiração voltar ao normal, depois soltou-a suavemente.

A sua voz saiu rouca.

– Obrigado.

Ela levantou uma sobrancelha.

– Porquê, conde? Por não ser uma chata durante um minuto ou dois?

A insolência fê-lo rir. Ele esticou o braço e passou o polegar sobre aqueles lábios suculentos.

– Por estares aqui. – Ela reerguera a sua muralha de defesa, mas agora ele conhecia bem o movimento e desenvolvera uma tática apropriada. Desta vez, resolveu dar-lhe espaço. – Vou ver como ela está. Já volto.

Entrou no quarto e sentou-se ao lado da cama. O cheiro familiar e a visão do quarto da mãe envolveram-no, fazendo-o recordar a infância. A mesma cama enorme, com a cabeceira de cerejeira esculpida. O amarelo-vivo nas paredes, o toque verde das plantas e o vermelho dos gerânios na janela. O quarto tinha uma varanda, e ele lembrou-se das muitas noites em que dormira ao colo da mãe enquanto ela o embalava na cadeira de balouço e contava as estrelas. Agora, aquela mulher enérgica encontrava-se reclinada nas almofadas fofas, com os olhos semiabertos.

Ele pegou numa mão dela e levou-a aos lábios.

– *Mamma*, como te sentes?

Ela sorriu.

– Coração fraco e tolo. Muito irritante. O teu pai e eu costumávamos subir montanhas no nosso tempo livre. Não fiques velho.

Ele sorriu em resposta à sua frase tradicional.

– A Carina vai trazer-te algo para beberes, e quero que fiques na cama. Sem cozinhar. Sem stresse. Ordens do médico.

Ela bufou.

– Cozinhar descontrai-me. Mas vou ficar na cama, Michael. – Os seus olhos brilhavam com um toque de humor. – Pelo menos hoje.

– *Mamma...*

Uma batida na porta fê-lo virar-se. Carina estava atrás de um homem alto vestido de preto, com um colarinho branco e uma cruz pendurada ao pescoço. O seu rosto tinha muitas rugas, mas os seus olhos eram de um azul vivo e tinham um brilho que iluminava o quarto. Tinha uma Bíblia de couro na mão e aproximava-se com os braços abertos.

– Padre Richard! – Michael levantou-se e abraçou o homem.

O padre dera aulas de catequese à família durante muitos anos, e ficara destroçado quando Michael decidira que não queria ser padre. Ele achava que o padre Richard sonhava em deixar--lhe o seu legado, mas, com a primeira descoberta de um corpo feminino nu, Michael tornara-se um caso perdido.

– O que está aqui a fazer? – Michael ficou alarmado. – Espere... *Dio*, não está a pensar que ela precisa da extrema-unção, pois não?

A gargalhada estrondosa do padre Richard soou por todo o quarto. Ele depositou um beijo na testa da mãe de Michael.

– É claro que não, Michael. A tua mãe vai viver mais do que nós. Ela não te contou?

Michael olhou para ele e para a mãe.

– Não, desculpe, padre. É sobre o casamento da Venezia? Ela não está em casa, mas deve chegar ao fim da tarde.

– Espera! Deixa-me chamar a Maggie; ela precisa de ouvir isto. – Carina arrastou a cunhada para dentro do quarto e apre-sentou-a.

Maggie franziu as sobrancelhas, confusa, enquanto cum-primentava o padre.

Carina saltava de tanta animação.

– *Mamma*, posso contar-lhes? Por favor?

A mãe assentiu.

– A *mamma* e eu fomos à cidade chamar o padre Richard. Temos uma grande surpresa para vocês.

Uma terrível premonição invadiu Michael, como se estivesse a ver um filme de terror e a música ensurdecedora chegasse ao ponto alto durante o último homicídio.

– Que surpresa?

Carina fez uma pausa para um maior efeito dramático.

– O padre Richard pode casar-vos aqui em Itália! Agora mesmo! A Venezia e a Julietta estarão aqui a qualquer momento! Michael, conseguimos a aprovação para te casares com a Maggie. Vamos ter um casamento!

As palavras atingiram o cérebro dele como um gancho de esquerda. Maggie ficou em silêncio, imóvel, aqueles olhos verdes arregalados com um misto de horror e choque.

Porca miseria. Ele estava lixado.

11

Maggie olhava para o padre como se ele tivesse acabado de efetuar um exorcismo. O quarto ficou em silêncio e Carina pareceu ansiosa ante a completa falta de animação deles. Na verdade, em outro momento e outro lugar da sua vida, aquilo teria sido hilariante. Quase como uma das comédias que ela adorava em que situações idiotas aconteciam no conforto da sua sala de estar.

Nem pensar. Ela *não* ia casar-se com Michael Conte.

Uma risada histérica estava prestes a sair dos seus lábios. Aquilo já era de mais. Esperou que Michael dissesse a verdade. Ele nunca seguiria em frente com aquilo. Raios, ela era o seu pior pesadelo, mesmo que tivessem um sexo ótimo e que ele tivesse dito algumas coisas amorosas. Na luz fria da manhã, ele perderia o interesse e seguiria adiante na busca de uma mulher adequada. Uma que combinasse melhor com ele e com a sua família. Alguém como Alexa.

Carina falou finalmente.

– Hum, pessoal? Não ficaram animados? Vamos ter um casamento!

Já que o seu falso marido parecia ter perdido o dom da palavra, Maggie resolveu ser racional. Respirou fundo.

– Olhem, temos algo importante a dizer-vos. Sabem, o Michael e eu...

– Espera! – O rugido de Michael fê-la parar. Os seus olhos praticamente saltaram das órbitas e ele aproximou-se calmamente dela, pegou-lhe na mão e olhou para a família. – O que a Maggie quer dizer é que não esperávamos que a cerimónia fosse tão cedo. Maggie tinha a intenção de convidar os nossos primos e tios para a festa. – A sua risada saiu fraca e falsa. – Como é que a aprovação foi tão rápida? Quero dizer, padre Richard, achei que quisesse que eu e a Maggie fizéssemos o curso pré-matrimonial, antes de abençoar a nossa união.

O padre Richard, com a sua presença divina, não percebeu nenhuma mentira maldosa no ar e sorriu calorosamente.

– Bem, claro que é essa a tradição, Michael. Sabes que a Igreja demora um pouco a aprovar um casamento, mas eu conheço-te desde criança. Assim que a tua mãe soube que vinhas para cá, entrou em contacto comigo e acelerámos a papelada. És um conde, e a realeza tem os seus privilégios.

Mamma Conte tentou sentar-se. Bebeu um pouco de água e entregou o copo ao padre Richard. Quando ela falou, a sua voz mostrava fraqueza. Estranho, porque, mesmo quando estava cansada, a *mamma* soltava as palavras com uma força que contradizia a sua aparência frágil. Deus, talvez ela estivesse realmente muito doente.

– Compreendo, meu filho. E não quero interferir nos teus desejos, mas acho que não tenho forças para uma grande festa. Sinto-me muito fraca. O médico volta amanhã e disse que, se eu ainda estiver assim, talvez seja melhor levar-me para o hospital e fazer alguns exames. – Os seus olhos castanhos cintilavam com determinação. – Quero pedir que façam isso por mim. Casem-se no pátio, para eu ter a certeza de que a união está completa.

Carina parecia aliviada com as preocupações deles e voltou a falar sem parar.

– Veem, não há nada com que se preocuparem. Eu sei que preferíamos fazer uma grande festa, mas, como vocês já se vão embora para a semana, a *mamma* decidiu que seria mais importante fazer a cerimónia religiosa imediatamente. – Ela bateu palmas. – Maggie, comprei-te um vestido! Espero que gostes; entrei às escondidas no teu quarto e vi o tamanho que usas; tenho-o no meu quarto. Vamos vestir-te! As manas devem chegar a qualquer momento. Michael, devias usar aquele *smoking* maravilhoso que cá deixaste da última vez. La Dolce Famiglia entregou um bolo com *cannoli* de chocolate, e pus algumas garrafas de champanhe no frigorífico. Isto vai ser tão divertido!

A cena desfocou-se diante de Maggie. O seu coração acelerou e ela começou a suar. O ar parou na sua garganta e recusou-se a sair. Tentou as táticas de sempre, mas uma parte dela sabia que era demasiado tarde. Teria um ataque de pânico rapidamente, e aquele seria o momento mais embaraçoso da sua vida.

De repente, o olhar de Michael fixou-se no seu rosto. Como se pressentisse que ela se iria abaixo, desculpou-se e arrastou-a para fora do quarto. Maggie tremia enquanto a adrenalina a inundava e lhe roubava a sanidade. Chegaram ao quarto, e Michael sentou-a na cama, baixando-lhe a cabeça até aos joelhos. O instinto de combater o medo de perder o controlo piorou a reação dela. Cerrou os punhos e arfou para tentar respirar. Estava prestes a gritar de impotência quando as mãos fortes de Michael e a sua voz surgiram naquela neblina e exigiram a sua atenção.

– Ouve, Maggie. Respira. Devagar. Vais ficar bem; estou contigo e não vou deixar que nada de mal te aconteça. Abdica do controlo e deixa-te ir. – As suas mãos esfregavam as costas de Maggie em movimentos suaves, e os dedos dele entrelaçaram-se nos dela, mostrando a sua força. Ela concentrou-se na voz dele e agarrou-se ao peso das suas palavras. Rendeu-se aos sentimentos confusos e, finalmente, os seus pulmões inspiraram. O tempo passou e o seu coração voltou ao normal, permitindo-lhe respirar. Durante todo aquele tempo, Michael falou com ela, acalmando-a e trazendo-a de volta. Por fim, ela levantou a cabeça. Ele encostou a testa à dela e acariciou-lhe o rosto.

– Melhor, *cara*? – Os seus olhos penetrantes analisavam os dela com uma preocupação e um sentimento mais profundos que ela não reconhecia.

Maggie assentiu. Sentia uma mistura estranha de ternura e necessidade. Ainda com medo de falar, saboreou o toque da mão dele na sua face e o seu hálito quente sobre os lábios.

– Deixa-me ir buscar-te água. Fica aqui e descontrai-te. Vamos resolver isto.

Ele saiu do quarto, voltou e deu-lhe pequenos goles de água fresca que escorregaram pela sua garganta seca. A calma invadiu-a. Estava a salvo. De alguma forma, de algum modo, confiava nele. Primeiro com o seu corpo.

E, agora, com o seu coração.

– Acho que a ideia de casares comigo não foi muito agradável – disse ele com secura.

Ela soltou uma gargalhada.

– Não quis magoar o teu ego, conde. Mas alguma coisa no facto de me ir casar legalmente com o meu falso marido, diante da família dele, me chocou um pouco.

Ele suspirou e passou as mãos pelo rosto.

– Isto é muito mau.

– Achas? A tua mãe faz-me lembrar aquele tipo do filme *Esta Loira Mata-me*. Lembras-te de quando o mafioso os obriga a casar porque fizeram sexo? – Ela gemeu. – Nunca devíamos ter ido para a cama. De alguma forma, estamos a ser punidos. Temos de dizer a verdade à tua mãe.

Ela esperou que ele concordasse, mas, em vez disso, ele lançou-lhe um olhar esquisito.

– Não conheço esse filme e a minha família não é da mafia.

Ela revirou os olhos.

– Bem, *dââ*! Porque sinto que não estamos na mesma sintonia?

– Mesma sintonia?

Credo, às vezes ela esquecia-se de quantas expressões coloquiais ele não percebia.

– Esquece. Porque não estás horrorizado?

– Eu estou! Mas estou a pensar em todas as saídas. Olha, *cara*, a minha mãe está doente. O médico disse para evitar todo o stresse e dar-lhe o que ela quiser. Se eu lhe contar a verdade agora, ela pode acabar por ter um enfarte.

Maggie ficou angustiada ao pensar que era responsável pelo bem-estar de *mamma* Conte... Mordeu o lábio inferior.

– Michael, o que estás a pedir-me?

O seu olhar perfurou o dela. Cada palavra atingiu-a como pregos no caixão.

– Quero que te cases comigo. – Ele fez uma pausa. – A sério.

Ela saltou da cama.

– O quê? Não podemos fazer isso. Estás louco? Estaremos casados legalmente. Quando voltarmos aos Estados Unidos, teremos de solicitar uma anulação ou um divórcio ou alguma coisa assim. Ah, meu Deus, isto é uma loucura. Como foi acontecer? Estou presa num maldito romance!

– Acalma-te. – Ele foi até ao outro lado do quarto e pegou-lhe nas mãos. – Ouve-me, Maggie. Vou tratar de tudo. Ninguém precisa de saber. Vamos dizer os nossos votos, teremos uma festa e voltamos para casa. Eu trato da papelada e das despesas. Será uma coisa discreta. Estou a pedir que faças isto pela minha mãe, pela minha família. Sei que é pedir de mais, mas estou a pedir, mesmo assim.

O mundo girou. Michael esperava a resposta, a sua expressão tão calma como se a tivesse convidado para jantar, em vez de a ter pedido em casamento. Ignorando todos os pensamentos revoltos que lhe toldavam a mente, ela procurou uma resposta no fundo de si.

A mãe de Michael estava doente. Sim, ela fizera um acordo por um casamento falso, e dizer-lhe a verdade naquele momento poderia ser um desastre total. As irmãs dele sentir-se-iam traídas e magoadas. Venezia não poderia casar, e quem sabe que outro tipo de drama poderia acontecer? Seria tão mau dizer alguns votos e tornar aquilo legal? Era só um papel. Nada mudaria e ninguém saberia. Ela não tinha ninguém à sua espera em casa – nenhum amante ou família com que se importasse, a não ser Nick e Alexa. Talvez aquilo tudo funcionasse. Se ela se casasse com ele naquele momento, poderia embarcar num avião no dia seguinte, chegar a Nova Iorque e fingir que nada daquilo acontecera.

Pois. Já tinha entrado em negação.

Ele devia-lhe muito, e ela iria certificar-se de que ele ficaria longe de Alexa. Um pequeno sacrifício para realizar grandes coisas. Eram apenas palavras de um livro. Um livro santo, claro, mas feito pelo homem. Certo? Não significava nada.

Amore mio.

O termo abalou-a e ela estremeceu. Quem estava a querer enganar? Ele pedira-lhe para ficar. Agira como se se importasse com ela para além do sexo. Se ela concordasse, de alguma maneira louca, iria permitir-se apaixonar-se completamente por ele, e acabaria destruída. Ele já estava a aproximar-se tanto da verdade sobre o seu passado e ela jurara que ninguém sentiria pena dela. Prometera muitos anos antes que nunca ninguém iria descobrir o seu segredo.

Só havia uma forma de se certificar de que nunca seria magoada.

– Está bem.

Ele aproximou-se, mas ela abanou a cabeça.

– Com uma condição, conde. Para de me forçar. Continuamos com esta farsa até ao fim da semana e seguiremos caminhos separados. Nada de dormir juntos. Nada de fingir que isto é mais do que realmente é.

Os olhos dele sondaram os dela e refletiram um torvelinho de emoções.

– É isso que queres de mim?

Lágrimas tolas ameaçaram cair, mas ela engoliu-as e ergueu o queixo. E então mentiu.

– Sim. É isso que quero.

– Lamento que penses dessa maneira, *cara* – sussurrou ele. Pesar e algo mais, algo perigoso, transpareciam no seu rosto. – *Va bene*.

Maggie arrancou as mãos das dele, foi até ao outro lado do quarto e abriu a porta.

– Carina, anda cá ajudar-me a enfiar o vestido. E abre o champanhe.

Um grito alto e o bater de palmas subiram as escadas. Michael assentiu, depois passou por ela sem proferir uma palavra.

A garganta apertou-se ao preparar-se para o maior espetáculo da sua vida e tentar fingir que não se sentia tão vazia.

• • •

O sol projetava um laranja radioso no horizonte. Maggie estava em frente ao padre no pátio. Em poucas horas, as irmãs de Michael tinham transformado o espaço numa elegância simples que lhe tirou o ar. Rosas coloridas pendiam de cestas no meio de lanternas de papel, projetando uma luz íntima sobre o altar. A mãe dele estava sentada numa cadeira almofadada, com uma bela colcha feita à mão a cobrir-lhe as pernas. As irmãs dele ostentavam uma variedade de vestidos coloridos e pequenos buquês de lírios brancos, mas foi só quando viu o seu futuro marido a sério que Maggie percebeu que a sua vida estava prestes a mudar.

Ele vestia um *smoking* escuro, que enfatizava a largura dos seus ombros e peito; tinha o cabelo penteado para trás e as feições duras do seu rosto suavizaram-se quando olhou para ela com admiração. O vestido branco simples, de mangas compridas e decote grande caía perfeitamente no seu corpo. Uma pequena cauda arrastava-se atrás dela. Michael pegou-lhe na mão e depositou-lhe um beijo na palma. Um formigueiro subiu pelo braço dela e um pequeno sorriso apareceu nos lábios carnudos dele quando sentiu aquela ligação. Manteve a mão dela presa no seu braço, como se estivesse com medo que ela fugisse. O padre encarou-os e iniciou a cerimónia. As palavras baralharam-se e tornaram-se indistintas, até ela começar a proferir os votos.

Na alegria e na tristeza...

Na saúde e na doença...

Amar-te e respeitar-te...

Todos os dias da nossa vida...

Até que a morte nos separe...

Os passarinhos chilreavam nas árvores. *Dante* lançou a Maggie um olhar desgostoso e instalou-se ao seu lado, lambendo uma pata e esperando que aquela cena embaraçosa terminasse. O vento soprava quente e suave, zombando das suas palavras e carregando-as para as montanhas. Um silêncio profundo pairou sobre o jardim enquanto a família Conte esperava.

– Aceito.

O beijo foi ao de leve, mas, quando Michael ergueu a cabeça, ela ficou sem fôlego ao ver a satisfação naquelas profundezas cinzentas. Não teve tempo de pensar naquilo, porque foi atirada para os braços dele e recebeu um copo de champanhe enquanto a verdade vibrava em cada terminação nervosa do seu corpo.

Ela amava-o.

Estava apaixonada por Michael Conte. A sério.

Venezia guinchou, deliciada, e agarrou na mão de Dominick.

– Estou tão feliz! Agora, temos outra surpresa para vocês. Vamos mandar-vos para a nossa segunda casa, no lago Como, para uma noite de núpcias. Precisam de um pouco de privacidade, sem se preocuparem com a família a dormir no andar de baixo. – Os olhos dela brilharam e ela entregou as chaves a Michael. – Partam agora e não queremos ver-vos até amanhã à noite.

Michael franziu a testa e olhou para a mãe.

– Pensei que tínhamos alugado a casa esta temporada. E não me sinto bem em deixá-la aqui, sem ter a certeza de que está bem.

De alguma maneira, o ouvido de tísico da *mamma* ouviu aquilo. Ela lançou um olhar ao filho que o fez murchar.

– Oh, vão para lá sim, Michael e Margherita. A casa está vazia até ao próximo mês, portanto podem aproveitar. As meninas vão cuidar de mim e ligarão imediatamente se as coisas mudarem. Não podem tirar-me o prazer de vos dar uma noite de núpcias.

Incrivelmente, as faces de Maggie ficaram quentes. Ela fazia nudismo, lidava com homens nus e seminus no trabalho e vira Alexa dar à luz sem nenhuma timidez. Agora, a ideia de dormir com o marido com a aprovação oficial da sogra fê-la corar. O que estava a acontecer?

Venezia sussurrou alguma coisa a Dominick e depois levou Maggie para um canto. Os olhos dela, tão parecidos com os do irmão, brilhavam com uma luz interior que tiravam o ar a Maggie. A mulher entrelaçou os seus dedos com os dela e, delicadamente, beijou-lhe a mão.

– Obrigada, Maggie.

– Porquê?

A sua expressão ficou séria.

– Pelo que fizeste. Sei que, provavelmente, sonhavas com um casamento à tua maneira, e também suspeito que o Michael tenha apressado tudo isto por mim. Tu mudaste-o. Quando ele me pediu desculpa, admitiu que nunca tinha percebido como agia até tu lhe dizeres. Só espero que saibas o quanto és especial para esta família. Deste-me um presente, a oportunidade de casar com o Dominick este verão, e nunca vou esquecer isso. Estou tão feliz por agora seres uma de nós.

Quando Venezia a abraçou, uma parte da alma de Maggie libertou-se. A dor da fraude engoliu-a, mas ela conseguiu lutar contra aquilo, pois tinha muitos anos de prática.

• • •

Uma hora depois, viu-se comodamente instalada no *Alfa Romeo* de Michael, a descer pelas estradas estreitas e sinuosas em direção ao lago. Ele vestia agora calças de ganga e uma camisa preta normal. Tinha o cabelo solto que de vez em quando ocultava-lhe o rosto, contribuindo para aquela sensualidade de pirata que bulia com ela. Sentiu borboletas na barriga e sentiu-se humedecer. Agitou-se no banco e resolveu falar.

– O que vamos fazer? – perguntou bruscamente. – Pensaste ao menos nisso? Vamos contar à Alexa e ao meu irmão? E se a tua família for aos Estados Unidos? E o casamento da Venezia?

Ele suspirou como se ela se preocupasse com ninharias, em vez de pensar no casamento.

– Não vamos preocupar-nos com isso agora, *cara*. Acho que precisamos de uma noite sozinhos para esclarecer algumas coisas entre nós. – O seu olhar deixava entrever um certo desejo. Maggie lutou contra um arrepio. Raios o partissem por controlá-la com sexo. Ela sempre estivera no comando e era assim que gostava. Talvez fosse o momento de virar a mesa.

– Desculpa, que tola sou. Porquê preocupar-me com coisas como votos sagrados, Deus e divórcio? Vamos divertir-nos um pouco. Ah, sei de um ótimo assunto para falarmos. A tua mãe disse que eras piloto de corrida.

As mãos dele apertaram o volante. Em cheio. Ela sentiu remorsos quando ele pareceu esforçar-se por falar.

– Ai disse? Já nunca falamos disso – murmurou. – Eu corria quando era mais novo. O meu pai adoeceu e chegou o momento de assumir os negócios da família, portanto desisti. Fim da história.

Ele parecia calmo, mas o seu distanciamento repentino disse-lhe que as emoções fervilhavam abaixo da superfície. Ela suavizou a voz.

– Eras bom. Podias ter-te tornado profissional.

– Provavelmente. Nunca saberemos.

O vento fez o seu cabelo voar, e a paisagem passava rapidamente.

– Arrependes-te de ter desistido? – perguntou ela, curiosa. – Nunca quiseste administrar a La Dolce Famiglia, pois não, Michael?

O perfil dele recordou-lhe granito. Um músculo contraía-se no seu maxilar.

– Isso importa? – perguntou ele. – Fiz o que tinha a fazer. Pela minha família. Não me arrependo.

O coração de Maggie contraiu-se e abriu-se. Sem pensar, estendeu o braço pelo banco e pegou na mão dele. Ele olhou para ela, admirado.

– Importa sim. Alguma vez reconheceste e lamentaste a dor da perda de algo que adoravas? Não o teu pai. O teu sonho. Estavas a chegar perto do que sempre quiseste, e de repente isso foi-te tirado. Eu ficaria furiosa.

Ele riu-se, mas continuou a olhar para a estrada.

– O meu pai e eu tínhamos uma relação difícil – admitiu. – Ele achava que as minhas corridas eram um *hobby* perigoso e egoísta. Por fim, obrigou-me a escolher entre a minha carreira e a pastelaria da família. Eu escolhi a corrida, então ele disse-me para sair de casa. Arrumei as minhas coisas, fiz-me à estrada e tentei ganhar nome. Mas, quando recebi o telefonema a dizer que ele tivera um enfarte e o vi tão frágil e doente no hospital, percebi que os meus desejos não eram tão importantes como eu pensava. – Ele encolheu os ombros. – Percebi que, às vezes, os outros têm de vir em primeiro lugar. Como o *papa* me disse uma vez, um homem a sério toma decisões por toda a gente, não só por si mesmo.

Eu devia a todos o êxito da empresa e consegui. De certa forma, não me arrependo.

Ela encarou-o durante muito tempo.

– Sentes falta de competir?

Ele inclinou a cabeça, como se considerasse a pergunta. Então sorriu.

– Raios, sim. Sinto a falta de correr todos os dias.

Santo Deus, aquele homem ia acabar com ela. Não era apenas sincero, como também nunca via o próprio sacrifício de forma negativa. Quantos homens com quem ela saíra se lamentavam sobre qualquer coisa que não lhes agradava ou não se encaixava perfeitamente nas próprias vontades e necessidades? Não, Michael acreditava em coisas que ela nunca tinha visto noutro amante.

– A tua família tem sorte em ter-te – sussurrou ela.

Ele não respondeu. Só apertou a mão dela, como se nunca mais fosse soltá-la.

Chegaram à casa de férias algumas horas mais tarde. Maggie riu-se para dentro da versão de casa alugada dos Conte. A mansão tinha o seu próprio heliporto, uma lagoa, jardins e *jacuzzi*. A trepadeira subia pelos tijolos das paredes e da torre do relógio, e a casa estava rodeada por um verde luxuriante e jardins bem cuidados. O caminho de pedra levava a uma escadaria enorme que chegava a um pátio com cadeiras de balouço e se ligava a um bar. Mármore polido e azulejos coloridos castanhos e dourados completavam o jogo de cores. Uma brisa morna soprava pelas assoalhadas, e o perfume a alfazema e limão inundaram os sentidos dela.

Os seus saltos faziam clique nos mosaicos brilhantes enquanto Michael tirava do bar uma garrafa de vinho e dois copos e a seguir a conduzia ao andar de cima. A porta abria--se para um quarto enorme, com uma cama gigante sobre uma plataforma. As portas da varanda estavam abertas, como se eles fossem esperados, e o quarto já se encontrava preparado. Um ramo de rosas vermelhas descansava na mesa, parecendo uma obra de arte. Ela andou pelo fino tapete oriental, admirando as antiguidades cuidadosamente dispostas e as cortinas brancas de renda. Então, percebeu que o marido estava parado, com a anca apoiada à mesa, a estudá-la do outro lado do quarto.

Maggie engoliu em seco. De repente, uma onda de puro terror invadiu-a. Tudo aquilo era de mais – a cama, o casamento, ter percebido os verdadeiros sentimentos pelo seu conde. O chão abriu-se debaixo dela e foi preciso lutar para ficar em pé. As suas unhas cravaram-se nas palmas. Raios a partissem se iria deixar a sua voz tremer como uma noiva virgem. Censurou-se por ter aquele tipo de comportamento e endireitou as costas.

– Queres ir jantar? – perguntou ela.

– Não.

O sangue engrossou nas veias dela. O lábio dele curvou-se num meio sorriso, como se ele sentisse o seu incómodo repentino.

Ela ergueu o queixo, recusando-se a desviar o olhar.

– Queres dar um passeio pelos jardins?

– Não.

– Nadar?

– Não.

Ela cruzou os braços diante do peito para esconder os mamilos enrijecidos.

– Bom, então o que queres fazer? Ficar aqui parado a fazer--me olhinhos?

– Não. Quero fazer amor com a minha mulher.

A dor atravessou-a. *Sua mulher.* Deus, como ela queria que aquilo fosse real.

– Não digas isso – repreendeu. Agarrou-se, agradecida, à fúria que fervia no seu sangue. – Não sou realmente tua mulher e sabemos isso. Prometeste deixar-me em paz. Nada de sexo.

Ele aproximou-se dela e abraçou-se. A preocupação e a ternura no rosto dele comoveram-na.

– *Tigrotta mia*, o que se passa? Eu nunca faria nada que não quisesses. – Afastou-lhe o cabelo do rosto e levantou-lhe o queixo.

– Isso é mentira. – Ela pestanejou para impedir que as lágrimas caíssem, furiosa com a fraqueza que sentia diante dele. – *Nós* somos uma mentira.

O hálito dele aflorou os lábios dela e ele beijou-a delicadamente, enfiando a língua para a provocar. Ela queria lutar contra Michael, mas o seu corpo enfraquecia com o toque quente dele e o seu aroma almiscarado. Abriu-se para ele e respondeu, pressionando os dedos nos seus ombros e sentindo cada músculo encostado às suas curvas.

Devagar, ele levantou a cabeça. Os olhos negros projetavam um calor que a queimou e destruiu toda a sua resistência.

– Não, Maggie – disse ele ferozmente. – Isto já não é uma mentira. Nós não somos uma mentira. Quero fazer amor contigo, a minha mulher. Agora. Deixas?

A honra dele vinha em primeiro lugar, e Maggie sabia que, se abanasse a cabeça, o obrigaria a afastar-se. Meu Deus, o que se passava com ela? Porque queria tanto aquele homem apenas algumas horas depois de ter estado nos seus braços? Ele iria destruí-la.

Michael esperou pela decisão dela.

O corpo e a mente de Maggie discutiam, mas, lá no fundo, a vozinha triunfou. Aceita o que conseguires agora e depois terás as tuas recordações. Ela já sobrevivera a muito pior. Mas não achava que conseguiria sobreviver afastando-o naquela noite.

Uniu a sua boca à dele. Ele beijou-a de forma completa, a sua língua a dançar com a dela enquanto a carregava até à cama. Cada movimento fundia-se no seguinte enquanto ele a despia e explorava cada parte do corpo dela com as mãos, a boca e a língua. Ela gemeu quando ele a levou à beira do precipício, depois parou, despiu-se também e recomeçou. Ela contorceu-se e implorou até que, finalmente, ele abriu as pernas dela e se deteve.

Como se sentisse o seu medo inato, rolou-a imediatamente para o lado, agarrou-lhe nas ancas e empalou-a.

Michael preencheu-a e ela gritou e começou a mover-se, desesperada para sentir o alívio. As mãos dele esfregavam os seus seios, provocando os mamilos e, com uma última carícia no seu clítoris, ela explodiu em milhares de pedaços.

Ele gritou o nome dela quando atingiram o orgasmo, até ela cair acabada sobre o seu peito. Os braços dele envolveram--na, e ele sussurrou-lhe ao ouvido:

– Isto é real.

Maggie não respondeu. O seu coração chorava e os seus lábios queriam soltar a palavra que estava dentro dela e gritava para se libertar. *Amo-te.* Mas o sussurro sarcástico lembrava-a da única verdade que conhecera. *Não para sempre. Ninguém pode amar-te para sempre.*

Então não disse nada. Apenas fechou os olhos e adormeceu.

• • •

Michael sentou-se ao lado da cama com dois copos de champanhe, a vê-la dormir. Estranho que só no dia anterior a tivesse tomado como sua mulher pela primeira vez. Geralmente, quando dormia com uma mulher de quem gostava, o desejo ia esmorecendo a cada encontro, a cada dia, até não restar nada além de uma amizade indiferente, com a qual não podiam fazer nada. Mas, agora, ao olhar para a sua nova mulher, uma sensação de alegria e certeza corria no seu sangue. Era exatamente o mesmo sentimento que o envolvia quando estava nas pistas, um chamamento do desconhecido e um conhecimento profundo de que ele fora feito para conduzir um carro de corrida.

E de que Maggie fora feita para ele.

Ele sabia disso agora. Aceitava esse facto. E sabia que teria de agir com cuidado para convencê-la de que poderiam ter um casamento a sério. Era engraçado como o amor parecia uma coisa distante e mágica do futuro, até a desejarmos tanto que realmente fingíamos sentimentos que nunca lá tinham estado antes.

Agora ele sabia. Durante todo aquele tempo, estivera à espera de Maggie Ryan.

Sentira a ligação naquela noite do primeiro encontro. A inteligência e a sensualidade atingiram-no como se tivesse levado um soco no estômago. Ela fascinava-o a todos os níveis, mas a atração de algo mais profundo e permanente cantava no seu sangue, e fizera-o gelar de medo. Soube que, assim que fizesse amor com ela, nunca desejaria que ela se fosse embora. E ela era tudo o que ele acreditava que não queria numa mulher. Sentiu que Maggie despedaçaria o seu coração e que ele nunca recuperaria.

Pensou nela muitas vezes durante o ano, mas afastava sempre aquele pensamento, convencendo-se de que eram um casal impossível. Agora, parecia que todos os caminhos iam dar a Roma.

Ela era a sua alma gémea.

Só precisava de a convencer disso.

Mas, para o fazer, precisava de derrubar algumas barreiras. Michael respirou profundamente, pensando na tarefa que tinha pela frente. Andava a pensar no caminho certo a seguir, mas era arriscado. Queria chegar-lhe a um nível mais profundo, e o seu habitual constrangimento quando ele a controlava na cama dizia-lhe que ela tinha segredos que precisavam de ser descobertos. Iria ela, algum dia, confiar nele o bastante para partilhá-los? Conseguiria render-se completamente?

Ele estava prestes a descobrir.

Maggie abriu os olhos.

Ele sorriu para aquele olhar sonolento e satisfeito, enquanto ela se espreguiçava contra as almofadas. O lençol desceu e proporcionou-lhe uma visão tentadora dos seus seios perfeitos. Ela sorriu.

– Vês alguma coisa de que gostes?

Maggie dera cabo dele, mas ele iria para o paraíso com um sorriso no rosto. Abanou a cabeça e entregou-lhe o champanhe.

– Tudo o que é realmente necessário na vida começa com a letra C – disse ela. – Café, chocolate e champanhe. – Ela suspirou com satisfação e bebeu um gole.

Michael recostou-se na cadeira florida e sorriu.

– Não estás a esquecer-te da melhor letra de todas?

– Qual?

– S. De sexo.

O sorriso dela tornou-se maior e mais satisfeito. A ereção dele cresceu e ele mexeu-se na cadeira.

– Oh, conde, quando vais aprender todas as palavras em inglês? C também é de clímax.

Ele riu-se e abanou a cabeça.

– *Cara*, és espantosa. Na cama e fora dela.

– Tento ser. – Ela bebeu o champanhe, mas Michael sentiu que as suas defesas já estavam a erguer-se. Precisava de avançar a um ritmo constante e mantê-la em desequilíbrio.

– Maggie, gostas de estar no comando?

– Isso é mau?

Ele manteve o olhar nela, mas ela recusou-se a erguer a cabeça.

– Nada disso. És uma mulher forte e não terias chegado tão longe na vida sem essa qualidade. Só me pergunto como te sentiste ao ser dominada na cama.

Ela arfou e levantou a cabeça.

– Porquê? Gostas de dominar? – Ela estremeceu. – Não sou do tipo submissa, conde. Li aqueles romances sadomasoquistas, mas o chicote não é para mim.

Dio, ele era louco por ela.

– Não, *cara*, também não gosto da dor. Parece que preferes controlar o ato de fazer amor, e não há qualquer problema, mas pergunto-me se alguma vez te entregaste completamente.

Ela semicerrou os olhos.

– Entrego-me de cada vez que tenho um orgasmo. Onde queres chegar?

Ele foi à casa de banho, pegou nos dois cintos dos roupões brancos, e voltou para a cama.

– O que pretendes fazer? – perguntou ela.

Ele sentou-se ao lado dela.

– Confias em mim, Maggie?

A expressão dela era de cautela.

– Porquê?

– Confias?

Ela hesitou.

– Sim. Confio em ti.

Ele ficou aliviado com a sinceridade na voz dela.

– Obrigado. Quero que me deixes fazer uma coisa.

– O quê?

– Amarrar-te.

Uma risada forçada escapou dos lábios dela.

– Diz-me que estás a brincar. Não podemos ter sexo normal?

– Sim. Mas eu quero mais contigo. Quero dar-te tanto prazer até te sentires explodir. Quero que sejas capaz de te libertar, nos teus termos. Estou a pedir que confies em mim o suficiente para abdicares do controlo esta noite. Se ficar desconfortável, diz-me para parar e eu paro. Fazes isso por mim?

Ela sentou-se e olhou para aqueles cintos, mordendo o lábio inferior.

– Não sei se consigo abdicar do controlo – admitiu.

– Eu acho que consegues. – Um sorriso formou-se nos lábios dele enquanto balançava os cintos para tentar acalmá-la. – Podemos divertir-nos um pouco. Sempre sonhei em amarrar a minha mulher. Podes fazer com que a minha fantasia se torne realidade.

Ele esperou pacientemente enquanto ela pensava. As suas emoções digladiavam-se. Finalmente, ela assentiu.

– Vou tentar. – Bufou, aborrecida – Mas só porque tens esse fetiche de *bondage* que devias esquecer.

Ele riu. Com movimentos deliberados, amarrou-lhe os punhos juntos com um cinto sobre a cabeça, e, com o outro, prendeu-os à cabeceira da cama. Ela puxou, e ele certificou-se de que havia bastante amplitude de movimentos para que ela não se sentisse presa. Apenas o suficiente para que se deixasse ir. O seu desejo aumentou ao ver o corpo nu.

– E agora? – Ela soprou o cabelo para longe do rosto e franziu a testa.

Michael sorriu ao ver sua expressão carrancuda, sentou-se em cima dela e olhou-a.

Todo o humor o abandonou de repente. Ela era linda, cheia de curvas macias e de músculos. Devagar, ele inclinou-se e beijou-a profundamente, invadindo a sua boca, enfiando e retirando a língua numa amostra do que pretendia fazer com ela. Quando se afastou dos lábios, ela arquejava e os seus olhos estavam toldados devido à excitação.

Ele não teve pressa. Mordeu e chupou os seus mamilos, passou as mãos pela barriga, pelas coxas e então fez deslizar as mãos para trás dela, envolvendo-lhe o traseiro e abrindo-lhe mais as pernas. Os seus dedos detiveram-se no local que implorava pelo seu toque e a seguir mergulharam nela.

Ela gemeu e puxou o cinto. Ele excitou-a mais, usando dois dedos para mergulhar no seu calor húmido enquanto o polegar massajava o clítoris. Cada músculo sob ele tremia de antecipação, e ela contorceu-se na cama.

– Raios te partam, solta-me! Quero tocar em ti.

– Ainda não, *cara*. Estou a divertir-me muito com a minha fantasia.

Ela insultou-o e ele riu, baixou a cabeça e provou-a.

Ela veio-se com força. O seu grito foi gutural e ele permitiu-lhe cavalgar a onda. Quando Maggie voltou a si, a sua pele corada estremecia sob ele. Ele afastou mais as suas coxas e enfiou-se numa única estocada.

Michael cerrou os dentes e rezou para se controlar. Ela apertava-o como um torno, e os espasmos sacudiam-lhe o corpo. Ele preencheu-a inteiramente e sentiu o prazer mais puro. Devagar, pressionou-a contra o colchão.

– Michael. – Os olhos dela brilharam de repente em pânico e ela saltou debaixo dele, puxando as amarras com movimentos frenéticos. – Não.

A crueza daquele medo fê-lo duvidar de si próprio.

– Olha para mim, *amore mio*. Olha-me nos olhos e vê quem sou.

Os olhos dela focaram-se e mergulharam nos dele. As suas pupilas dilataram-se em reconhecimento; um a um, os seus músculos descontraíram-se, dando-lhe mais acesso. As lágrimas encheram os olhos dela. Ele beijou-a delicadamente e secou com o polegar uma lágrima que escapou.

– Amo-te, Maggie. Nunca foi a Alexa e nunca será. Estou apaixonado por ti.

Ele mexeu-se. Com cada movimento reclamava-a, expressava as suas emoções e a necessidade de a ter para si. A resistência abandonou o corpo dela e ela encontrou-o a cada investida, pressionando os calcanhares nas costas dele à medida que subiam cada vez. Explodiu debaixo dele, e ele deixou-se ir. O prazer incontrolável sacudiu-o, tomou conta dele e lançou-o para o abismo. Quando a tempestade finalmente passou, Michael percebeu que a sua vida nunca mais seria a mesma.

E ele não queria que fosse.

• • •

Ele amava-a.

As palavras não paravam de ecoar na cabeça de Maggie. Às vezes, tão belas como uma ópera. Às vezes, como uma gargalhada alegre e irónica. De qualquer forma, ela precisava de lidar com aquilo, mas Deus sabia que estava demasiado assustada naquele momento.

Fletiu as mãos, agora livres. Ele segurava-a com mais ternura do que algum homem alguma vez demonstrara. O seu ato de amor fora mais para lhe dar tudo e pedir o mesmo.

Ela engoliu a palavra que borbulhava nos seus lábios e permaneceu em silêncio. Era apenas uma palavra simples, mas a mais difícil de articular. A pele suada dele pressionava a dela, sólida e verdadeira. Dera-lhe algo que não tinha preço. Confiança. De alguma forma, o facto de estar amarrada e ser obrigada a render-se ensinara-lhe a confiar noutro ser humano.

Ele deu um beijo no seu cabelo desgrenhado.

– Obrigado por me dares a tua confiança. Quero saber tudo sobre ti, *cara*, mas posso esperar.

A paciência dele comoveu-a. Porque queria ele mais do que o seu corpo? A sua confissão de que nunca tinha amado Alexa soara verdadeira. Talvez ela sempre tivesse pressentido a verdade, mas não tivesse querido perder esse último obstáculo. Agora, não havia para onde fugir e, ainda assim, não conseguia dizer aquela palavra que ele precisava de ouvir.

Maggie fechou os olhos e deu-lhe a único presente que lhe restava. A sua verdade.

– Eu tinha dezasseis anos. Tinha uma queda pelo cliché de todos os clichés: o *quarterback* da equipa de futebol americano. Claro, ele mal reparava em mim, mas eu fiz os possíveis por lhe chamar a atenção. Um dia, ele veio falar comigo. Dias depois, convidou-me para sair. Fiquei radiante e acreditei que finalmente seríamos namorados.

A mão dele parou de lhe afagar o cabelo. Devagar, virou-se para encará-la na cama. Maggie sentiu o seu olhar acariciá-la, mas olhou para o teto enquanto as lembranças se desenrolavam diante dos seus olhos.

– Arranjei-me e pus imensa maquilhagem. Saia curta, um bom decote a mostrar o pouco que tinha. Não havia ninguém para me aconselhar na altura, portanto eu fazia o que queria, sem regras. Ele levou-me ao cinema, e depois ao campo de futebol da escola. Sentámo-nos na relva e ficámos a olhar para a Lua. Eu estava tão feliz. Até ele me obrigar a deitar e enfiar a mão por baixo da minha blusa. Sabes, eu falava muito, mas não tinha experiência. Nunca saíra com um rapaz antes nem nunca tinha curtido com um. Deixei-o fazer algumas coisas, porque achei que era a coisa certa. Até ele subir a minha saia.

Ela esforçou-se por respirar e a mão dele agarrou a dela. Michael esperou em silêncio enquanto ela lutava, e o seu calor penetrou devagar na pele dela.

– Ele violou-me. Depois, quando saiu de cima de mim, levantou-se e disse que estava desiludido. Disse que eu tinha pedido aquilo, com as minhas roupas e a minha atitude. Que, se eu dissesse a alguém, seria alvo de chacota na escola. Vesti-me e ele levou-me a casa. Quando chegámos, agradeceu-me pela noite boa. E disse para repetirmos. Saí do carro e a minha mãe estava a ver televisão na sala. Fui direita a ela e contei-lhe a história toda.

Os acontecimentos daquela noite terrível magoavam-na, mas, desta vez, havia alguém ao seu lado. Desta vez, alguém se importava o suficiente para ouvir.

– A minha mãe riu-se e disse que eu tivera o que merecia. Disse-me para começar a tomar a pílula, ser mais esperta e lidar com aquilo. Então saiu, e deixou-me sozinha. – Maggie desviou o olhar do teto e virou-se para ele. – Eu não sabia o que fazer. Achei que ia enlouquecer. Faltei às aulas durante uns dias, mas tive de voltar. Quando passei por ele no corredor, cumprimentei-o com um aceno de cabeça. O teste de gravidez deu negativo. Comecei a tomar pílula. E, de repente, percebi que tinha dois caminhos a seguir, e precisava de escolher um.

»Podia esconder a minha sexualidade com roupas largas e nunca me sentir confortável para estar de novo com outro rapaz. Ou podia deixar isso no passado e tomar as rédeas do futuro. De alguma forma, percebi que conseguiria ter prazer com o sexo, mas seria sempre eu a ditar as regras. Ia certificar-me de que aquilo não me aconteceria novamente.

O seu coração martelava a ponto de ter um ataque cardíaco.

— Decidi não deixar que aquele imbecil tirasse de mim quem eu era. Vesti-me como queria, e controlei com quem fazia sexo a partir daquele momento. Quando eu quisesse, onde quisesse e como quisesse. Mas às vezes, quando um homem está em cima de mim, recordo-me daquela noite e entro em pânico. Detesto isso, mas não conseguia controlar essa parte da minha memória. Até agora.

Michael esticou o braço e encostou a cabeça dela ao seu peito. Força, calor e segurança chegaram até ela com uma facilidade que a deixou sem fôlego.

— Sinto muito, *cara*. Não sabia isso. Se soubesse, nunca te teria pressionado desta forma.

Ela abanou a cabeça.

— Não, ainda bem que o fizeste. Agora já não tenho medo.

Ele prendeu a respiração e ela percebeu que ele tremia. Devagar, levantou a cabeça para olhá-lo.

Um orgulho feroz e uma fúria crua brilhavam nos seus olhos. As suas mãos tinham a suavidade de uma borboleta quando lhe afastou o cabelo do rosto.

— Saber que alguém te magoou dessa forma faz-me questionar o que é justo e o que é certo neste mundo. Mas, tu, *amore mio*, ultrapassaste esse acontecimento e ficaste mais forte. Construíste a tua vida à tua maneira, sem a ajuda de ninguém. Fazes-me sentir pequenino.

Ela mordeu o lábio e voltou a encostar a cabeça ao peito dele. Aquelas palavras ecoaram no silêncio do quarto e fizeram explodir o último tijolo da barreira que envolvia o coração dela. Ele não comentou a lágrima que caiu sobre seu peito.

Aquilo fez Maggie amá-lo ainda mais.

12

Dois dias depois, Maggie descansava no pátio das traseiras, a beber um copo de vinho e a acariciar *Dante*. Ele estava deitado em cima da mesa, a aquecer-se ao sol e a ronronar suavemente. Virou-se e expôs a barriga, o lugar onde mais gostava de receber festas. Sempre que a mão de Maggie se cansava e ela parava, o gato silvava naquele tom ameaçador que agora ela sabia ser totalmente falso.

– És o rei do drama – repreendeu dela.

Aqueles grandes olhos verdes fitaram-na com uma exigência e insistência implacáveis. Ela soltou um suspiro impaciente e pousou o copo. Passou as unhas ao de leve na barriga dele e ele voltou a ronronar tão alto que parecia uma serra elétrica.

– Pronto, pronto, já estás contente?

Céus, detestava gatos.

Claro que ela, como *Dante*, era uma grande mentirosa. Aquele felino conquistara o seu coração. Ficava contente por aquele gato vadio não deixar ninguém tocar-lhe, a não ser ela. De certa forma, sentia que pertenciam um ao outro. Dois solitários vadios que não sabiam lidar com pessoas.

O que iria ela fazer?

Michael amava-a. Desde a admissão comovente dele e da confissão sofrida dela, tinham concordado não discutir mais o assunto. Maggie queria acreditar nele e ansiava por dizer a mesma palavra, mas algo a mantinha prisioneira.

O seu passado.

A luz do Sol incidiu no diamante de dois quilates no seu anelar, que brilhou zombeteiro.

Ela tinha de tomar uma decisão em breve. Concordara em ficar mais alguns dias, enquanto se certificavam de que *mamma* Conte estava bem e ultimavam os preparativos para o casamento de Venezia.

Maggie nunca falara a ninguém da violação, exceto à mãe. A traição dela dera cabo da sua confiança e Michael trouxera-a de volta à vida. Os seus braços cobriram-se de pele de galinha ao lembrar as mãos, a boca e a língua dele em cada parte do seu corpo sem que ela pudesse fazer nada a não ser render-se. Raios, agora sabia por que motivo aqueles livros sadomasoquistas eram tão procurados.

Dante olhou-a como se soubesse no que ela estava a pensar, afastou a mão dela com uma pata e esticou-se numa posição diferente.

– Sim, aposto que és um garanhão, e que engravidas todas as fêmeas indefesas da cidade. – Apontou para ele. – Sê responsável pelas tuas ações, amigo. Acho que tenho de te levar ao veterinário para te capar.

– Estás a falar com o gato?

Maggie virou a cabeça e lutou contra o rubor que tingia as suas bochechas. Carina estava de braços cruzados, a rir dela.

– Claro que não – negou fervorosamente. – Estás a ouvir coisas.

Ela sorriu.

– Sim, claro. Olá, *Dante*. – Aproximou-se com a mão levantada e a falar num tom tranquilo, para acalmar o gato. Ele viu a sua aproximação lenta, e Maggie e Carina prenderam a respiração.

Com um silvo aborrecido, pôs-se em pé, abanou a cauda e desapareceu entre os arbustos. Carina ficou boquiaberta. Maggie escondeu a sua expressão satisfeita e bebeu mais vinho.

– Porque não gosta ele de mim? – queixou-se Carina. – Adoro animais. Dou-lhe de comer. Tu insulta-lo e ele adora-te.

Maggie encolheu os ombros.

– Os homens são instáveis. O que se passa?

– Vamos à cidade escolher flores. Queres vir?

Maggie franziu o nariz.

– Que seca. Dispenso isso.

Carina riu.

– Eu sei, também não adoro flores, mas como és nova na família ainda consegues livrar-te dessas coisas. – Ela suspirou. – *Okay*, sê teimosa. Até logo. A *mamma* está a descansar, mas está bem. – Uma expressão confusa passou pelo seu rosto. – É bastante estranho, na verdade. Assim que vocês saíram, ela voltou a ter toda a energia, voltou a ser ela mesma, e parecia bem. O médico visitou-a e disse que devia ter sido falso alarme.

– Hum. Estranho, mas pelo menos ela está melhor.

– Sim, tens razão. Até logo.

Carina saiu e Maggie ficou sentada mais algum tempo, a saborear o calor e o silêncio. Tinha de encontrar Michael. Com a casa vazia, estava na altura de conversarem. Acabou o vinho para se encher de coragem e entrou na casa.

Procurou-o em algumas assoalhadas, depois ouviu a sua voz no escritório. Parou à porta e hesitou antes de bater. Talvez ela devesse esperar cá fora até...

– Não, Max, ela não casou comigo por dinheiro. Ganha dinheiro suficiente sozinha. Pareces uma mãe superprotetora, *amico mio*.

Ele fez uma pausa, depois falou com uma frieza que lhe provocou um arrepio.

– Fizeste o quê? Contratar um detetive particular para verificar o passado dela é inaceitável. Sim, eu conheço o passado dela. Ela não é como os pais. *Cazzo*, não me desafies dessa forma; ela agora é a minha mulher.

Mais silêncio.

– Não, não acho que teremos filhos já, ela precisa de mais tempo. Não é a mulher com quem imaginei casar, mas as coisas mudam. Posso esperar. – Maggie ouvia-o andar de um lado para o outro. – Esta é uma decisão minha e não quero discuti-la. Vou fazer isto funcionar.

A conversa estendeu-se mais um pouco, enquanto ela se escondia no corredor. A humilhação queimava-a até sentir realmente comichão na pele. Max achava que ela não era suficientemente boa para o seu melhor amigo. O que lhe dissera o detetive? Que os seus pais eram uma piada e ela não tinha experiência de um relacionamento saudável? Tendo-a conhecido apenas alguns minutos, Max percebera a verdade que ela tentara desesperadamente esconder.

Ela era apenas uma casca. Michael merecia mais. Precisava de alguém com o coração aberto e sem problemas. Uma mulher que a sua família não precisasse de treinar; que amasse gatos, crianças e cozinhar.

Não uma mulher como ela. Com um passado horroroso, um coração magoado e incapaz de amar.

Ela recuou devagar quando o ataque de pânico ameaçou. Virou-se. Então ouviu-o.

– Ah, *tigrotta mia*, queres ir dar um passeio comigo? Está uma tarde linda.

A sua voz musical e rica acariciou-lhe a pele e tentou-a a esquecer.

Mas ela já não conseguia fingir. Não para ele. Não para si mesma.

Maggie olhou para o marido e tomou a única decisão que conseguia.

– Michael, vou para casa.

Ele pestanejou e estendeu o braço, mas ela afastou-se. Ele franziu o cenho.

– O que se passa, Maggie? Aconteceu alguma coisa?

– Quero ir para casa sozinha.

– Tem alguma coisa a ver connosco? – Ele agarrou-lhe no braço e inclinou-se para ela. – Estás a fugir, assustada, porque admiti os meus sentimentos? Sei que não falámos mais disso, mas achei que seria melhor dar-te algum tempo.

Ela soltou o braço.

– Não me facas favores, conde. Digamos que estou cansada das mentiras e quero a minha vida de volta. Não esta vida falsa. Este casamento falso. – Agitou as mãos para abarcar a sala. – Isto é tudo uma treta! Andámos a representar um papel, a fingir ser casados, depois fomos obrigados a casar mesmo, quando não há possibilidade de isto dar certo. Somos muito diferentes. Não quero isto! – gritou ela. – Não quero irmãs mandonas, gatos vadios e ser forçada a ter aulas de culinária! Não quero sentir-me pressionada com responsabilidades. Gosto de ser livre e de fazer as minhas escolhas. Então está na hora de acordarmos e pararmos de fingir que estamos num filme.

Um músculo no maxilar dele contraiu-se. A fúria misturou-se com a dor, o que só a enfureceu mais.

– As minhas palavras não significaram nada para ti? – perguntou ele furiosamente. – Disse que te amava. Isso não significa nada?

Ela ergueu o queixo e encarou-o.

– As tuas palavras não significam nada.

Maggie virou-se para sair. Ele tentou detê-la, mas ela silvou como *Dante* e mostrou os dentes.

– Deixa-me em paz; não vês que já não quero isto? Não te quero ou a esta vida terrível que a tua mulher iria herdar! Tem um pouco de amor-próprio, pelo amor de Deus.

Daquela vez, ele deixou-a ir.

Ela correu pelo corredor, procurando um sítio para lamber as feridas antes de partir. Iria a pé até à cidade, deixaria os seus pertences e mandaria buscá-los depois. Para além da sua máquina fotográfica, tudo era substituível. Era melhor ir embora agora e não enfrentar as irmãs dele. Michael poderia inventar alguma desculpa.

Com passos pesados, ela agarrou na máquina, na mala e no telemóvel. Fez uns telefonemas rápidos e deixou a única casa que a fizera sentir-se em família. A única casa onde se sentira amada.

Não olhou para trás.

• • •

– O que se passa?

Maggie estava sentada na sala a olhar para a sua melhor amiga. Alexa embalava a bebé na anca, a fralda do costume sobre o ombro, enquanto Lily palrava e guinchava ao olhar para o cachorrinho a brincar aos pés da mãe. Aquela bolinha de pelo dourado tocava nos seus chinelos e corria para a frente e para trás sempre que Alexa se mexia.

Old Yeller, o cão de caça feio com que Alexa convencera Nick a ficar havia mais de um ano estava deitado no pequeno retângulo de sol que entrava pela janela, a observar o novo cachorrinho com um ar de desaprovação. A bandana azul e laranja dos Mets enrolada ao pescoço dava-lhe uma aparência distinta, rara num antigo cão vadio.

Maggie tentou evitar o assunto.

– Não acredito que compraste um cachorrinho. O Nick odeia chiqueiro.

Alexa soltou um suspiro impaciente e afastou-se da bola de pelo.

– Ah, desta vez não fui eu. O Nick estava a voltar para casa e encontrou o *Simba* perdido no bosque, a ganir. Estava todo maltratado. Deve ter sido atirado de um carro em andamento.

Maggie estremeceu.

– Não acredito que ele não o levou para um abrigo. O que fizeste ao meu irmão?

225

Alexa riu e balançou-se ao ritmo do *hip-hop* que saía baixinha das colunas. *Simba* grunhiu de prazer e tentou acompanhar os movimentos. Lily riu.

– Primeiro ele levou o cão ao veterinário, depois trouxe-o para casa e pediu para eu não me apegar a ele. Disse que iria pôr um anúncio no jornal e encontrar uma casa para ele. – Ela encolheu os ombros. – Então deixei. Ao fim de uma semana, o anúncio desapareceu e não voltámos a falar do assunto. Ele cumprimenta primeiro o cachorrinho quando chega em casa.

As saudades inundaram Maggie. Ela sentia falta daquele gato idiota e da forma como ele rolava e exigia que lhe acariciasse a barriga. Sentia falta da ansiedade saltitante de Carina, da atitude decidida de Julietta e dos acessos dramáticos de Venezia. Tinha saudades até da insistência da *mamma* na cozinha, do cheiro dos bolos e de beber vinho no pátio.

Tinha saudades do marido.

Maggie concentrou-se em respirar e esforçou-se por ultrapassar a dor. Um dia de cada vez. Ela ficaria bem; era uma sobrevivente. Mas quem diria que sobreviver era tão menos que viver?

– Bom, podes agradecer-lhe adequadamente, porque te trouxe um presente. – Maggie atirou à amiga o *negligé* de seda vermelha. – Nada de pormenores, por favor. Ainda é muito estranho imaginar-te com o meu irmão.

Alexa riu e analisou com uma mão a maravilhosa peça de renda e seda.

– Obrigada, querida, é mesmo do que precisamos esta noite. Além de uma ama.

– Eu fico com ela uma noite esta semana, para que vocês possam aproveitar. Não vou viajar durante algum tempo.

Maggie fletiu as mãos. O seu anelar vazio escarnecia dela, e rapidamente juntou as mãos no colo.

Alexa estudou-a durante bastante tempo. A sua voz era meiga e reconfortante quando finalmente falou.

– Maggie, tens de me contar a verdade. O que se passa?

Ela encolheu os ombros.

– Fui a Itália. Encontrei o Michael. Voltei. Nada mais.

– O Michael veio ver-me.

Ela levantou a cabeça de repente e arquejou.

– O quê? O que disse ele?

Alexa foi até ao parque, sentou Lily lá dentro, repeliu suavemente *Simba* da sua perna e juntou-se à amiga no sofá. Os seus olhos azuis eram um misto de empatia e apoio.

– Ele contou-me tudo, Maggie. Acerca de irem a Itália e fingirem ser casados. Sobre o casamento diante do padre. O Michael contou-me que se abriu contigo, confessando os seus sentimentos, e que tu fugiste atirando-lhos à cara.

Maggie viu tudo vermelho ao ouvir as mentiras que ele contara. Tremia e tentava falar racionalmente.

– Ele não te contou a história toda, Alexa.

– Então porque não ma contas tu? – perguntou com ar magoado. – Sou a tua melhor amiga.

Maggie agarrou nas mãos dela e segurou-as com firmeza. As lágrimas ameaçaram cair, mas ela conteve-as.

– Lamento imenso. Eu tinha um plano, mas correu mal e agora está tudo uma confusão. Fiz um acordo com o Michael: eu fingiria ser a mulher dele, se ele prometesse ficar longe de ti. Sei que ele gosta de ti e estava preocupada com o teu casamento. Ele concordou, mas, quando chegámos a Itália, as coisas complicaram-se.

– Não acredito que ainda aches isso. Nunca houve nada entre nós além da amizade.

– Sei disso agora.

– O que aconteceu? Apaixonaste-te por ele?

Maggie assentiu.

– Primeiro eu achava que era só o sexo. Mas depois a família dele envolveu-me, e também aquele gato idiota, e depois tivemos mais sexo e comecei com ideias malucas sobre ter uma relação com ele. Ele disse que me amava.

Alexa apertou os dedos de Maggie.

– E o que respondeste?

– Nada. Não consegui dizer nada, porque não acreditei nele. Ia falar sobre isso, mas ouvi-o ao telefone com o amigo Max. – Ela inspirou. – O Max não acreditou que eu fosse suficientemente boa para o Michael. Achou que não combinávamos, e tem razão.

Alexa arfou.

– Desde quando te importas com a opinião de alguém?

Maggie abanou a cabeça, teimosa.

– Eu ouvi a conversa. Não sou a pessoa certa para ele, não sou o tipo de mulher de que ele precisa. Ele quer uma família grande, com animais de estimação e viagens constantes a Itália. Quer uma mulher simpática, sólida, com uma carreira respeitável e modos doces. Nós discutimos. E eu odeio todas essas coisas.

– Ah, Maggie. – Alexa apertou as mãos da amiga quando as lágrimas lhe encheram os olhos. – Minha querida amiga, não sabes que *és* todas essas coisas? Quando vais acreditar nisso? Só a tua lealdade em relação a mim e ao Nick e o facto de nos quereres proteger já me dizem que nasceste para ter uma família. O Michael é um homem complicado, algo que muitas mulheres não veem nem sabem. Mas tu vês. Tu desafia-lo, pressiona-lo e fá-lo sentir as coisas intensamente. Quando ele veio contar-me tudo, tinha o coração destroçado. Acha que não o amas, que não conseguirás amá-lo, e está um homem destruído.

Maggie lutou contra as lágrimas. Céus, a ideia de Michael magoado deixava-a de rastos. Amava-o tanto, mas sabia que Alexa não conseguia ver a verdade.

Ela precisava de muito mais. Engraçado como nunca acreditara que valesse tanto. Mas Michael mudara-a. Ao permitir-se apaixonar-se por ele, sabia que precisaria sempre de estar com um homem que sentisse o mesmo. Qualquer coisa diferente daria cabo dela.

– Desculpa, Al. Quero seguir com a minha vida e nunca mais falar sobre o Michael Conte. Se realmente és minha amiga, farás isso por mim. – A sua voz saiu quebrada. – Por favor.

Alexa suspirou, irritada.

– Mas...

– Por favor.

Ela apertou os lábios. Então assentiu.

– Tudo bem. Só quero que sejas feliz, Maggie.

A tristeza do seu futuro abateu-se sobre Maggie como uma nuvem, e ela forçou um sorriso.

– Eu fico bem. Agora, vamos falar de outra coisa.

O resto das horas passaram-se e, durante algum tempo, Maggie fingiu que tudo voltara ao normal.

· · ·

Michael estava sentado à secretária a olhar para as suas anotações para a cerimónia de inauguração. Dali a dois dias, o sonho da sua família e da La Dolce Famiglia iria finalmente tornar-se realidade. A primeira filial americana da pastelaria seria inaugurada na sexta à noite com uma festa de arromba.

O tempo devia continuar estável, prometendo um belo dia de primavera com muito sol. A pastelaria estava preparada para abrir as portas com uma variedade de sobremesas, cafés especiais e pães frescos. A zona comercial à beira da água era um sonho para os poucos investidores que haviam tido essa visão.

Aquela devia ser a semana mais feliz da vida dele.

No entanto, a tristeza abalava o seu corpo e torturava o seu coração. Decidira contar a verdade a Alexa, na tentativa de chegar até Maggie. As palavras dela tinham-no destruído e a sua partida apressada só confirmara a confissão dela. Não o queria. Não o amava. E não queria a vida que ele podia oferecer.

Aquela noite fora um caos. Ele inventara uma história maluca sobre um tio doente, e tivera de representar de forma brilhante para convencer a mãe e as irmãs de que tudo estava bem. Partira no dia seguinte e pedira ao motorista para entregar a bagagem que ela deixara para trás. Michael pressionou os dedos nas têmporas doridas. *Dio*, que confusão. Tinha-se finalmente apaixonado, e ela não o queria. Como iria esquecê-la?

A imagem dela assombrava-o sem parar. A forma como ela se rendera nos seus braços e se despedaçara ao atingir ao clímax. A forma como ela o intimidava, ria com ele, o desafiava a todo o momento. A ternura que demonstrara com a sua família e a forma como acariciara *Dante*, apesar de jurar que não gostava dele. Contraditória e carinhosa, ela fora feita para ele. Nunca confessara o seu passado às outras mulheres. Nenhuma outra se aproximara o suficiente para se dar ao trabalho de o interrogar sobre os seus sonhos. Mas Maggie entendia-o, conhecia-o e apoiava-o.

Uma dor profunda atingiu o seu coração e a necessidade de afogar as mágoas fê-lo pegar numa garrafa de conhaque e servir-se. O líquido ardente desceu pela sua garganta com facilidade e explodiu-lhe na barriga. Talvez, se ficasse completamente bêbedo, pudesse finalmente dormir sem que as lembranças de Maggie nua e aberta sob ele o atormentassem.

O seu telemóvel tocou. Ele praguejou e olhou para o ecrã. Hesitou e então atendeu.

– Alexa? Está tudo bem?

Ouviu-a durante bastante tempo. De repente, as peças soltas começaram a juntar-se. O seu coração acelerou e ele levantou-se da cadeira enquanto a amiga contava os pormenores da conversa. Elaborou um plano, e sabia o que precisava de fazer.

Seria a sua última cartada, mas valia a pena lutar por Maggie.

Só esperava que fosse o suficiente.

• • •

Maggie estava no meio da multidão, perto de Alexa, e assistia à cerimónia. A sua bagagem chegara-lhe a casa na véspera. Viera com um bilhete simples, escrito à mão na caligrafia elegante dele.

Vou cumprir o nosso acordo e preparar os papéis necessários para anular o casamento.

Ela ignorou a tristeza e concentrou-se na satisfação de que a sua família seria deixada em paz. O vazio dentro dela fê-la pegar no telefone e marcar trabalhos do outro lado do Atlântico. Precisava de sair de Nova Iorque e manter-se ocupada. Iria para Londres no fim da semana. Talvez precisasse dessa distância para se curar.

Barcos à vela exóticos e iates deslizavam graciosamente pelas águas do Hudson, emprestando um fundo perfeito aos edifícios. A arquitetura combinava com as montanhas majestosas e com a água, as linhas fluidas e baixas realçando, em vez de tapar, a paisagem natural. O calcário dava um ar tranquilo e fresco ao *spa*, e jardins luxuriantes circundavam cada edifício com bancos, esculturas e fontes. O restaurante japonês tinha uma casa de chá em estilo antigo, com paredes de bambu e sedas vermelhas deslumbrantes, proporcionando um festim para os sentidos. Murais coloridos haviam sido pintados nas paredes de tijolo que um dia tinham abrigado uma estação de caminhos de ferro. Totalmente restaurada, a zona ribeirinha recordava-lhe agora o que a criatividade, a atenção e um pouco de dinheiro podiam fazer.

La Dolce Famiglia era a última loja a ser inaugurada. Uma lona com o logo impresso cobria o edifício, as cordas prontas para soltá-la a um sinal de Michael. A multidão agitava-se com ansiedade e a banda começou com um floreado dramático.

Alexa gritou vivas e bateu palmas quando Nick cortou a fita vermelha, e Maggie juntou-se a ela, orgulhosa. O irmão trabalhara muito e acreditara na sua visão de transformar a zona em algo mais bonito. Acreditava nos seus sonhos. Talvez estivesse na hora de ela fazer o mesmo. Podia não ficar com o homem que amava, mas tinha a capacidade de mudar a sua carreira para procurar uma satisfação mais profunda. Depois de olhar para as fotos que tirara em Bergamo, sentiu necessidade de fotografar algo mais significativo. Geralmente, ignorava essas coisas. Daquela vez, decidiu explorar a necessidade de captar alguma da beleza do mundo com a sua visão única. Planeou viagens para quando não tinha sessões, e combinou reunir-se com alguns editores de revistas que conhecia em Inglaterra, para discutir novas opções de trabalho.

Michael subiu ao palco. O coração de Maggie parou. Cada célula do seu corpo gritava pelo direito de alisar o cabelo dele, tocar naquela rosto e saborear o momento com ele. Vestido com um elegante fato cinzento-escuro e uma gravata roxa, ele preenchia todo o palco com a sua presença e silenciou imediatamente a multidão. A sua beleza morena e o olhar *sexy* fizeram as mulheres à volta dela rirem e sussurrarem. Maggie lutou contra o instinto primitivo de mandá-las parar com aquilo. Em vez disso, permaneceu em silêncio.

– Senhoras e senhores – disse ele ao microfone –, estou muito feliz por me encontrar convosco para, finalmente, concretizar um sonho de família. A minha família abriu a primeira pastelaria em Bergamo, Itália, servindo bolos feitos na cozinha da minha mãe. Com muito trabalho, os Conte abriram lojas por toda a região de Milão e sempre sonhámos vir para os Estados Unidos e partilhar as nossas receitas. Esse sonho está finalmente aqui, e agradeço a todos por o partilharem connosco.

As pessoas aplaudiram e gritaram. Ele continuou a falar, agradecendo a Nick e à Dreamscape Enterprises, aos seus sócios e a vários outros elementos que o tinham ajudado durante o processo. Então, fez uma pausa. Olhou para a multidão. E esfaqueou-a com o seu olhar.

Maggie prendeu a respiração.

Os olhos dele revelavam toda a emoção do mundo. Ele começou a falar como se estivessem sozinhos, cada palavra a penetrar na mente e no coração dela com uma intimidade deliberada, que lhe provocou arrepios.

– A família é algo muito importante para mim. É nisso que acredito. O nome La Dolce Famiglia é demonstrativo das minhas crenças e do meu orgulho naquilo que estimo. No que amo acima de qualquer coisa.

As mãos de Maggie ficaram húmidas enquanto ela permanecia colada ao chão, hipnotizada pela voz, pelos olhos e pela presença dele.

– Agora descobri um novo tipo de família. Apaixonei-me por uma mulher incrível, que me fez acreditar que é possível viver feliz para sempre. Que entrou na minha vida e me completou. Mas, infelizmente, ela não acredita em mim. As palavras não são suficientes para convencê-la de que preciso dela na minha vida. De que ela me completa. Assim, tenho a honra de inaugurar a minha nova pastelaria, uma nova cadeia de lojas nos Estados Unidos, país onde conheci a mulher que quero que seja minha para sempre.

Ele assentiu e as cordas foram puxadas e soltas.

O cartaz apresentava orgulhosamente o nome da pastelaria. La Dolce Maggie.

O sangue fluía furiosamente pelas veias dela e o mundo tornou-se indistinto, começou a girar e parou. Ela pestanejou e virou a cabeça para Alexa, que a abraçou com força.

– Não percebes, Maggie? – perguntou ela, com lágrimas naqueles olhos azuis. – Ele ama-te. Sempre foste tu... mas tens de ser suficientemente corajosa para aceitar isso. Tens de acreditar que vales a pena. Foi isso que me disseste no dia em que o Nick confessou que me amava, lembras-te? Se amas alguém, lutas por ele, sempre, o tempo todo. A minha melhor amiga não é covarde. Tu mereces isto. Mereces o amor.

Como um vampiro a voltar à vida depois de um sono profundo, ela de repente viu todas as cores e formas focarem-se à sua frente. Os seus sentidos explodiram e ela começou a atravessar a multidão em direção ao palco, onde Michael a esperava.

Ele encontrou-a a meio do caminho. Ela analisou o seu rosto lindo, os seus lábios carnudos, a sombra da barba no queixo, o nariz torto e o calor nos olhos cor de ónix. Ele pegou-lhe no rosto com aquelas mãos grandes e firmes, e pressionou a sua testa contra a dela. O seu hálito era quente sobre a boca dela.

– Minha Maggie, *amore mio*, amo-te. Quero viver contigo, envelhecer e ter *bambinos* contigo. Deste cabo de mim. Completamente. Nunca poderia contentar-me com outra mulher, porque me aborreceria de morte. Não vês? Não quero a mulher tradicional que achas que me faria feliz. Tu foste feita para mim, tu. O teu sarcasmo, a tua inteligência, a tua sensualidade e a tua sinceridade. O teu lugar é comigo e não vou sossegar até finalmente te convencer. *Capisce*?

Ela respondeu com um soluço e estendeu os braços para ele.

Os lábios dele pousaram nos dela e beijou-a profundamente enquanto o rugido de aprovação do público ecoava nos seus ouvidos. O seu coração expandiu-se no peito e acalmou-se. Uma sensação de paz e de estar em casa inundou-a, e ela finalmente acreditou.

– Amo-te, Michael Conte – sussurrou ferozmente quando os lábios dele libertaram os dela. – E quero tudo. Contigo, com a tua família, as tuas pastelarias, tudo. Sempre te amei, mas tive demasiado medo de admitir.

Michael beijou-a novamente. Pegou-lhe e levantou-a alto, rindo de alegria. Ela ficou envolvida no aperto dos seus braços, finalmente completa.

Com o seu próprio lar e o seu final feliz.

Epílogo

—M aggie, despacha-te! O empresa de mudanças já chegou! Ela resmungou e olhou mais uma vez para as assoalhadas vazias, certificando-se de que não se esquecera de nada. Mudar-se para uma mansão não era fácil. Raios, já tinham discutido para decidir o lugar das coisas e a disposição dos quartos. Ela lambeu os lábios quando pensou nas formas agradáveis como tinham feito as pazes. Muitas assoalhadas tinham sido batizadas.

Felizmente, ainda havia muitas outras.

– Já vou! – gritou ela.

Uma última olhadela ao colchão nu que ainda estava na cama e ela deteve-se quando se lembrou de algo. Aproximou-se da cama e enfiou a mão debaixo do colchão.

A lista.

O feitiço de amor.

Olhou para o papel branco e desdobrou-o, para ver a lista. Graças a Deus, Michael não vira aquilo; ela teria morrido de vergonha. Abanando a cabeça por causa das suas ações ridículas, olhou para aquela lista que pedia à Mãe Terra para lhe arranjar um marido. As qualidades desfocaram-se à medida que lia.

Um homem com sentido de lealdade.
Um homem com sentido de família.
Um homem que seja bom amante.

Um homem que seja meu amigo.

Um homem que me desafie.

Um homem a quem eu possa confessar os meus segredos.

Um homem em quem eu possa confiar.

Um homem confiante.

Um homem com o coração aberto.

Um homem que lutará por mim.

Um homem que me ame exatamente como sou.

Maggie prendeu a respiração. Releu a lista e uma estranha sensação invadiu-a. Ela nunca teria descrito aquelas qualidades se tivesse elaborado a lista sóbria. Cada palavra gritava por alguém que a completasse.

Michael. A Mãe Terra enviara-lhe Michael Conte.

O seu anel de diamante brilhou quando ela, cuidadosamente, dobrou o papel e o amarrotou. Ridículo. Estava a enganar-se. Não existia Mãe Terra nenhuma. O homem perfeito e os feitiços de amor não existiam.

Certo?

Prudentemente, ela decidiu deitar fora o livro de feitiços. Onde guardara aquele livro roxo?

Carina.

Quando tinham voltado para casa, na tarde da sua reconciliação, Maggie ficara chocada ao encontrar Carina à porta da casa de Michael. A melhor parte era a bola macia de pelo preto que ela segurava contra o peito.

Assim que *Dante* viu Maggie, saltou dos braços de Carina e foi para os dela, como se pertencesse ali. Carina confessou que, assim que disse a *Dante* que queria levá-lo a ver Maggie, ele entrara na transportadora como se a percebesse. E talvez percebesse mesmo.

Com a família junta, Maggie percebeu o que significava pertencer completamente aos outros e jurou nunca esquecer. Ainda assim, não gostava da ideia de a sua nova irmã ter em seu poder um livro de feitiços que podiam realmente funcionar.

Mordeu o lábio inferior e perguntou-se se devia dizer alguma coisa.

Não, qual era a probabilidade? Era um livro tolo, e Carina provavelmente iria lê-lo, rir-se-ia e deitá-lo-ia fora.

Maggie abanou a cabeça e saiu do quarto, deixando a sua antiga vida para trás.

Agradecimentos

Desde que o livro *Casamento de Conveniência* entrou na lista dos mais vendidos do *New York Times* e do *USA Today*, fui agraciada com o apoio maravilhoso dos leitores e dos meus colegas escritores. São tantos a que agradecer, pessoas que, sempre que preciso de uma gargalhada ou de partilhar algum momento bom ou mau, estão presentes. Eis a lista curta: Wendy S. Marcus, Aimee Carson, Megan Mulry, Janet Lane Walters, Liz Matis, Barbara T. Wallace, Abbi Wilder e Julia Brooks. Aplausos para Tiffany Reisz, por me ajudar a cumprir os prazos!

À gloriosa equipa que conheci e com quem comemorei um prémio RT e um RWA 2012. Todos os autores da Harlequin foram maravilhosos e divertidos, e são demasiado para nomear aqui especificamente! Agradecimentos especiais a Megan Mulry, por beber champanhe comigo quando descobri que estava na lista do *Times*; Cat Schield e Barbara Longley, por saírem connosco; Katee Roberts, pela sua energia e o seu humor; Caridad Pinerio, por ser tão doce na sessão de autógrafos; e Catherine Bybee, pelo debate. Estou ansiosa para repetir isto tudo!

Finalmente, à fantástica equipa da Entangled, que me fascina com o seu talento e eficiência, e à minha nova equipa da Gallery Books, que me recebeu de braços abertos e me encantou com as suas capacidades... vocês são os maiores!